513.2 号街纪事

[莫桑比克] 若昂·保罗·博尔赫斯·科埃略 著

康哲菲 赵楠楠 译

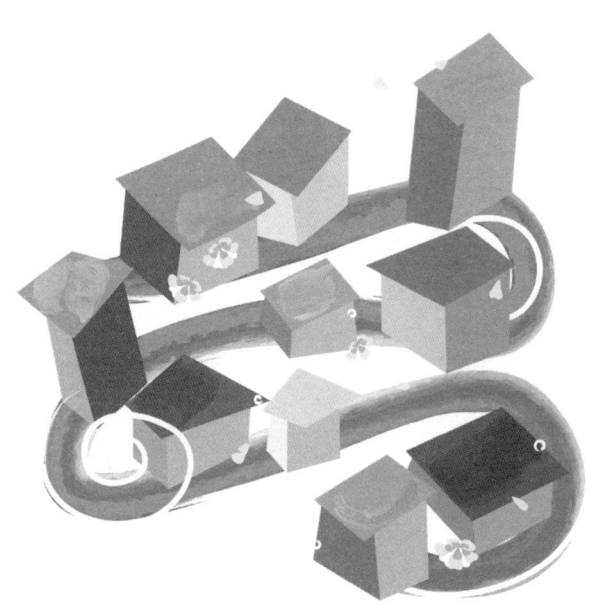

江苏凤凰文艺出版社

图书在版编目（CIP）数据

513.2号街纪事／（莫桑）若昂·保罗·博尔赫斯·科埃略著；康哲菲，赵楠楠译. —南京：江苏凤凰文艺出版社，2022.7

ISBN 978-7-5594-6840-6

Ⅰ.①5… Ⅱ.①若… ②康… ③赵… Ⅲ.①长篇小说—莫桑比克—现代 Ⅳ.①I471.45

中国版本图书馆CIP数据核字（2022）第079608号

513.2号街纪事

[莫桑比克] 若昂·保罗·博尔赫斯·科埃略 著　康哲菲　赵楠楠 译

出 版 人	张在健
责任编辑	孙建兵
特约编辑	郭　幸
责任印制	刘　巍
出版发行	江苏凤凰文艺出版社
	南京市中央路165号，邮编：210009
网　　址	http://www.jswenyi.com
印　　刷	苏州市越洋印刷有限公司
开　　本	880毫米×1230毫米　1/32
印　　张	9.125
字　　数	220千字
版　　次	2022年7月第1版
印　　次	2022年7月第1次印刷
书　　号	ISBN 978-7-5594-6840-6
定　　价	65.00元

江苏凤凰文艺版图书凡印刷、装订错误，可向出版社调换，联系电话 025-83280257

目 录

1 绪言:关于名称和这条街 / 1
2 混乱的时代 / 12
3 一本黑皮记事本 / 22
4 布满陷阱的房子 / 33
5 一只手洗另一只手 / 47
6 香水和烟草 / 56
7 防空洞 / 70
8 一小堆篝火 / 83
9 味道和颜色 / 95
10 星期天的声音 / 110
11 公众集会 / 118
12 团结、斗争、警戒 / 135
13 挂着肖像画的房间 / 146
14 好心人,姆贝夫 / 159
15 塞戈南公司 / 172
16 空荡荡的商店 / 184
17 两个不同的女人 / 197
18 小特权的公正 / 206
19 瓶子的碰撞声 / 219
20 蒂托·纳雷卢加的伟大旅程 / 232
21 爱与经济分歧 / 247
22 努鲁维孤魂 / 263
23 后记:高墙 / 276

1
绪言:关于名称和这条街

513.2号街有一个算术名称,这仿佛是精确计数的结果,它可以表示从灌木丛到大海的距离是513.2米。如果我们让小数点任意跳动,就可以表示宽度是5.132米或者海拔是0.5132米。如果以一个隐秘而强大的规划者建立的秘密0号街作为起点,那么这也可以是第51.32号街。

如果为了纪念与冈冈哈纳勇敢作战的某个留着浓密小胡子的船长,这条街以他的名字来命名,我们也不会对此感到惊讶。毕竟,这是一条殖民时期的街道,在这居住着商人、警察、调度员、医生和系着熨烫得一丝不苟的围裙的赤脚洗衣工。如果我们称这条街为美景街,这也不失为一个好名字,因为它不仅让我们回忆起北方,怀念这条街原本的居民,还因为从这条街可以欣赏到壮丽的美景。这条街垂直于海岸线,始于一片地势较高的灌木丛,之后朝着大海的方向延伸,最后消失在一片沙滩中。夏季太阳强烈地照耀着海面,那片蓝仿佛要吞噬周围的一切,它蔓延到天空,爬上海边的窗,也肆意地将自己的颜色染在路尽头的窗子上。从这个角度看,你可以说这条街很民主,因为所有的房子都可以看到大海。你只需走到窗前,稍稍伸长脖子,就能看到那片宁静而欢乐的大海,慷慨地面向所有人。渔民的船只漂在海面上,彩色的帆就好像随意散落在一件天蓝色卡普拉纳上的珠子。叫美景街,还因为这些房子离得很近,窗子敞开着,而墙只有0.5132米高,人们总是能看到邻居的亲密举动,或谈情说爱或争吵,或浇灌花园或擦拭汽车。有时看来令人赏心悦目,但并不总是这样,不管发生着什么,人们都能看得一清二楚。

杜鹃花街。为什么要叫杜鹃花街呢？因为在这里，杜鹃花就像灌木丛中的野草一样遍布在所有的院子里，在仍然属于巴西里奥·科斯塔先生的房子里也布满了紫色、橙色和白色的杜鹃花，但这里的杜鹃花显得尤为叛逆，因为他的妻子离开之后没有人去修剪它们。她的离开让她的丈夫一个人在炎热的季节里，对现在感到焦虑，对未来感到担忧，依靠他的妻子去解决革新后的难题（你走吧，我还要在这里解决一些事情）；此后的生活暂时变得更加简朴和孤独。为什么要叫杜鹃花街呢？因为在大学教授佩斯塔纳博士的房子中，杜鹃花从墙上爬下，环绕在墙柱上，这个形状好似教授的老旧词典中的字母P，佩斯塔纳姓氏的首字母P。现在佩斯塔纳博士也走了，杜鹃花无休止地疯长着，长满了墙柱，字母P的形状也看不出了。这里杜鹃花随处可见，如此普遍，以至于在这里它们得不到应有的赞美，而在其他地方，它们的发芽更加节制和吝啬，自然受到珍视。但有人忽略了杜鹃花街这个名字才是公正和恰当的，蛹在破茧成蝶之前总是受人质疑的，就好像这个街名，一旦抛弃它，就不会看到蝴蝶的美。

美景，杜鹃花，名字。不久之后，为了公正和尊严，人、事、物和城镇会被国有化。显然，名字也包括之中。用萨拉查这个老独裁者的名字命名一个他本人从未探访过的村庄，这件事荒谬在哪里呢？以一个从未对它感兴趣的人的名字来命名，这是很荒谬的。当一个殷勤的官员对他说："阁下，我们把您的名字给了这么一个遥远的地方。"而他，谦虚地用他的假声说："没必要，没必要做这么多，但是就这样吧！既然已成定局，我们现在不必再改回去，那是犹豫的表现。"这里和其他城镇一样既美丽又丑陋，但如果你看着它，你会发现它只能是马托拉①，而绝不是萨拉查。坚持这个观点的人还会

---

① 马托拉，莫桑比克城市，属马普托省。

说：阿梅利亚港（是港口就是港口，但所谓的阿梅利亚女王①现在又会告诉我们什么呢?）；卡布拉尔镇②以利欣加所有的人都不知道的卡布拉尔命名；古维亚镇以一个谁都不认识的古维亚命名；诸如此类。至于路易莎镇③，除非能找到另一个美丽的路易莎来代替那个曾漫步在科马提静谧河岸的人，而她也已经离开了。

在这些城镇的房屋和街道中：阿尔加维之家④，本应被称为皮德⑤之家，这里充满折磨和阴影，是死亡和邪恶之家，但这所房子的名字却厚颜无耻地呼唤着太阳。布里托·卡马乔⑥街，歌颂着某些人心中的英雄，而不是其他人的英雄。简而言之，这种模糊的英雄的界定，是靠革命而不是靠同情。换掉一个路名并不耗费任何力气，即使急切地要把卡尔达斯·哈维尔⑦这个名字换成发音奇怪的堪布拉特斯瑟，这也是情有可原的。这个无处不在的卡尔达斯·哈维尔官员的骑马形象出现在无数的地方，因此他不得不多次下台，每次都有不同的原因。

一些大人物的名字被大家牢记（爱德华多·蒙德拉内、乔西娜·马谢尔），而另一些比较不起眼但对赢得的胜利同样重要的人

---

① 阿梅利亚女王，葡萄牙最后一任女王，译者注。
② 1932年因时任总督为若泽·卡布拉尔，获名卡布拉尔。1976年莫桑比克独立后更名为利欣加，译者注。
③ 得名于曾任莫桑比克海外省总督若阿金·马查多的女儿路易莎，译者注。
④ 阿尔加维，葡萄牙南部城市，以阳光和海滩著名，译者注。
⑤ 皮德之家，1945年—1969年捍卫葡萄牙殖民统治的驻莫桑比克秘密警察组织，译者注。
⑥ 布里托·卡马乔，葡萄牙军医、记者、政治家、作家。曾于1921—1923年担任葡萄牙驻莫桑比克高级专员，译者注。
⑦ 卡尔达斯·哈维尔，葡萄牙殖民时期的行政长官，在莫桑比克屡立军功。

则被遗忘了,如埃文亚·塞纳或贝利纳·皮塔·弗拉门加,她们被称为战争中的丰田车,因为正是像她们这样的妇女在森林中来回搬运食物补给和炮弹;妇女们的牺牲激发了战士的斗志,战火不断蔓延,直到吞噬了包围我们的腐朽的和平。但最后,据说,新秩序是通过新思想的确立而不是通过混乱的呼吁来实现的,因此塑造出一些英雄。

当名字用完了,就把日期拿过来。但日期是有限的,扣除闰年,每年只有三百六十五天。为了表明变化的深度,就有必要再次回到起点,从而解释了有无数个9月25日、无数个2月3日或重复的6月25日之谜。由于同样的原因,同样的名字也出现在这些不同的地方(这么多大大小小的爱德华多·蒙德拉内!这么多宽而长的乔西娜·马谢尔!)甚至,在命名灵感枯竭的时候,街区和街道会用到意想不到的名字,比如某个外国的领袖的名字被用在了一条本应被称为阿卡西亚斯的街道上,人们对他知之甚少,而这也是好事。

一些名字消失了,另一些又出现了。也有很多情况下,旧的名字被留下,直到有人发现并用新的和更合适的名字去代替它们,这样新的名字就有被承认和记住的权利。甚至还有一些名字,虽然很罕见,本应早就消失,但继续存在,而我们这些仁慈的人,最后却越来越喜欢它们。

但对于用数字来命名,情况就不同了。数字自发明之日起就一直保持不变,不管是白天还是夜晚,不管是战壕的哪一边,数字本身的意义都完全相同:没有革命四人组和殖民五人组,所以神秘的513.2号街被一直保留了下来。如果把这个数字从街名中拿掉,就像在最需要算术的时候,不屑于用算术来计算殖民时期无法想象的财富总额均分给每个人的数值。这就是在最需要用算术来计算未来并且记录发展的时候不承认它。尽管革命想摧毁过去以发明新的未来,但它不敢这样做。就这样,513.2号街依然如故,人们把这个数字写在路牌上,钉子穿过数字中间的神秘小数点,把路牌钉在了疯子瓦尔吉家门前的短木杆上。

"瓦尔吉是疯子!瓦尔吉是疯子!"孩子们唱着歌,与3号房的门保持着谨慎的距离,他们知道这个阿拉伯裔印度商人最终会出来,手握拳头,大声咒骂着,而他异常瘦弱的身体,又使这一切都不那么令人恐惧。他们哈哈大笑,在海滩的白沙上疯狂地翻着筋斗,仿佛这一切都是一场游戏,而他们永远不会玩累。可怜的瓦尔吉认为追他们没有任何意义,就回到家里用乌尔都语嘟囔着神秘的单音节。

曾经有一段时间,事情的发展对瓦尔吉来说很不一样。那是在1972年,他买下了他现在居住的这一幢房子,如果你面向大海来看,这是左手边的第一幢。原来的房主似乎预料到随后发生的动荡,所以就把房子卖给了瓦尔吉。瓦尔吉和他的妻子一起搬到那里,她是一个金发碧眼的南非人,有丰满的乳房和丰腴的臀部,黄蜂细腰上系着一条厚实的紧身腰带。这里的老居民们不禁疑问,这个连走路都会使周围的空气充满甜美花香的南非女人怎么会嫁给这样一个印度商人,因为这种组合的可能性不大。但瓦尔吉声称自己曾在牛津受过教育,事实上,他说的英语确实比他那花枝招展的妻子要好得多;尽管这里的人公认法语才是有教养的卢西塔尼亚人(在513.2号街,尤其是佩斯塔纳博士)的首选语言,但英语说得这么好确实会给人留下深刻印象。

然而,命运注定这个商人的好日子不会持续太久。由于预见到未来日子艰难,这个南非女人在革命到来之前逃跑了,留下瓦尔吉独自伤心,日渐消沉。有时,他进城之前仍然精心打扮,着西装,打领带,头发一丝不苟地打着油,仿佛有重要的事情要处理。但这也只是他日渐堕落的日子中难得一见的瞬间,因为在大多数日子里,他连刷牙或坐在餐桌旁吃饭这种生活日常都懒得做。仆人们在大难临头之前,也纷纷离开,各寻出路。而瓦尔吉,这个现在孩子们口中的疯子,在这所大房子里默默地徘徊,自言自语。

他的邻居们没有注意到这一严肃的变化,他们正专心将自己的东西装进集装箱送往其他地方。科斯塔夫妇是个例外,他们的房子离得最近,科斯塔夫人出于怜悯,偶尔派仆人给瓦尔吉送来一些食物。但随着她的离开,科斯塔家也发生了变化;这幢房子散发出更加封闭和不再关注周围环境的冷漠气息。除去科斯塔先生在那里的短暂时刻,其他时间都是空荡荡的。

让我们再次回到重要的问题——这条街。在干燥的天气里,尘土飞扬(在这个国际主义和非洲主义盛行的时代,为什么不叫撒哈拉街?),无论如何清扫,无论仆人如何用耙子梳理,蓬松的热沙总是在沙脊上生长。以至于大家不勤于打扫时,沙子又多了起来,先是阻碍了自行车的通行,然后几乎阻碍了汽车的通行,要不是人们还惦记着用耙子清理,这所有的房子连同里面的居民都会被掩埋。相反,当雨季来临,地面不再能吸收所有雨水时,街道上充满了溪流,这些溪流汇成大河,流经雄伟的三角洲通往湖泊,肥硕的青蛙在那里呱呱叫,彼此不和,胡言乱语地谈论一切。而这些湖泊又相互连接,在瓦尔吉家的门口形成一片广阔的海洋,就在513.2号街3号房,这条街的最低处。居民们或是不知情,或是知情但不关心,瓦尔吉似乎有意囤积着家门口的这片海水,在这几天,他的家就是一个骄傲的孤岛。

荒凉的沙漠或汹涌的大海,513.2号街从一个极端摇摆到另一个极端,却找不到宁静,如果取这两种状态的平均值作为日常,这也不过是一条再普通不过的街道。

513.2号街插在大海和街区之间,颠倒了事物的自然秩序,即后来者把之前的人推到一边,然后说道:"你们走吧,我们想留在这里看海。"并辩解道:"你们是要回到灌木丛的内陆人,注定与芦苇和芒果树的阴影为伴,热衷于研究狮子的脚印,信奉山神。我们可不是!我们从海上来,带来了来自异乡的渴望和思念,能安抚这种情绪的只有我们一路航行不变的信念。"美景街(为什么不叫海军街,请原谅我的坚持)。而这里的人接受了,因为接受是他们的天性,也因为其他人有办法提醒他们。还有另一个相互关联的版本,那些对之前存在的一切视而不见的人说道:"我们来到这个什么都不存在的地方,我们做出详尽的规划,用经纬仪、尺子和指南针绘出街道,我们建造房屋,让这一切成为现实。你们才是之后到来的,困扰我们,还霸占了我们创造的工作机会。"

因此,这种关于谁先来谁后到的说法不止一个版本,简直数不胜数,但民间流传的版本却不见了。这个消失的版本隐藏在水泥房子后面,踮起脚尖,透过水泥房子的肩膀窥视着大海。这条街的居民相信口口相传的故事,但却不知道如何用文字把它们记录下来,至少在其他版本出现并试图抹去它们之前,留下自己的故事版本。

现在在513.2号街上,这个被遗忘的故事版本只存在于人们的口中。它是混合的,也是叛逆的,看起来就像一片虚假的海洋,沿着这条街,朝着前方宁静守候在那里的真正的大海驰骋。每波浪潮都携带着自己的信息,包裹着自己的咆哮,推动这片虚假的海洋向前涌动。

经过第一波的浪潮说,强迫人们在公共场合穿着代表自己阶层制服的复杂系统再也不存在了。再也不需要像字典一样细微地识别人们的身份,A代表骗子,B代表驴,C代表农民、奴隶和阴谋家,D代表散布者,E代表笨蛋,以此类推,直到P代表黑人和懒人。再也不用长长的数字来确认公民的身份,就像他们是囚犯一样,记在文字密度如此之大的笔记本上,最终不可避免地相互矛盾,而矛盾导致怀疑,怀疑导致逮捕。再也看不见负罪的影子在惨白的夜色中穿着破烂的黑色制服,跌跌撞撞地贴着矮墙行路,也不会再去刺激黑暗中长毛狗的神经,引得龇着牙的狗投射出探照灯一样的眼神。负罪的人道着歉,结结巴巴地说出清白且无辜的阴谋,这掩盖了大多数时候原本无辜的现实,然而这些努力都是无用的,因为在刽子手的眼里,怀疑和嗅觉,现实和阴谋都固化成一个邪恶而糟糕的版本,一个未犯罪却被视为犯罪的版本。不再有无文本的惩罚,只有恶意的引证。不再有牢房的潮湿和炎热,不再有连光线都无法进入的狭小窗户,不再有黑暗角落里冒出的真菌,不再有尿臊味刺入我们的鼻孔到达我们的大脑,因为在这个牢穴里,我们被视作动物,兽性在我们身上滋生,人性不会存留。不再有了,不再有了。我们的眼睛不再会被强烈的光线刺痛,在离开监狱的瞬间,一只手拿着小小的包袱,另一只手空空如也,就像脑袋里空空如也的希望,一切都显得巨大,与狭小的牢房形成鲜明对比,这个牢房是我们长久以来的世界,一个与其他非公民、其他非人类共享的世界,我们现在正努力忘记这一切,以便能够最终重塑一个人性的幻影,重写一本逝去的无辜故事的羊皮纸书,而事实上谁也找不回这些故事。不再进入新汉巴宁地区谁都不了解的所谓的木屋①,屋子里的那张桌子已经变了样,因为没有足够的食物,桌面上干净到甚至连面包屑都看不到,屋子里的那个女人也背负着双重负担踏上新的路途,她现在是如此彬彬有礼,在聊天中过于礼貌的打探使她显得格外疏远,若不想永远失去她身上原本的气息,我们必须尽快把她找回。不再知道

---

① 木屋,非洲乡村常见的镀锌屋顶的木头房子,译者注。

她自己是否想被再次找回,如果是的话,她是否在虔诚地妥协,或者她是否真的值得被找回。孩子们已经长大成人,没有经历过和我们一般的冒失的过程,就长成了男人和女人,再也不用为了离开地狱而请求原谅了!

居民们在窗户和阳台后面略带羞怯默默地听着。这一切的存在都有它们的道理,这是他们现在不能忽视的存在。当他们松了一口气,以为那一切即将结束时,第二波浪潮又咆哮着涌来。

说到他们背上的沉重负担,说到在无尽的火车铁轨上平行放置的沉重枕木,支撑着火车从大海出发,在峡谷中蜿蜒,沿着山坡爬升,又向着山谷下降,穿过森林,在沙漠中孤独求生,带着沉重的喘息声到达这如此遥远的内地,这片不再属于我们的土地。不再有了。再也没有让我们挖到失去指甲的黑暗洞穴,洞穴如此之深,以至于我们在那里也失去了自我,一直在等待和吐血,吐血和等待吐血。不再有了。不是整天都在剥无尽的腰果仁,一模一样的腰果仁,唱着单调的歌曲支撑我们剥下去,以便在生命的尽头,在破烂干枯的草席上,他们会来告诉我们,有必要重新开始,有必要让我们的女儿也学会剥腰果来接替我们。不再有了!

终于,第三波浪潮到来了,它低着头,对另外两波浪潮席卷时主张的肆无忌惮感到怀疑。而它的波涛声是宁静的,几乎是一种呜咽。

我们也可以证明这一刻的重要性,它在经过时这么说。当我们这些不识字的人展示出烙印在我们身上的两部长卷,就造就了这一重要时刻。在我们背上,鞭子的尖端写出密密麻麻的文字。这部长卷讲述了许多不同的故事。紧挨着肩胛骨位置的故事向我们讲述,我们如何从垦殖者手中接过他们想让我们种植的棉花种子,在规定播种日的前夕,我们在热水中煮沸它,使它失去活力,因为我们已经喘不过气了,也无法为其成长做所需的工作。因此,当骄傲的工头认为他在见证葡萄牙工业未来的诞生时,他实际上是在见证被煮熟的种子的葬礼,我们小心地将种子埋葬,使它永远不会再出现。而他,愤怒地把这个故事写在我们的背上,让大家知道农民是多么的懒惰和奸诈。我们的肚皮上,胸口上的故事,是比较平静的,我们不知道该把这段故事的缔造者归咎于谁。这是源于饥饿的缓慢乐章,一个单调而悲伤的慢板,其中的三十二分音符和八分音符已经失去了活力,变换为挂在我们肋骨构成的五线谱上的短暂全音符。第一个音符讲述了植物如何因我们而死,第二个音符讲述了动物如何因我们而死。这是一个只属于我们的故事,是独一无二的,因为当城市里的人在水龙头吝啬的滴水声中发现干旱时,我们看到它以一个本应该发生的空洞负面形象从天而降。第三个音符讲述的是老人和孩子离开后再不会回来。第四个音符,也是最后一个音符,它是沉默的,永恒而重复。这就是为什么把农民称为活的图书馆,为了证明这一点,我们在这里,在这片独立的海洋中运动。对不起,亲爱的同志们,我们能不能看到这个城市和它的灯光,我们能不能参与进去?

其他的善良的人说:"同志们,到后面去,像其他人一样呐喊,今天的聚会是属于所有人的!"

这片新的海洋正带着所有的波浪前进,记者们站在它的一边,为那些远在天边、无从确定的人报道。它前进着,所有它流经过的街道都会被它洗礼。

"同志们,这一条街该叫什么名字呢?"前面的人问道。

"玉米街!豆子街!"农民一边回答着一边想着来年的丰收。但他们声音很小,因为他们被教导要尊重这条街。

很快其他的声音盖过了这些声音,热情洋溢道:

"不!以前用日期或名字命名街道,是为了要庆祝一些日子,铭记一些人!"

"那就这样吧!"他们的头儿说,"就用日期和名字命名街道!"

一条又一条的街道获得了新的面孔,新的名字,直到他们来到这条街,正如我们所看到的,人们犹豫了。有一段时间,人们在争论(葵花街! 站在后排没听见的农民,喊着叫它棉花街! 他们已经忘记了过去的噩梦般的棉花厂)。

居民们从窗户探出头来,悬着一颗心在等待着这个将永远改变他们街名的决定,他们认为这也将改变他们的生活。

我们站在前面听不见——他们的头儿喊着——同志们,我该给这条街起个什么名字? 我们要取消谁在这条街的命名权? 我们要用一位我们自己的英雄替换掉哪位昔日的英雄?

他们这样说着,走近疯子瓦尔吉家门前那块在风中微微摇晃的路牌。瓦尔吉躲在门帘后被吓坏了。他认为自己才是问题所在。自从那个南非女人离开后,他发誓不说话,所以他几乎不为自己辩解!

但今天是一个庆祝的日子,人们并不吝啬:他们不想和人算账,只想和历史以及历史赋予的地理名字算账。

"怎么样,同志们?"面对这个神秘的数字,他们更加犹豫地说道。

但是,如果一个数字没有意识形态,也没有犯下罪行,怎么能把过去的滔天罪行归咎于它? 数字就是数字,于是对于街名的讨论潮水般地继续下去,没有做出决定,瓦尔吉得到了安慰,街道仍然保持原状。但又不完全是这样,因为在同一个名字、同一个数字上,将诞生一条新的街道。

2
混乱的时代

零星的枪声仍在响起。对于政党秘书弗朗西斯科·菲利蒙·滕贝来说,他们有时听起来很近,有时又很远,不知道是哪里的枪声。子弹就是这样,盲目而善变。击中的地方可能取决于风,它把弹药推得更远或拉得更近。但在如此动荡的时局中,谁还会在乎风呢?有时枪声是如此的近,听起来就像是敲门声,菲利蒙认为属于他的日子到头了,他觉得那些开枪的人是冲着他来的。那些更远的枪声,似乎是在寻找其他不同的目标。如果枪声发生在附近,菲利蒙就会充满恐惧,认为此刻他在炮火中成为主角实在不值得,这样还会给他的邻居佩斯塔纳带来不必要的威胁,更是不值得。但是,当枪声从更远的地方传来,似乎不是冲着他来的,这时他一贯的傲慢又回来了,他清醒过来,他再次拿出秘书的权威,像往常一样,四处寻找可以投入新秩序的人。

"伊莉莎,我告诉过你不要往外看!"他对他的妻子说。

"我就看一眼。"伊莉莎回答。

伊莉莎有两个担心:一是她确信有敌对势力在逍遥法外;二是怀疑这个敌对势力是否会来跟她的丈夫菲利蒙算账。具体是什么账,伊莉莎也不知道。她转过身来,回答道:

"如果我是你,与其关心鸡毛蒜皮的小事,更应该担心外面发生的事情。"

"你这话是什么意思,夫人?离窗户远一点,这不是女人该管的事!"

伊莉莎从窗边走开,耸了耸肩膀,发出啧啧声,闷闷不乐,忧心仲仲。月光从窗户照进来,被百叶窗撕碎,吞噬了整面墙壁,映在伊莉莎的身上,留下一条条明暗交替的光影。菲利蒙用他专注的目光上下扫视着这条尘土飞扬的街。没有看到一个人。尽管邻居们的灯都关着,但在一扇扇的窗户后面肯定有偷窥的人。一只流浪狗匆忙地跑过,想寻找一个更安全的藏身之处。在街道的另一边,在佩斯塔纳博士家的墙边,一只红头蓝尾的蜥蜴爬上了相思树,它鲜艳的颜色被黑暗所玷污。成群结队不祥的蝙蝠搅动着黑夜(这是属于它们的时间)。又是那些该死的枪声,忽远忽近,子弹带来的恐惧,让这样平凡夜晚显得不再单调。再一次,菲利蒙的目光像灯塔一样,向窗外搜寻答案。伊莉莎再次出于好奇地问:

"该死的,这到底是怎么回事?"菲利蒙担心地说:"我已经告诉过你了,伊莉莎,快点离开这里!"

他注意到这个女人的身影,但他不想让她察觉到他的恐惧。然而,伊莉莎很了解菲利蒙,她知道他这么说正是出于恐惧。所以她不再发出声音,蜷缩在角落里。

"滕贝啊,你对女人脾气很大嘛!"黑暗的房间里传来第三个刺耳的声音。"我倒想看看,当我的朋友们穿过这扇门来找你时,你是否还会如此嚣张!"

菲利蒙被这些威胁的话吓了一跳。而当他转过身来的刹那,蒙泰罗探长矮胖的影子已经穿过了门。他强忍着自己的脾气,甚至都没问他是怎么进来的,他知道这个可恶的人总能找到各种办法穿过紧闭的大门,不请自来。

自从他们搬到这幢房子住下后,滕贝夫妇就与这个过去的探长共同生活在一起(在某种程度上可以这样说),他来去自如,似乎也住在那儿。这个余孽的灵魂,也是这对夫妇的秘密。"不要告诉别人我们家里有反动派,夫人。"当探长第一次出现在他们家时,菲利蒙就对伊莉莎交代道。"这件事发生在秘书的家里,我甚至不知道人们会怎么想。"

"你就没有别的事可做吗？没人教过你不要偷听夫妻之间亲密的谈话吗？你们十分讲究礼节,但也是最没有教养的人！"

"废话少说,滕贝。我告诉过你,当我的朋友通过那扇门来找你的时候,我会大笑的！而你,伊莉莎,那时不要大喊大叫或哭哭啼啼地流下你那鳄鱼的眼泪。毕竟,他们是来帮你忙的,帮你摆脱这场瘟疫！"蒙泰罗说着。他是永远的阴谋播种者,在伊莉莎和她丈夫之间插话,试图增加夫妻间的猜忌。

伊莉莎没有回答,因为想想看,白人蒙泰罗说的还是有道理的。菲利蒙需要点强烈的惊吓来缓和他的不耐烦和威胁。

外面的枪声再次响起。有时是零星的,有时是连成串的,伴随着探长嘲弄的笑声,重新焕发出活力。而菲利蒙想知道这个可恶的人是否有能力为他的盟友们指出一条通向这幢房子的复仇之路。他颤抖着,很不自在。

蒙泰罗探长为自己懦弱的行为感到羞愧。当里斯本发生政变的消息传来时,他和他的妻子格特鲁德正住在这条街的8号,他唯一坚信并维护的旧秩序,当时正处于混乱之中。他的反应是伸手拿起枪,尽可能多地消灭敌人。

"夫人,从柜子里拿出来一盒子弹,因为今天我们要献出宝贵的生命！"

格特鲁德夫人说：

"别做傻事,亲爱的。等着看会发生什么吧。"

格特鲁德夫人已经向奥罗拉·佩斯塔纳夫人和其他邻居打听过了,可能是有坏事要发生,但现在还不是时候。

日子变得焦躁不安,513.2号街的居民就像昏昏沉沉的蟑螂,从他们过去温暖的洞里出来,聚在一个小空间里。每个人都打着自己的小算盘,盘算自己未来的出路,也给自己亲近的人出主意,就这样,大家互通着消息。男人们带来了街头的消息,晚上回到家试图将带回来的只言片语编织在一起,从中揣测出事情的来龙去脉,而他们的妻子则一边听着丈夫编织故事,一边编织毛衣。有时他们像青少年一样聚集在房子的围墙边,说着悄悄话,手中香烟在黑暗中发光就像萤火虫一样。而513.2号街,一个映射不同生活主题的万花筒,此刻却只映射出同一个故事背景,在这个背景里,居民们怀着同样的心事,无视外面发生的事情,不知道该怎么做才能参与到报纸写到的变革中去。

这样,不可避免地分成了两个派别。一边是住在这条街5号的科斯塔先生的朋友,他们认为唯一的解决办法是在条件允许的情况下,收拾行李前往大都会,因为它就像一片随风飘摇的灌木丛,里面挤满了许多人,已经没有空位给垦殖者了。站在对立面的是蒙泰罗探长一伙人,他们坚定地认为,历史的车轮仍然可以向后转动。他把现实与按个按钮就能倒带的电影混为一谈。在那部电影中,虽然有些人看到了"全剧终",随后看到在白色幕布上跳动的小颗粒,最终陷入黑暗,但其他人仍然希望回到介绍某个导演和某个美女主角的片头字幕,直到倒回到电影标题,最后,甚至倒到更远,回到最初,把剧本改得面目全非,这样才符合他们的期望。

由于世界上充满了巧合,其中一派的成员几乎都住在街道的一边,而另一派的人则住在另一边。因此,一条5.132米宽的新边界在那里诞生了,这条分界线上的误解和猜疑、隐晦的威胁和指责与日俱增。蒙泰罗因为他的过去和他的脾气,自然成了主角。毕竟,他是一个受过军事训练的警察,而解决这个问题需要一场战争。他宣布了要与散布在整个城市的其他街区共同谋划未来。

他保证说:"虽然看起来不顺利,但事实并非如此。我认识一个大人物,他是我的同学,也是斯皮诺拉参谋长妻子的表弟,他说事情不是表面看到的那样。"

面对着自己的邻居蒙泰罗和这位戴着单片眼镜的大人物之间这种看上去还很熟的关系,追随者们俯首称臣,这种关系在某种程度上是一种保证。此外,这位蒙泰罗先生还认识很多其他的蒙泰罗先生,目前他们分散着,但正在重组,他们有能力将恐惧变成愤怒,将愤怒变成绝望,绝望变成行动。他知道如何实现这一点。他穿过街道,去敲马尔克斯的门,马尔克斯住在这条街的11号,他白天是机械师,业余时间是无线电爱好者,在过去,他喜欢在温暖而漫长的夜晚里研究他的爱好。

"马尔克斯,我知道你不想参与此事,你甚至每周六的下午都和科斯塔以及那群和平主义者和卖国贼一起喝酒。"蒙泰罗说道,语气中带着恐吓。紧接着为了缓和气氛,他又说:"但你不能拒绝我。我需要你的无线电,以确保与其他的爱国团体联系,协调各方是胜利的基本要素,你明白我的意思。"

但胖子马尔克斯不懂,他不愿意。他已经想象到蒙泰罗探长用他那刺耳的声音侵入他的无线电,说着:"乌鸦!乌鸦!请确认女武神是否到位!"以及其他神秘的语言。女武神无疑意味着死亡,而乌鸦是宣布死亡的不祥之鸟。另一边回答:"豹子探长!豹子探长!确认今晚到位!"而蒙泰罗,反常地挑明了说:"嘿,笨蛋,你见过豹子探长吗?你要么叫我豹子,要么就叫我探长,永远别把这两个称呼放在一起!"无线电另一边的乌鸦吓得缩起了羽毛,所有这些听起来无关紧要的问题却使可怜的马尔克斯崩溃了,他的内心在颤抖。

他犹豫地争辩说,这台无线电有更多单纯的目的。他制作这台设备的出发点是把它当作玩具,来满足自己的梦想,白天他在车库的烟雾和油污中发呆,晚上只有这台设备才能带给他挣脱的冲动,带他到遥远的地方旅行。马尔克斯特别喜欢巴西,因为那里说的语言是一样的,只是更加轻柔;他也喜欢果阿和整个印度,由于更私人的原因,他之后才会发觉到这一点。

"只是他们可以立马追踪到我,而我就在这,我有尤拉里娅还有其他一切。"他说着,试图争取时间,"不是我害怕,探长,而是他们可以立马追踪到我,而且还会伤害我的妻子,她很可怜。"

简而言之,马尔克斯陷入了怀疑,更准确地说,为了不激怒他的邻居蒙泰罗,他假装陷入怀疑,但实际内心坚定。他一直在坚持着旧的等级秩序,所以他仍然害怕警察。

他的妻子尤拉里娅偷偷地对他说:

"马内尔,你大可不必这样。自作孽,不可活。让他说他的。听着,只要我们把无线电拆了,就可以彻底结束与他的对话。愿上帝保佑我们吧!"

而上帝不是给予了他们帮助吗?他给他们派了一个叫泽卡·费拉兹的人,带着满满一箱钱买了他们的房子,从而让他们逃离了这条街,逃离了国家,逃离了那种困境。蒙泰罗探长总是了解所发生的一切,在他忙于将虚假的同情心与隐晦的施压和威胁("他会屈服的,我知道他会屈服……")混为一谈之前,马尔克斯一家早就离开了那里,这使科斯塔先生一派变得更加薄弱,但另一方面,也使蒙泰罗主义者无法推进他们的无线电通讯计划。

住在 7 号的邻居佩斯塔纳博士不想站队。在学术界几乎总是发生同样的事情,当立场变得极端,行动就变得势在必行。他像一个专注于毫克的金匠一样权衡利弊,但他没有压抑自己的想法,以他博学的权威对两方表达意见:"我们必须看清楚事情,我们必须分析状况!"

有那么一段时间,科斯塔一派和蒙泰罗一派似乎都想要把他争取到他们各自的派别。佩斯塔纳可以提供科学性,或者至少是清醒的意识,因为他总是通过对同一问题进行两次或更多次的分析,从而找出问题的根本。科斯塔一派在佩斯塔纳身上寻求那种清醒的意识,用来对抗仇恨滋生的盲目。

"博士,至少告诉探长不要干涉我们,不要让我们妥协,因为我们只想过好我们的小日子。"科斯塔气呼呼地说,"他会听你的。"

"好吧,好吧。"佩斯塔纳回答说。而且,带着他一贯的谨慎说,"我只是在等待一个机会。他这个人很易怒,不可能一下子转变。你知道他生气时的样子。我只是在等待一个机会。需要平静和耐心!"

蒙泰罗一派更感兴趣的是佩斯塔纳能以某种方式使仇恨继续滋生。他们正在收集质量意义上的支持者,因为事实证明,他们的大多数支持者是贪婪的产物:"我们已经有某某博士加上某某法官在我们这边。"他们说,仿佛他们在复杂计划的念珠中串入了几颗珍贵的珠子,这就是胜利的保证。他们仍然缺少佩斯塔纳,他们也努力在那里为他穿针引线。但博士是一个钟摆,他没有用怀疑来触发行动,而是让后者迷失在前者的迷宫般的道路上。因此,当在行动之前没有时间进行思考,当因果关系开始没有任何必然联系时,佩斯塔纳就失去了他的重要性,带着和其他人一样多的疑虑,沦为住在7号房的一个普通居民,就像一直以来一样。

513.2号街已经处于这种动荡中几个星期了。有几个住在其他街道的男人来到蒙泰罗的房子里密谋,而格特鲁德夫人则为他们提供咖啡或冰啤酒,并向她的丈夫抱怨("谁为这些福利买单,你吗?我可不愿意这么做!")。而他们所谈论的是一个来自过去的新国家,它保持着将美丽和宁静与不公正和邪恶混合在一起的不协调性。而结果是这个黑暗的岛屿漂浮在这群人的想象空间中,每个人都试图给它增加一个细节,它变得越来越敏感,越来越阴险。

与此同时,在街对面,科斯塔一派势力正在减弱。首先,正如我们所看到的,他的妻子就是个例子;然后,是马尔克斯一家带着他们全部的家当离开,除了一台被拆掉的无线电,它从未发挥过邪恶的作用,也不会再为满足其主人的梦想而服务。他们沉默着离开,低着头,心中交织着反抗和羞耻。他们挥手告别,避免与蒙泰罗一派的人最后一次对视,即使在这样一个痛苦的、决定性的时刻,这伙人也没有停止对他们一家的辱骂:

"又是一个夹着尾巴的懦夫!当我们未来解决这个问题之后,他们又会回到这,给大家讲故事,编造理由!"

但是,尽管有谩骂,他们的队伍每死一个人,科斯塔一派就会变得更加强大,而且人们普遍认为,解决问题的方法就是解决出路的问题。

有一天,这个死结意外地被解开了。蒙泰罗探长显然难以消化这么多相互矛盾的信息,他认为他的日子到头了,有人要来抓他。他冲进屋里,曾经想出如此复杂计划的脑子现在空空如也,浑身是汗,不顾格特鲁德夫人的反对,不由分说地把她拖进车里,飞快地驶向南非。内心的怒火在啃噬着他,他连多余的随身衣物都没有带,抛下整幢房子就离开了。

他的妻子在路上对他说:"我仍然认为你在小题大做。"

"闭嘴,你不了解这些事情!你知道吗?"探长回答说。与女人的单纯天性不同,他不想谈论细节,所以用专属于男人的神秘的权宜之计迅速地结束了谈话。

"或者,你的担心是有道理的,你对我隐瞒了什么?"她坚持说。格特鲁德夫人有时会有这种反叛的机警,她用这种方式挑战她的丈夫。也许再多一点时间,她就能缓和探长对成为主角的急切渴望。但是,在这个事态快速发展到结局的时刻,时间远远不够。这对夫妇在前往边境的路上穿过博阿内①时,为了躲避路障,轮胎在弯道上发出刺耳的声音,尴尬至极。蒙泰罗双手紧握方向盘,喃喃自语地发誓要报仇,格特鲁德夫人戴着墨镜,掩饰自己的窘态。探长在最终考验的前几天被这种悲惨的姿态所羞辱,消失在人们的视线里,再没人能找到他。毫无疑问,他一直在谋划,但这都只存在于他记忆的深处,他只能在那里徒劳地发泄愤怒。在他身后的格特鲁德夫人仰望着天空,眼神中充满平静和怜悯。

蒙泰罗的突然离开使科斯塔一派的脸上露出了苦涩的笑容(因为作恶的人终究得到了报应!),同时也让他自己的那派人陷于混乱。513.2号街的蒙泰罗一党人失去了他们的领头人,他们在过去这些尝试政变的日子中所做的白日梦破灭了。现在,其他街道的蒙泰罗一派的人正在尝试做点什么。

这种尝试转化为现在响起的这些枪声,让菲利蒙惊愕不已。"我想知道是谁在开枪?"他一边问着,一边恶狠狠地瞥了一眼挂在房间一角的探长的奶白色风衣。

菲利蒙的这种恐惧是合理的,远远大于他的内疚。毕竟,当政党来到这里寻找可信赖的意志坚定的人时,他,就住在后面的平民区,是第一个表达竞选志愿的人。他没有过去,如果有的话,就意味着他与殖民主义二元论扯上了关系?他也没有很了不起的现在。但他有效力的意愿,他对革命充满了热情。这也是其他人在他身上看到的东西。起初,他做的是一些细微的工作,比如用他颤抖的笔迹把信息带到政党的总部,并从那里带回写在抬头纸上的明确指示。然后,在这样一个对竞选很抵触的街道上候选人稀少,再加上

---

① 博阿内,莫桑比克城镇,译者注。

他的奉献精神始终如一,他在忠诚和信任的阶梯上迅速崛起。这一天,一个重要的人出现了,在随后的会议上,他们任命他为513.2号街的政党秘书。这个职位并不是什么美差,所承担的风险多于得到的认可。现在是播种的时候,不是收获的时候。

这一点就在枪声响起的当下得到了印证,他预感到他们找的是自己,那些人是不愿意面对既成事实的蒙泰罗一党的余孽。菲利蒙对探长的劝说充耳不闻("哦,滕贝,他们要来杀你了!"),他鬼鬼祟祟地穿过街道,来到巴西里奥·科斯塔同志的门口,用不安的声音问他是否知道枪声意味着什么。巴西里奥·科斯塔很谨慎,说他不知道,尽管他猜到了是谁在开枪。就这样,两个人保持着令人恐惧的沉默,因为分担着同一个风险而结合在一起,虽然阵营不同。他们互相称呼对方为同志。过去他们之间的距离是巨大的,因此当菲利蒙秘书称巴西里奥·科斯塔为同志时,他想告诉他,现在白人和黑人是平等的,无论前者是否愿意。在这个特殊的时刻,更是如此。两人在一起到了不得不分享所有秘密的地步,包括那些枪声的秘密。至于巴西利奥·科斯塔,他对同志一词的使用更多是一种自我防御。他不希望出现任何问题或挑战,他正在经历一个灰色时期,在他也能最终离开之前最好不要发生任何事。遗憾的是,他对枪击事件一无所知,因此无法给秘书同志带来启发,他甚至像菲利蒙一样感到害怕。

两天来,结局是不确定的。有时,似乎蒙泰罗一派尽管已经没有了蒙泰罗最终会获胜,从而扭转局面。在其他时候,情况恰恰相反,反动派的努力显得徒劳无功,毫无意义。就像现在这样,枪声如此分散,不再像一场战争,而只是它的回声。菲利蒙更有信心了,不再把他的恐惧发泄在可怜的伊莉莎身上,他再次看向外面。房间内空气中仍然弥漫着蒙泰罗的气味。收到了这样一幢房子,让他的工作看起来是个美差,如果可以这么说的话,但他宁愿把这看作是一个冲在对抗反动势力前线的工作岗位,但他仍在问自己是否应该再等一等,就几个月,直到事态平静下来。

现在已经太晚了。菲利蒙不仅住进了这幢房子,也在这条街上变得特别显眼,就像蒙泰罗探长当时那样显眼。

3
一本黑皮记事本

上帝派出一名使者,从蒙泰罗探长的魔掌中拯救出了胖子马尔克斯和他的妻子尤拉里娅。泽卡·费拉兹,这个使者,在一个阳光明媚的早晨,他走进了513.2号街,经过其他房屋时,甚至连看都没看一眼,就在11号门前停了下来,仿佛有一股无形的力量在吸引着他。他敲了敲大门,在等待马尔克斯来小心地打开大门的时候,他满意地看着屋外的一切:房子被精心料理的花园包围着,墙壁刚粉刷过,窗户是整片玻璃的落地窗,屋顶错落有致。好迹象。

"早上好。"费拉兹打了个招呼,然后开门见山地说,"听说你准备离开这里?"

马尔克斯被吓了一跳。正如我们所看到的,时局混乱,眼前这位可怜的人看着这个不速之客,无法判断这是蒙泰罗迫使他承认错误的阴谋,还是新当局派来的人来试探谁要离开,谁要留下来。

"可能是这样,也可能不是。"他的神经紧绷,含糊其词。他看着费拉兹,仿佛在承认一个事实,尽管他身材魁梧,但他是个脆弱的人,无法保护自己。以修车来度日的他很难理解他周围发生的事情。他仍然带着恐惧。

泽卡·费拉兹注意到他眼中的这种恐惧,试图缓和他的这种情绪。

"我不是那样的人,不要这样想"他温和地说道,"我只是想买下你的房子,如果你正在卖的话。"

不是蒙泰罗或新当局派他来的,而是上帝派他来的!但马尔克斯犹豫了,他不敢轻易相信,认为这只是试图利用那些匆忙离开的人的说辞。他一走就意味着与这幢房子毫无联系了,包括他的过去。还有那台无线电,尽管它已经不在了,但在那些漫漫长夜里,马尔克斯就是通过它与世界沟通的。最后,还有一个车库,他在那里工作了一辈子,而工作的痕迹,正如我们所知,是要花最大的代价才能消除的。

他想着这些事,然后说:"价格很高。你看,除了这幢房子,还有一个配备齐全的车库。我是……我以前是一名机械师。"

"我也是一名机械师。"泽卡·费拉兹说,边说着边伸出手来问候他。

两个机械师面对面。马尔克斯开怀大笑,既然这样,事情就顺利多了。泽卡·费拉兹是个负责任的人,他说只要马尔克斯的要价是合理的,他就可以立即现金支付,就这样,事情在半个小时内就解决了。泽卡并不吃亏,因为他以很低的价格就住进了 513.2 号街,马尔克斯也很满意,因为他摆脱了蒙泰罗探长和其他人的威胁。有多少像他一样也要离开这里的人,不管他们的房子要价有多低,都无人问津。另外,像费拉兹一样手中有钱并愿意花钱的人也很少。

现在能保持相对安逸的秘密是他一直遵循的两个基本原则:工作和规划,这是他在萨拉查时代学到的。这位反人类的独裁者公开地批判这两点,以愚弄其他的人,有时甚至他自己也相信了自己的鬼话,费拉兹却私下里有着自己的坚持,他对工作和规划的坚信不受任何因素影响。他从早到晚地努力工作,始终保持良好的心情和旺盛的精力,所以他积累了一些财富。当独立运动和集体主义狂热即将来临时,泽卡·费拉兹明白,现在不是积累财富的时候,因为没有地方可以存放:在国内,有风险;在国外,没有任何机构可以免受这场动摇旧秩序的危机。所以当他决定从马尔克斯先生那里买下这所房子时,他就不相信集体主义会永恒不变,总有一天富人和穷人的定义会再次被强调,他们之间的分裂会像以往一样再次出现。费拉兹小心翼翼地尽力而为,并不是出于单纯地想发财或是优于他人,而是不甘于贫穷,他在保持一种回旋的余地,使他能够远离他的家乡。

泽卡·费拉兹来麦德莫莱斯镇,也就是现在的绍奎镇①(正是这场动荡带来的名字上的变化!),他在那里出生并长大成人,他的父亲是那里传奇的机械师,能够使已经报废的大型农业机械重新运作。泽卡继承了这些技能,尽管他不像他的父亲老费拉兹那样擅长大型机械学(有些东西是无法传递的,无论是否与生俱来),但他还是对检测设备,调整密封圈、调整阀门或精确地找到怠速点这一类的检修工作显示出特殊的天赋。因此,他与他的父亲不同,他的父亲用大铁锤和扳手把自己武装起来,在那个村子里与奄奄一息的金属怪物战斗,以至于最后和它们一起死去,泽卡则被城市和更现代化的小型机械所吸引。于是他娶了同样是黑白混血儿的吉列米娜,带着他的小工具箱去了洛伦索·马尔克斯市②,在那里的一家小工厂,他成为了一名葡萄牙机械师的助手,那期间一直遵循上述两个原则:工作和规划。身边的吉列米娜夫人见证了这一点:当她的丈

---

① 绍奎,莫桑比克内陆城镇,译者注。
② 洛伦索·马尔克斯市,即莫桑比克首都马普托市。1976年马普托市被改名为洛伦索·马尔克斯市以纪念葡萄牙同名航海家,译者注。

夫累积家庭财富时,她也会打一些零工赚钱,比如煎香肠,制作蛋糕,为仆人裁剪衣服和缝制长袍。这就是他们两个和女儿贝特丽丝,能够在独立运动的动荡中买下 11 号房的原因。

正如已经说过的那样,那次财产转移并不是一个正常的插曲。正常的情况是,马尔克斯先生想卖掉房子,但没有人买,而泽卡·费拉兹虽然想住在那里,但没有钱支付。这是一个例外,因为当他们在门口初次相遇时,两个人都觉得要不是时间和历史原因,他们本可以成为朋友。一家人离开了,另一家人住进来了,这符合当时整个时代的节奏。过惯了简朴日子的费拉兹夫妇花了几个月时间来赞叹他们的新家。痴迷于清洁的吉列米娜,在房子里左擦右擦(新来的人总是有着奇怪的习惯,他们总想抹去前人的痕迹,然后在同一个位置上留下自己的印记);贝特丽丝把自己关在新房间里,做着属于青少年的梦。但泽卡·费拉兹却在屋外的车库里有一个大发现。

这个车库和所有的车库一样脏乱,到处都是凹陷的旧油罐和散落一地的金属碎片。这里已经失去了机油赋予的光泽,灰尘落在油的表面,使其凝固,变成了棕色。但也有迹象表明,为了使工作变得高效,有人在努力控制这个叛逆的空间:螺丝按尺寸分类,螺母按口径排列。但是,再往前走又出现了令人不安的混乱痕迹,垫片散落在箱子外面,工具被胡乱丢在地上。泽卡·费拉兹在翻找这些东西时想:有两种情况,要么是马尔克斯先生最近疏于整理,要么是他作为一个机械师有很多不足之处。而他更倾向于第二种可能,忍不住把自己和马尔克斯这位机械师当作对手进行比较,是现在和刚刚结束的过去之间的比较。沉浸在这些想法中,他拿起了很久没动的一些东西,在这些东西从它们的位置上移开时,下面露出了没有被灰尘侵占到的空间。尽管这种对原有秩序的改变是轻率的,但却被时间赋予了合法性,这引起了震耳欲聋的躁动,蟑螂笨拙地逃到角落里,同时传来老鼠跑动的沙沙声,它们的位置只能通过它们沿着墙壁溜走时转瞬即逝的影子才能大致判断。"这里需要进行一次大扫除。"泽卡想,转身向声音传来的方向走去。就在到处找老鼠的时候,他偶然看到了一本厚厚的、黑色封皮的笔记本,它被遗忘在一个角落里,布满了灰尘。在车库里为什么会有一本这样的笔记本呢?

他把它拿了起来,抖了抖,扬起一小团灰尘,他不禁咳嗽起来,然后开始慢慢翻阅。这是一本画着老式蓝线的笔记本,上面密密麻麻写满了黑字,字迹被时间冲淡了一些,这些字密得不得了,好像是写字的人想要节省纸张。泽卡·费拉兹翻看着笔记本,前后的内容在他看来没有什么必然联系,但他仍然满足于他所收集到的信息碎片。"1958年3月3日:为索罗门霍先生的斯图贝克车换油。"再往下看,第47页,"1959年10月6日:检查怀特先生的沃克斯豪尔车的后悬挂系统的噪音。"

泽卡·费拉兹继续翻着笔记本,发现了一种很机械的生活内容,其中记录了出现的各种问题,而解决方案也被详细地记录了下来。仿佛这些文字都是在同一天匆匆忙忙写出来的,而不是对整个生活的记录。这么清晰的条理和这么高的效率,与那个车库的无序形成了鲜明的对比,虽然这并非无法解释,但难免让人浮想联翩。泽卡·费拉兹想象着索罗门霍先生的司机开着巨大的黑色斯图贝克车来到这里,在门口把钥匙交给穿着工作服的胖子马尔克斯;或者后者与怀特先生就后悬架的噪音交换了看法,每个人都在努力理解对方的话,英国人用糟糕的发音主观地讲述关于这辆车出的问题,葡萄牙人耐心地思考,努力把问题客观化并解决它们。

他摇了摇头,似笑非笑地继续翻阅那本厚厚的笔记本,试图抓住其中一些故事的蛛丝马迹,对其他不感兴趣的故事就一眼带过。这辆沃克斯豪尔车每年都会来这,悬挂问题顽固地反复出现,令人恼火。马尔克斯先生不情愿地在汽车后座上艰难地蹲几个小时,不顾一切地喘息和咒骂!我们浪费生命,但却没有结果!然后,怀特先生的车从记录中消失了。以前,它总是出现在星期二,也许是因为这一天是怀特先生的工作中比较轻松的一天,但从1962年开始,星期二出现了其他人的名字和其他车辆。没有一丝老沃克斯豪尔的痕迹。费拉兹的结论是,也许怀特先生对马尔克斯的低效率感到失望,去找了另一个机械师,也许他只是放弃了修理,抛弃了那台旧车。他又笑了,似乎希望他可以挑战修理那台旧车。

当费拉兹翻到本子最后几页时,他注意到笔记本的一些变化。字母趋于放大,失去了以前的宁静,呈现出有棱有角的楔形外观。字迹歪歪扭扭,仿佛写字的人变得不耐烦,或者没有足够的时间来做记录。有时字迹是如此愤怒特别是在写字母 i 和句号的时候尤其明显,甚至戳破了厚厚的纸张。费拉兹会闭上眼睛,用手指在文本上摸索,感受那些小的凸起,试图通过它们发现每个记录戛然而止的地方。然后他会再次打开它们,以确保他的猜测是正确的。就在那时,他注意到,字迹的不耐烦与内容的不耐烦是一致的。现在,这些信息就像被切断了一些元素一样,如果你怀疑的话,你基本可以说它们是被加密的。"17 号:检查白车的问题。"(哪年哪月的 17 号?什么问题?什么车?)再往后看,只有单词和零散的句子仍然写在一起,但显然它们之间没有任何的关系:"刹车""检查火花塞""化油器"。如果我们不看句子和单词,而是看一整页,那么它们就像诗一样。有时是无韵诗,有时甚至押上了韵,这些诗句脱离了单纯的机械领域,延伸到一些更模糊的领域,这对马尔克斯来说也许不是故意而为之,但在费拉兹看来则是令人惊讶的。

经过一番深入的阅读,泽卡·费拉兹已经对那本笔记本的作者产生了同情,他现在得出结论,仅仅通过最后几页来判断整个过程是不公平的,恰恰是这几页预示着一个巨大的变化。仿佛打理这样一间不大的汽修作坊已经不再是马尔克斯先生坚持的兴趣了,他现在的想法就是赶紧离开这里。

他又往前翻了几页,依稀扫到了1961年。在普通的文字记录中,一段记录引起了他的注意:"菲亚特600:更换爆胎。"而且,写在上面的是一个神秘的句子:"BB第一次来。"费拉兹陷入了思考,马尔克斯这个如此专业的机械师竟然做更换轮胎的琐碎工作,他感到好奇。然后,他又想到了这句话:"BB第一次来。"

他把笔记本放回原处,继续着清理工作。"真是胡闹,"他想,"在有这么多事情要做的时候,我却把时间浪费在这样一本被一个可怜人丢在一旁的旧笔记本上。"

但当他调整科斯塔先生的福特卡普里的刹车片时,这句话一直萦绕在他脑子里。"BB是第一次来。"突然脑海中浮现出一个想法,他微笑着重新拿起了笔记本。BB第一次来。BB是指碧姬·芭铎,对吧?BB也许在莫桑比克度过了一个没有登上报纸的短暂而私密的假期;BB来海滩玩耍;BB来这里猎狮。BB开着一辆金黄色的菲亚特600,车子的颜色跟她的发色恰好一致。她肆意驰骋,碰巧穿过513.2号街,BB的车不经意间压到了11号门前的一块尖石,也就是在马尔克斯的家门口。难以置信的巧合!BB下了车,瞥了一眼轮胎——"真倒霉!"她小巧的脚上穿着一双无比精致的凉鞋,轻轻地踢着轮胎,同时用她脆弱的小拳头,轻轻地敲打车顶棚。然后,她不耐烦地扫视四周,发出喑哑而模糊的呼救声,而老马尔克斯当时比现在年轻得多、也瘦得多,他肯定会听到这个呼救声,并带着手中的工具赶过去,轻松解决这个问题。多么幸福的烦扰!BB松了一口气,准备掏出钱包,年轻的马尔克斯就是一个很普通的人,他对此感到荣幸(哦,多么荣幸!),他对于今天所受的恩惠感到惊讶和感激,生活就是如此难以捉摸,无论人们在哪里,都会安排惊喜,即使身在葡属东非这个被遗忘的角落,在这条偏远的513.2号街。此刻,BB用纤细手指抛了一个纯真的飞吻,仅仅是一个吻,这个吻优雅地穿过空气,落在马尔克斯的脸颊上,在那里留下它的红印,鲜红的印记像火一样燃烧。马尔克斯好像被那个吻击中,跟跟跄跄地向后退,不得不靠在大门上,直到他的眩晕感过去。他希望在这条街有越来越多的尖石,可以刺破更多的轮胎,最好每天一个轮胎。

泽卡·费拉兹兴致盎然地又翻了几页。他想在正文中挖掘出更多零散的语句,这些不相关的句子可以印证他在构想的故事(我们经常对一个模糊的过去进行改编,使它符合我们现在的情况!)。"头发是汽车的颜色。"他又发现了一个关键证据,满意地笑了,因为他已经猜到了汽车的颜色,就是这样莫名的直觉。费拉兹猜到BB第二次随意找个借口来见他,马尔克斯心花怒放,每个毛孔都在冒汗。她若即若离,享受在暧昧的氛围里,只是为了在这短暂远离杂志闪光灯和新闻头条的假期里,证实自己的魅力。为了满足剧情需要,马尔克斯给自己安排了一个倾慕者的角色。在厨房里的尤拉里娅夫人相信他们正在谈论机械故障,而实际上他们正在倾诉着暧昧的情话,他仿佛一只贪婪的食肉动物在圈住他的猎物,而她是一只优雅而兴奋的羚羊,心甘情愿被圈住。

"顽皮的机械师。"费拉兹低声说。

直到有一天,BB用她浪漫的法语说:"谢谢你,马尔克斯先生,今天我要走了,再见,马尔克斯先生。"他手上拿着工具,不知道如何让时间定格在此刻。对BB来说,这意味着她短暂而有趣的假期结束了,但对马尔克斯来说,他机械般枯燥的生活的按钮被再次按下了。

泽卡·费拉兹沉浸在他的想象中,甚至没有注意到有一个影子从后面向他慢慢接近,一个无声的黑色波浪漫过散落在地板上的碎片和盒子,向他靠近。而当他注意到时,本来就很暗的车库变得更暗了一些,他才意识到某种存在,于是他把笔记本放在门口。投进房间的光线中浮动着微小的尘埃,马尔克斯先生笨重的身影扰乱了这一切,此刻他紧紧地盯着费拉兹。

泽卡·费拉兹被这意料之外的景象吓了一跳。如果不是因为惊讶,他马上就要和他打招呼了;他几乎要为闯入那个车库而感到羞愧,而忘记了他们之间所做的交易让他完全有理由待在那里;他几乎要为自己这种不可原谅的、卑劣的态度道歉,那就是窥探这位同行的个人隐私,正如我们已经说过的,如果不是因为历史和时间的原因,他们几乎可以成为朋友。与其说这一切,不如说费拉兹眨了眨眼睛,试图让眼前的画面消失。当他准备再次睁开眼睛,直面他的耻辱感时,他又被吓了一跳,这次是吉列米娜夫人高亢的声音,从之前某个人站着的地方传来。

"泽卡,我已经叫了你好几次了。晚餐已经准备好了,都要变凉了。"她环顾四周说,"这个车库真的需要好好整理一下。"

"我马上来,夫人。"他一边回答,一边合上了黑皮笔记本,然后把它小心地放回原位。

他洗了澡,吃了晚饭,脑子里的念头消失了。他躺在床上,度过了一个不眠之夜,试图把那个毫无意义的故事忘掉,但却怎么都忘不掉。细心的吉列米娜夫人感觉到她的丈夫在床上辗转反侧,不知道他在想什么。

"发生什么事情了吗,泽卡? 我们遇到资金问题了吗?"

"没,一切都很好。吉列米娜,睡吧。"

第二天一早,他又回到了他的笔记本前。他疯狂地翻阅着它。在另外一页,发现了令人不安的一段话。这段话就出现在一段给车子右尾灯上方的补漆的记录旁。夜色掩盖了金发闪亮的光芒,也使故事的基调变暗。这段话也许是客户和机械师之间的私密话语,丝毫看不出一个法国女人试图用另一种语言说话时的抓耳挠腮;甚至也许是用非常地道的葡萄牙语交流的。

费拉兹叹了口气。他构想的故事此刻突然崩塌了！然而，故事随着下一句话的出现再次回到了他构想的情节，他再次聚精会神地看起了这段话；头发，又是头发，但这次的颜色是黑色乌鸦的翅膀反射出的蓝色。紧接着出现了一个名字，碧芭，缩写也是 BB，这个最终的证据很令人意外，彻底摧毁了不那么真实的碧姬·芭铎故事版本，毕竟他原来那么期盼着这个故事的发生。此刻，在他看来又好像确实不合理，她最终还是没有进行这次旅行，也没有猎狮，甚至更没有秘密造访 513.2 号街。

新的情节，需要再一次艰难的推理。同样一块尖石头，同样的爆胎，同样的对话。然后，碧芭随意找个借口来见他，意味深长的沉默，眼睛盯着地面。费拉兹很不耐烦，不知道马尔克斯在那个时候做了什么。想象一下，一边是老实的机械师，一边却是一个更具诱惑的剧情。屋外的轮胎毫无问题，屋内的黑暗中，碧芭半透明的纱丽滑落到了地上，上面弄上了马尔克斯的手上的油污。两人微妙的默契充满着羞涩、紧迫和慌乱。

费拉兹没有再读下去，在周围的每个角落里寻找着这个场景发生的证据，他想知道它是在哪发生的，怎么发生的。这是一个被人忽略，但不会消失的证据，就像现在一样，在革命的巨大变化中幸存下来，永远不会消失。他回到自己的笔记本前，努力控制自己，以免失去线索。他疯狂地翻到了 1962 年的记录，但没有再看到关于碧芭的描述，肥胖的机械师没有因为紧张和痛苦再次泄露碧芭的信息。终于，翻到夏天的记录时，出现了意外："1962 年 6 月 15 日：碧芭来告别。萨拉查希望他们离开这里，因为他们把我们赶出了果阿。"碧芭在背信弃义的情况下入侵，马尔克斯在萨拉查的掩护下像个臣子一样低着头撤退。马尔克斯和碧芭以牙还牙。萨拉查来到这里保护马尔克斯，对他被驱逐出印度的行为进行补偿。而另一方面,对碧芭的胆大妄为进行惩罚。萨拉查为了保护一方,惩戒另一方,不屈不挠,维护荣誉,播撒正义,惩恶扬善。

像这样一个雨天,费拉兹在车库的秘密中徜徉,挑选和构想多年的旧闻。灰色的天空笼罩着悲伤的氛围。你几乎可以看到他们到达码头:男人们拖着板条箱和行李箱,阴沉着脸,女人身上透明的薄纱丽湿透了,粘在她们丰满的身体上,几乎暴露她们了身形。他们通过绳索栏杆爬上船,船在摇晃,他们以双排的印度队列缓慢前进——这简直是双重羞辱,因为他们被迫走的是印度队列,也因为他们被迫再次成为印度人,而不是葡萄牙人。他们在一帮留着小胡子、穿着风衣的矮胖警察的监视下爬上队列,这些蒙泰罗派的警察几乎控制不住咬人的欲望;警犬也在密切地监视——它们的眼睛像探照灯,牙齿像刀子一样锋利大声吠叫着,震慑着这群人。他们上船的时候,雨声特别大,使回音有了一种粗糙感。长期以来习惯于当苦力的装卸工人,现在从远处笑看别人的苦难,因为他们清楚地知道这次不是属于他们的苦难。处于队伍中间的碧芭,像其他妇女一样把戒指和手镯上的金子藏在身体的私密部位,这钻了一个空子,因为老独裁者只有在不得已的情况下才会派他的狗去嗅探女性的私密部位。碧芭则希望它们并不是黄金,而是她带在身上的机械情人的最后的爱抚,这样她就可以把它们放在一个有玻璃门的柜子里,无论去哪里,或者被带到哪里,这样当她站在柜子前叹息时,她就可以随时支配它们了。也许碧芭上船时拉住一个年轻人的手,使他不至于掉进洛伦索·马尔克斯港口那片安静而黑暗的大海里,她最后一次停下来回头望(同时嘱咐这个年轻人继续往船上爬),她短暂地看了一眼码头,只见马尔克斯正低着头,双手握着可能属于某位客户的汽车方向盘,也许是怀特先生的沃克斯豪尔,马尔克斯正在路上测试车的后悬架,实际上是他为能开车过来找了一个合理的借口。他的手放在方向盘上,眼神迷离,时不时用手擦拭窗户上的水蒸气,这些水蒸气让他无法清楚地看到爬上梯子并永远不会回来的朋友。看着她爬上船,他意识到自己该回到房子和车库的空虚中,回到尤拉里娅夫人的空虚中,这种空虚与果阿被帝国放逐的空虚相同。

从那时起,笔记本中不再有任何参考信息。这段故事告一段落。对费拉兹来说也是如此,他看着最后的几张横线笔记纸,完全是空白的,他并不知道,从那之后马尔克斯改用无线电设备拼命地探索世界,而放弃了书面文字记载,直到蒙泰罗探长到来,才让马尔克斯彻底放弃。费拉兹环顾四周,寻找细微的痕迹,也许是老式菲亚特600的残骸,可能是一个他踩过的离合器踏板,可能是一个发动机的火花塞,象征着点燃那个秘密案件的火花,但什么都没有找到!

而他不敢问胖子马尔克斯,他坐在角落里,双手抱头,对这种被他人侵入记忆的行为感到尴尬。

4
布满陷阱的房子

一旦拥护旧秩序的支持者的叛乱被镇压,新秩序就会被恢复,另一个更隐秘的叛乱就开始了,即住在7号房的佩斯塔纳博士的叛乱。佩斯塔纳被政党秘书菲利蒙的干涉所激怒,现在他住在对面的邻居就像外面的蒙泰罗那样。但也正因如此,他感到更加安全和自信。

从惊吓中恢复过来后,菲利蒙正在努力避免再发生类似的事情。他在街上跑来跑去,密切关注这些房子的内部情况。萨莫拉·马谢尔总统说:"把蛇扼杀于蛋中。"菲利蒙严格遵循这一原则,仔细搜查蒙泰罗可能落脚的地方。但当他和蒙泰罗探长见面时,对方总是以玩世不恭的态度微笑回避,从未透露半点信息。

菲利蒙特别关注佩斯塔纳。他总是急匆匆地穿过街道,去敲他的门:

"邻居,你要去城里吗?我需要搭顺风车。"他会用含糊不清的语气说,似乎在说如果他不去,就不会发生什么不好的事情;我们这些老百姓有无限的耐心,在这个有些混乱的时代,等待可能或不可能到来的公交车;我们也有用不完的精力,可以在太阳的暴晒下徒步走到目的地。如果没有顺风车可以搭,这就是我们跨越漫长而痛苦的过去的方式,这就是我们生存下去并让自己变强大以取得胜利的方式。

佩斯塔纳谨慎地回答:

"好吧,秘书同志,我可以捎上你。也许晚些时候,一两个小时之后。当我出发时,我去你家告诉你。"

"我就在门口等着。"菲利蒙回道。而他的话听起来好像是在说他为了不打扰到佩斯塔纳,他会在外面等着,如果有必要,他就会一直等下去。因为过去总是这样,我们等待着被指明方向。你们这些有权势的人,因为你们是车的主人,可以决定带不带我们走。你们是过去的决策者。

他这样做是假意谦虚,佯装他没有意识到事情已经发生了变化。或者说,如果他意识到了,就好像这些变化不是因为他而产生的。在那一刻,他似乎有意与这些变化撇开关系。

而佩斯塔纳则忧心忡忡。他不想进城,也不需要进城,但他不方便拒绝这个请求,因为这会影响他已经脆弱的声誉。他回到屋里,在屋里转圈,和奥罗拉夫人争吵("我去吗?我不去!我去吗?我不去!"),她跟他说:"亲爱的,别把事情搞复杂,告诉他不去,他会理解的。也可能他只是单纯想去城里,如果你也觉得是这样,就带他去吧!"而他回答说,事情没有那么简单,她不明白其中的利害关系。说着,他又从窗帘的缝隙中窥视外面,外面的菲利蒙正一动不动地在树阴下等待着,而在佩斯塔纳看来,他显示出的是一种虚假的耐心,一种虚假的谦逊。

"他是想要一个破绽。"他思索着,"他在绕圈子,想找出抓我的办法!"

"哦,亲爱的,别这样。你不会告诉我是为了这个,为了搭顺风车,他现在要逮捕你吧。"奥罗拉夫人说道,她并不相信她的丈夫的奇思妙想。

不,政党秘书不会因此逮捕他,甚至没有权力这样做,但他会将这些日常生活中小小的拒绝累计起来,然后他会集中打击。这就是佩斯塔纳的怀疑。奥罗拉夫人比较简单,拘泥于日常生活中的小事,想不到这么多,她还是对丈夫的言论表示怀疑。一边怀疑着,一边又对丈夫表示同情。

随着时间的推移,事情变得更糟。菲利蒙在周日上午找了个借口传唤佩斯塔纳参加政治会议,也许是对搭顺风车的请求被拒感到不满。他会胡编一个问题去敲佩斯塔纳家的门("博士同志家里有没有反革命的书?"),无疑是打消佩斯塔纳想在革命变革中完好保存书籍的念想。经过长时间的考量,他现在想给出佩斯塔纳最后一击,这次的目标是佩斯塔纳的书,他最宝贵的东西。仿佛在说,正是这些点缀在你书架上的书籍,标志着我们在过去的不同。你过去读书,但不让我学习读书。那些编织在床单上的情节,只有你能解开。就我而言,我只能从你的口中了解它们,而这些都是被你翻译和简化过的信息。我没有机会了解他们原本的意思,只能依赖于你的版本。啊,但现在不同了!现在太晚了。现在我也许可以做到了,但已经太晚了。我不想了解它们。更重要的是,我也希望你能忘记它们。你不明白。在这个新的平等秩序中,我不想跟你一样。我想保留我的身份,我也想给予你一样的身份。如果现在还有书的话,那么将是你读我的书,想要让我读你的书已经太晚了。

至少这是佩斯塔纳对菲利蒙的态度的解释,也是菲利蒙盯上他的书的原因,毫无疑问,菲利蒙打算销毁这些书。而这位学者在勉强还能入睡的时候,他不安的睡眠中反复出现一个噩梦。

他在花园里,在邻居科斯塔妻子种下的杜鹃花旁被捕了,杜鹃花的刺刺穿了他的肌肤,留下了好几处伤口和血迹。在他面前,凶神恶煞的菲利蒙,手里拿着一根权杖,戴着厚厚的眼镜,穿着黑色长袍,头戴绣有红星的软帽,向一群有组织的手下发号施令。在他身边,从书架上拿下来的书,被堆在了地上,形成一座小山。菲利蒙随手打开一本,慢慢地翻看,说:"黑格尔,唯心主义哲学家:不行!"一伙贪婪的手下冲向那本书,好像要一口吞掉它。"不要!……不要……"佩斯塔纳抽泣着说,他的声音很小,基本听不到。就这样,柏拉图和其他的经典作品被刽子手逐一点名,他的手下便迅速销毁。他们找到了许多属于黑暗中世纪、文艺复兴和宗教改革时期的作者的书籍,比如:伊拉斯谟、路德、乔尔丹诺·布鲁诺,甚至是对新政府非常有用的马基雅弗利也未能幸免。而佩斯塔纳却未能从科斯塔先生妻子的杜鹃花中挣脱出来并阻止这场行动。卢梭、菲利蒙从未了解过他,也许会喜欢上他,他的作品也带着对新世界的承诺被销毁了。斯宾诺莎、莱布尼茨和其他对科学和光明的崇拜者也没能逃过这股狂热,更不用说那些现代和当代的作品了,他们就像过去的书一样,一样地没用。"不要!不要!"佩斯塔纳重复着,这只是近似于抱怨的微弱抗议。直到他们走进了他的私人图书馆,这里原本是被锁起来的,以便躲避蒙泰罗探长的窥探。"他会放过这些的。"佩斯塔纳想,他看到菲利蒙正仔细地翻阅马克思和恩格斯的书。在佩斯塔纳看来,在这次行动中,这些书是最不具杀伤力的,那只是新实证主义者基于算术理论和人类反叛性相结合的思想。但是,菲利蒙摆了摆手,不知疲倦的手下们又扑了过来,近乎疯狂地捣毁《政治经济学大纲》《神圣家族》和《德意志意识形态》这几本书。最后,只有一个作家的书幸免于难——那就是海德格尔。菲利蒙反复地翻看,不解其意。"我想知道他在这本书上看到了什么我没看到的吗?"佩斯塔纳暗自想着,他觉得很奇怪,又带着一丝恼怒,好像这些年他在家里藏了一个连自己都不知道的宝物。而就在他百思不得其解的时候,突然惊醒,浑身是汗,而在他身边的奥罗拉夫人一脸关切。

"夫人,必须告诉科斯塔那派人要修剪杜鹃花。"已经清醒过来的佩斯塔纳嘀咕着,他感觉自己的身体很痛,"他们已经翻过了墙,进了我们的院子!"

而奥罗拉夫人并不理解。

在接下来的日子里,佩斯塔纳变得面色苍白,精神涣散。当他走出院子,邻居们看到他都觉得他的样子很奇怪。无论是在噩梦中或在梦醒后,每次在与菲利蒙紧张的寥寥几句的谈话快结束时,一旦菲利蒙决定放开他的猎物,那些邻居就会偷偷地去找他。

"你好,博士先生,"新搬进这条街4号房的泰勒斯·南通博问,"有什么麻烦吗?"

"现在他想要我的书。"他回答,"这个人简直贪得无厌!"

"你必须明白,博士。你不必介怀,世事无常。这是一个需要很多年才能弄懂的道理(我不是针对这件事说的这番话,因为我也不想掺和进去!)。随着时间的推移,你会看到他的态度好转。如果博士先生合作的话,一切会变好。"

但佩斯塔纳想不通,不知道要如何合作。他终日愤愤不平,扬言反击,但他却不知道实际要怎么做。

他的邻居科斯塔也告诉他要放轻松,因为事情已经过去了。科斯塔劝他玩这个游戏("什么游戏?"佩斯塔纳气愤地问),只要有必要,就适当让步。菲利蒙总会消停下来的。

但佩斯塔纳无法忍受邻居们每天都来劝他,他对邻居们的建议完全不予理会。

"别理他们!别理他们!"他对妻子感叹道,"他们说起来容易。总有一天,我会给那个混蛋秘书一点教训!"

在无法向秘书出气的情况下,他只能把气撒在他老婆的身上。佩斯塔纳攒了一肚子的怨气。由于他并不是一个坦率的人,他反复在脑海中彩排过无数次的报复行动,但菲利蒙甚至都不知道这些。菲利蒙也在被一个完全不必要的误解所刺激。他认为佩斯塔纳有一副蒙泰罗运动的知识分子嘴脸。过去,当蒙泰罗奔走于说服优柔寡断的佩斯塔纳时,菲利蒙只看到了表面上的证据,把他们之间这些来往的细节,看作是破坏尚处于萌芽的革命的邪恶计划。如此看来菲利蒙·滕贝正在履行他的职责。他正在攻击蛋中的蛇。

而蒙泰罗探长尽管已经离开这里了,但他仍然是个无赖,虽然半句话就足以结束这场误会,"你把他惹恼了,滕贝啊,那个半吊子博士不会和你们结盟,就像他没能和我结盟一样!"但他却保持着警惕的沉默。他本可以把这些话随口说出来,也许这句简单的话可以安抚菲利蒙的情绪,让他明白佩斯塔纳一直以来只不过是一个诡计多端的人。这条街上有很多本可以避免的烦恼。但事实并非如此。蒙泰罗默默地看着这个误会加深,发自内心地笑着,他那玩世不恭的笑容让人看不出他的想法。当之后已造成无法弥补的伤害时,他才会说出这些话。他要向这两个人报仇。

几个星期以来都是如此,菲利蒙不遗余力地攻击,而佩斯塔纳则尽其所能地反击。他们的关系可能以某种方式缓和了,因为奥罗拉·佩斯塔纳夫人和伊莉莎·滕贝夫人交换了善意的眼神,灌溉出一种强大的女人的同谋关系。他们问对方要一点盐,一个柠檬,不是真的需要这些东西,更多的是为了建立亲密关系。但伊莉莎能做的不多,每次她试图劝慰她的丈夫时——"放过那些邻居吧,菲利蒙,他们没有对你造成任何伤害。"——菲利蒙都表现出不耐烦,让她闭嘴,说她对政治一无所知,说她不应该插手跟她无关的事。

直到有一天晚上,也许是因为累了,佩斯塔纳博士睡了很久,终于把他的噩梦做完了。

在他的梦里,菲利蒙依旧在翻着海德格尔的书,依旧皱着眉头疑惑不解。多刺的杜鹃花丛中的囚徒依旧在悬念中等待着,心中交杂着焦虑和怨恨——他在这本书上看到了什么我没看到的吗?——最后,秘书说:"博士同志,别打什么歪脑筋,我也要把这本书毁掉。但首先我要你告诉我,如果你可以解释的话,为什么他的名字里面有两个g[①],按照发音规则明明一个g就够了!"

佩斯塔纳忍无可忍了。在邻居科斯塔的帮助下,他运走了几箱自己的书,买了两张去里斯本的飞机票,不辞而别。就连在离开之前的最后一晚,他还是扬言要报复,对奥罗拉夫人的劝告无动于衷("看看你对我们做了什么,伙计!")。他有条不紊地翻找电箱,在整个房子里设置线路故障,杂乱地铺设一些五颜六色的电线。"就像在我们生活的这个现实中,不同的颜色不会结合在一起。"他低声对自己说,"在这里,我也要把棕色和白色、红色和蓝色放在一起,绿色就单独放在一边,我们看看会发生什么!"电线按照他的逻辑胡乱被

[①] 海德格尔,即马丁·海德格尔,德国哲学家,译者注。

放置一通，不是为了能够运转，而只是为了发泄他的情绪。然后，他又以同样疯狂的方式处理了家里的水管。他愤怒地砸墙、砸水管，怒火从他的眼中冒出来，事实上他想把这些发泄在菲利蒙身上。事情接踵而来让奥罗拉夫人无暇顾及，她只能给她的老公撑腰，重复着"哦，看看你对我们做了什么，伙计！"她看着厨房，思考着如何修复它，但她不知道，对于她的丈夫来说，他并不想要修复。

对于邻居们来说，他们把这种喧闹当成了家庭争吵，这对于整条街神经紧绷的人来说是司空见惯的。是佩斯塔纳疯了，把气撒在奥罗拉夫人身上。但佩斯塔纳被复仇蒙蔽了双眼，他指责这条街、指责人民和因为一个人的行动而产生的新国家，而他妻子的抱怨只会加倍推动他投身于这样一项非学术性的任务。

在黎明时分，当奥罗拉夫人已经筋疲力尽的时候，佩斯塔纳博士趴在屋顶上，仍在拆除一些瓦片，他低声自言自语，这种行为在邻居瓦尔吉身上完全说得通（因为瓦尔吉以前总是在屋顶上对月亮说话），但在他自己身上确实不合适。有人说，复仇是冷冰冰的，但这与事实相反。需要尽快复仇，否则愤怒就会不断膨胀，直到爆发出疯狂的力量。而博士冒着风险所做的一切，就是为了避免最后的爆发。

那一天，佩斯塔纳做了这些事，他知道没有回头路可走。而奥罗拉夫人跟在后面，像影子一样跟着他，暗自祈祷着。

"你不要和任何人告别，你听到了吗，夫人？"他近乎失去理智地说，"如果你和任何人说话，我都不知道我会对你做出什么事！"

"冷静点。"她回答说，"威胁我并不能使事情变得简单。"

佩斯塔纳从未这样过，他从未威胁过他的妻子。她看到他那可怜的样子，让他去做祷告并休息一下。

他们在那个复杂的时刻去找了科斯塔。当其他的人离开时，科斯塔不会走，他担心由于他们之间的亲密关系，别人可能会发现他参与其中。

"这不是没有道理的,博士先生。我们做邻居和朋友已经很久了,但如果他们发现你在这里,就会认为我参与了这种疯狂的行为。然后我要承担这一行为的后果。"

可怜的巴西利奥·科斯塔已经可以预料到菲利蒙将把他的愤怒转移到他家,菲利蒙会说:"科斯塔同志,我从来没有想到你会这样,合伙破坏国家遗产。我不知道当警察来这里调查时,我是否能让你摆脱困境。"而他自己,将低着头,回答说:"我发誓我什么都不知道,秘书同志。"而对方当然不会相信。这将陷入一个死循环。

"你这话是什么意思?"佩斯塔纳并不妥协,"你也想背叛我吗,我的邻居?"

"闭嘴!"奥罗拉夫人怯怯地插了句嘴,"你闭嘴,他说的有道理!"

佩斯塔纳生着闷气,哑口无言地离开,而奥罗拉夫人像影子一样跟着他,收拾起他身后留下的一片狼藉("别理会,科斯塔先生,我的丈夫失去理智了。")。而科斯塔并不计较。她独自祈祷。

他们两个人终于要离开了,就像要进城办事,之后还会回来一样。"再见",他们对着街道大声喊,佩斯塔纳的声音里有一丝不安,他感到内疚,因为他犯下了罪行,虽然暂时还没被发现;奥罗拉夫人的声音像她丈夫的回声一样(她的恐惧源于她知道这个罪行,这既是她的罪行,也不是她的罪行)。与此同时,科斯塔向他们挥手道别,希望他们能永远地离开,这样他的痛苦就会结束。

他们沿着已经失去名字的混乱的"动脉"前行,不知道有什么新的名字或数字会适合这些街道。他们穿过了设置于这些街道上的关卡。"你是谁?你从哪里来?这个时候你在这里做什么?你要去哪里?"他们不停地被盘问。佩斯塔纳回答说:"我是佩斯塔纳博士,我来自一个几乎快不存在的房子,这个时候去追寻我的命运是再好不过了。在我身边的这位是我的妻子奥罗拉,她一生所做的事是灌溉和修剪一棵已经长大的相思树,而这棵树现在成孤儿了。"

在机场。警察站在一旁扫视着队列,这个队列就好像是行动缓慢的、几乎一动不动的爬行动物。警察窥视着人们的行李。"同志,"(我知道你不是同志,因为你要离开,你看不起我们,但是当你还在这里的时候,你就是一个同志,不管你是否喜欢这个称呼。),"你箱子里装的是什么?"大家异口同声,机械地回答说:"只是些衣服,小东西,无关紧要的生活必需品。"每样东西都附着合法的申报文件。佩斯塔纳博士把他的文件放在柜台上。他的文件各种颜色,蓝色、白色、粉红色,一式两份和一式三份的都有,这些是为了方便盖章和签名。一切都是合法的,除了我自己,同志,我背负着损害财产罪,但不能让别人知道。你们再等一等,耐心点,别误会,我不是为你们而犯罪。这只是我和菲利蒙之间的事,我不知道你们是否认识他,一个装腔作势的小秘书,他决定把我处理掉。我的过去清清白白。好吧,我承认我参与了一两件事情,有些事我本可以站队,但我都没这么做。但是,做了就是做了。或者说,没做的就是没做。至于其他事情,我和别人没有什么不同,他们在同样的情况下,也会和我有一样的反应,甚至可能更糟。为什么秘书单单来找我麻烦?

奥罗拉夫人证实了这一点。

菲利蒙。菲利蒙无处不在。佩斯塔纳踮起他冰凉的脚尖,透过前面人的肩膀,在那条又长又慢的爬行动物的队列里,有种看到菲利蒙的感觉。那个人想快速地冲来。"逮捕那个人!"他大声喊,"不要让他跑掉!"

"不是他"奥罗拉夫人让他放心,"那不是菲利蒙。"

只是一个跟他长得像的人:同样的走路方式,甚至可能是同样的眼神,但那不是他。那还不是他。佩斯塔纳已经在寻找下一个菲利蒙,他假想出无数个菲利蒙来惩罚自己的罪行。而此时扩音器中传来一个疲惫的声音:

"乘坐TP164航班前往里斯本(还有那些前往你们各自童年,前往各自未来的时光)的乘客,请到出发大厅。"

而队列已经散开了,变成了散乱的人群,那些在飞机上没有座位的人,在他们的过去、集体化的现在、甚至在各自的未来中也不会占有一席之地。为此,他们在这个机场的炼狱中感到绝望,不知道哪条路是天堂,哪条路是地狱。机场总是有化妆品的味道,有国际大都市的光芒。今天的这个机场没有。它的光线是恐惧和警戒的黄色,还有仇恨和误解的味道。"仔细看看你的名单,小姐,我们的名字不可能不在上面。我们已经一次又一次地得到保证,我这里有所有的文件!"而这位小姐迷茫的眼神像蜻蜓一样迅速扫过整个名单,寻找她知道不会找到的名字,她用胖胖的、紧张而疲惫的字迹,潦草地记下了他们的名字,让那些已经在等待的人继续等待,延伸他们的希望,无限地延伸,直到大门开始关闭时金属有力的回响明确地打破了人们的希望。

佩斯塔纳博士和奥罗拉夫人相互倚靠着走,透过后面人的肩膀回头望了望。他眼睛紧盯着飞机,她低声祷告。"你在跟我说话吗,夫人?""我能为你做什么?"听到她祈祷的人问她。而她说:"不,我的祷告上帝和我自己有关,与其他人无关;我在祈祷菲利蒙秘书可能在最后一刻出现,我不知道你是否认识他,一个矮小而非常非常坚毅的人。"而另一个人回答说:"不,事实上我不认识他。"奥罗拉夫人说:"很好,否则我就得像害怕他一样害怕你了。"

"你得表现的自然点,夫人,否则人们还是会怀疑的!"佩斯塔纳小声提醒,捏着她的胳膊肘让她机灵点。

但奥罗拉夫人只有上帝赋予她的那种天生的气质,而且环境也突出了这种气质,无法伪装。

飞机发动了引擎,准备工作已经完成。空姐读着安全须知:"了解安全带操作,确保安全带处于扣好系紧状态;如果氧气面罩脱落,将其罩在口鼻处;如果舱门打开,按要求依次滑下充气滑梯,这样你就真的回到了你想要的、不想离开的土地。"而乘客在心理上排练这一系列动作,以备不时之需。飞机慢慢地滑行到了跑道上,同时与塔台进行了最后一次嘶哑的对话:"再见了,塔台,下周我还会再回来。"

也许菲利蒙总是在为搭车的问题纠结,很难按时到达这里。也许他还在路上。在他的路上。也许秘书的声音仍然会在飞机和塔台之间的告别对话中闯入,要求关闭引擎,只需一小会儿,这是宣布两名乘客撤离所需的时间,他们没带什么行李,一个高大而瘦弱,被汗水打湿,另一个矮小而忧虑,祈祷了很久。其他人可能会就此踏上更遥远的归途。回到童年。

但是没有。一声干脆的咔嚓声,塔楼沉寂下来,这最后的桥梁被打破,这最后的脆弱的脐带。没有应急灯亮起,没有塑料袋落下,没有门被打开,展开返回的橡胶阶。飞机失速并发出轰鸣声,摇晃着巨大的金属机身,仍在继续它的旅程,并已因其承载的重量而感到疲惫,一群人加上他们的垃圾和问题。带来一条线索,大家都把注意力集中在她是否能走完剩下的路的疑问上,然后她才能最终,带着所有的重量,飞起来。然而,一切都很顺利,她已经爬上了通向天空的陡峭斜坡,呻吟着,喘息着,缩小了她的车轮,体积越来越小,直到她成为地平线上的一个小点,一只小苍蝇,在蓬松的白云中飞溅。

下面的世界在大家的眼睛中越缩越小,513.2 号街现在只不过是一条很快就会消失的细线,一起消失的还有那个曾经无数重担压身的菲利蒙。在身兼的众多任务中,有一个是秘书特别重视的。他早已有所觉察,尽管这种察觉还没有让他足够确信到那天要追去机场。他穿过街道,进入7号房的大门,大门只是被简单地关上并没有上锁。他的嘴角上带着胜利的微笑("我早就告诉过你他会跑掉的。"),而生性胆小而单纯的伊莉莎跟着他,习惯性地把拖鞋留在门口,赤脚进入,她还是像过去一样致以尊重和礼貌,只是房子里已经没有人了。

"他们会回来吗,菲利蒙?"

"安静点,夫人!"

菲利蒙在房间里踱步,看起来已经像个主人了,他四处张望,时而点点头表示赞同,时而摇摇头表示不满意。真是奇怪,这些人就这么懦弱地离开了,把房子留给了我们。他走进厨房,随手拧开了一个水龙头。没有水。他又拧开了第二个,也没有水。

"伊莉莎,我想知道今天一直没来水吗?"

"今天一直都没来过水。"

他皱着眉头,隐约感到不安,但当他注意到水的总闸还没开时,终于松了一口气。

"这个博士很细心。"他说,"明明心思已经在别处了,但还能照顾到这样的小细节。"

他再次尝试打开水龙头,一个空洞的声音从远处开始向他的方向传来。对于已经在南非矿区工作过两次的菲利蒙来说,这听起来就像是地下运送矿石的小货车发出的吱吱声。而对于把头伏在他肩膀上的伊莉莎来说,这要么是一场即将到来的暴雨,要么就是一个巨大的诅咒。不管那空洞的声音代表了什么,最终还是来到了他们身边,佩斯塔纳在墙上凿出的小孔洞里传来了刺耳的嘶嘶声,这些小洞很快就变成了在墙上开的大洞,水从迷宫般的管道里涌出来,唱着歌,仿佛很高兴能再次见到阳光。水蛇在蠕动,庆祝着自由!

浑身湿透的菲利蒙还是设法走到了水管总闸前,赶紧拧上了它。沉默再次降临。这次是更彻底的沉默,只能听到秘书的喘息声和伊莉莎的低沉呻吟声。两个人被淋成了落汤鸡。

"我们走吧,丈夫。我们走吧,这里不剩什么好东西了。"她在他身后很害怕地低声说。

"闭嘴。你根本不懂。我们需要研究一下是怎么回事!"

菲利蒙的好奇心被激发了,他继续在走廊里来回走着,水滴得到处都是。他一边研究着一边骂骂咧咧。接着走进了一条黑暗的走廊,水里握着一把手电筒,在没有阳光的情况下,它能够照亮他想看的东西。他被接下来眼前看到的一幕震惊了:那是佩斯塔纳医生的抗争,私密的延迟的抗争在此刻达到了高潮,墙内的电线盘根错节,互相厮杀!

菲利蒙被吓了一大跳,他退出来向妻子寻求帮助。但伊莉莎早就走出了房门,她手里拿着拖鞋,想要与这个麻烦保持距离。她暗自发誓永远不会再走进去。而惶恐不安浑身滴水的菲利蒙只能去追她。他断定这是一场不可估量的,也无法挽回的复仇。他里面的衣服都湿透了,在穿过街道时,只能避免外面的衣服再被大大的雨点打湿,这些雨点宣告了伊莉莎所预言的暴雨马上就要来了。

很快,雨就下了起来,密密地,笔直地打在了屋顶上,在上面汇成了小河,或者更准确地说,雨在佩斯塔纳的屋顶上,看起来更像是一张缺牙的嘴在笑着。就像飞机上的佩斯塔纳为了减轻自己失败的痛苦而露出的苦笑一样。这些小河汇在一起,很快就会变成许多小瀑布,沿着曾经属于佩斯塔纳博士的房子的墙壁流下,而这幢房子永远不会属于菲利蒙·滕贝秘书。

5
一只手洗另一只手①

经过了挑战蒙泰罗的混乱时期,带头人巴西利奥·科斯塔试图在这个革命时代继续保持他以前的行为方式。他认为,尽可能地保持以前的习惯能减少变化给他带来的不适感。他甚至试图在新时代中发现积极的一面,如果这一天特别湿热,出很多汗,他就会发出一声满足的叹息。他想,如果和妻子在欧洲的话,他一定会裹着大衣还冷得发抖,而且一整个冬天都得浸在讨厌的霉味中,刺骨的冻雨给城市蒙上一层悲伤和阴沉的气氛,也笼罩着人们的心。逃离!他已经被几十年甜蜜、常规的非洲生活所改变,他觉得自己不会用这个世界上的任何东西来交换,更不会重返灰色的不确定的生活中。也许有一天,他们会把他赶出去。"我们不再需要你了,科斯塔同志。"他们会说,"我们已经有了自己的同志来取代你。"而他将被迫离开。但在这之前,他想继续按照过去的方式来生活,对他来说,一切仿佛都还未过去。有时,他甚至会在他的两种想法中徘徊,认真考量。他认为,当下的局势一过,事情就会好起来;另一方面,他认为必须承认,在过去有很多他当时没有看到的不公正现象。"差一点儿,我就会成为革命者。"他痛苦地讽刺着自己,总结道。

因此,当他告诉妻子他要离开这里,待他一完成某件事就会去找她时,其实是在说再见。他们都是这样理解的,没有必要再多说

---

① 葡萄牙俗语,在欧洲许多国家都有类似的表达,意为"你帮我一个小忙,我再帮你一个忙",或者说"一只手洗另一只手,两个人都洗脸",即互利的交换关系,译者注。

什么。他们彼此温柔地撒谎,他这么做是因为愿意让步,愿意走向分离那一步;她是因为愿意接受"临时寡妇"的新身份,宁愿住在大都会,依靠远方的丈夫的汇款,来延迟感受周围人所经历的痛苦。虽然是例行公事,但他们培养了一种强烈的爱,他们认为能够经受住对方缺席的磨难。

巴西利奥·科斯塔像往常一样早起,他没有情人,也没有恶习,他在屋里办事,好像一切都没有改变。仆人完全按照夫人离开前的指示和科斯塔的要求,保持以前的生活方式,在桌上摆放了早餐("是杀死虫子。"①科斯塔强调)。他改变了他必须改变的东西,也尽可能保持了以前的习惯。他开着老式福特卡普里准时出发,享受着通往他工作的港口的每一米路程。他猛踩油门,车子轰隆作响,他也哼着好听的歌,即使不可避免地会遇到年轻民兵设置的关卡和渴望了解一切的进城的农民,他们会拦住每个路人并向他提问。有时,他在拐角处被挥着手、穿着三件套的瓦尔吉拦住,如他所说,无可挑剔的三件套来自庞迪街。科斯塔会让他上车,因为他喜欢和3号房神志不清的邻居在早晨聊聊天。

"嘿,邻居瓦尔吉,你的生意怎么样?"他问。

瓦尔吉在座位上调整了一下坐姿,用手捋了捋梳得整整齐齐的油亮头发,把领带的结拉直,然后回答:

"很好。"他用低沉的声音说道,"尽管几乎每天有人企图搞破坏。"

"搞破坏?"

瓦尔吉坦言:"南非政府的一些间谍在他的商店周围徘徊,无疑是在他花枝招展的前妻的授意下,试图毒死他。"

---

① "杀死虫子",在非洲葡语中表示早餐或斋戒时喝少量酒精饮料,译者注。

"所以我从来不吃外面的东西。甚至在家里,也非常小心。"

"那你为什么不告诉当局呢?"科斯塔被逗乐了。

"没用的,我的朋友。"他带着沮丧的神情,用无可挑剔的英语回答。"他们无孔不入,当局的能力有限。"他用眼角的余光看着科斯塔,思索着这个前垦殖者是否也是他们中的一员。

而科斯塔只是笑了笑。

与今天不同,在其他时候,科斯塔本人会主动邀请瓦尔吉搭顺风车,当然,这不包括瓦尔吉穿着长袍的日子,因为这表明他没有心情与葡萄牙人交谈,也不想加深文化隔阂,当然也会直接拒绝搭乘。恶魔疯子!

当科斯塔来到工作岗位时,他发现工作比以往任何时候都更繁重。运动量都增加了一倍,因为必须要清空成千上万的人匆忙离开时堆积起来的集装箱。他把整个上午都献给了这项令人疲惫的工作,对政党小组不断进行的政治干预有些恼火,因为他们总是好奇地想看每个箱子里装的是什么,确认是否有非法出口的国货。他不仅对那些离开的人,而且对调度员本人也总是持怀疑态度,他应按照法律来工作。中午时分,他对接下来的工作感到疲惫,也为拒绝同胞的请求而感到恼火(不得不承认有某种负罪感),政党仍在持续怀疑,"在科斯塔身上总是能看到摩尔人的影子。"他溜到大陆咖啡厅喝咖啡。在那个时候,每桌都兴奋异常,他们一边享用咖啡和香烟一边评头论足,这些失势的蒙泰罗余孽像在以往的好日子一样,仍在肆意地呼吸着新鲜的空气,但他们现在明确地知道,这种日子不会维持多久了。

每周一次,科斯塔会离开那个热闹的人群,穿过9月25号街(如果不是名字,总该是日期了!)去隔壁的邮局取妻子寄给他的信。他们保持着这种奇怪的习惯,不看自己收到的信就先寄出每周新的例信。通过这种方式,他们避免了自己提出的问题得到匆忙和可预知的答案。或者,换一种说法,他们获得了一个星期的时间来斟酌他们要写的东西。他们回答上一周的旧问题,也就避免了直接回答新的问题。该习惯显然并不完美。但众所周知,通信总是不完美的,它可以最大限度地缓解思念的心情,但人们永远不会完全满足于此。

随着时间的推移,科斯塔不去喝中午的咖啡了。气氛变得越来越紧张,越来越沉重。激烈的争论爆发了。当时人们想在咖啡桌前探讨那些不归他们管、而且早已做出决定的政治问题。他们失去了理智,咒骂新秩序,或者互相侮辱。有几次,咖啡店经理不得不请出警察来威胁他们。科斯塔看得更远,他不希望这样。他无法想象被驱逐后,空手回到葡萄牙。他的妻子会突然收到一封来信,并不知道如何答复他,也没有时间让这个惊喜持续一周。不,只要他们让他留下来,他就要留下来,即使这意味着要回避那些其他时代的暴躁幸存者的咖啡桌。当他看到他们侮辱葡萄牙政府是叛徒,侮辱弗里莫党时,他会远远地朝他们挥手,或者根本不挥手。

"懦夫!"他们怒吼着,就像蒙泰罗探长前一段时间做的那样。

但这并不意味着科斯塔是个懦夫。这只是他们出于愤怒在对一个普通人进行谩骂:没有伟大的品质,但也没有什么大的缺陷,像普通人一样谨小慎微。

这一点在上星期三被证实,和每个星期三一样,科斯塔去邮局收发邮件。他匆匆忙忙地回到波特大楼的拐角处,特意避开大陆咖啡厅以免像往常一样听到侮辱的怒吼。当他到达办公室时,他被一个人吓了一跳,仔细一看,原来是卡普里斯塔诺这个傲慢的著名律师,在旧政权的时代,他经常在咖啡馆里流连忘返(在早晨喝咖啡是一个他保持了很久的习惯),抽着正宗古巴雪茄,抛出掷地有声的言论,由空虚的艺术家和拙劣的编年史作家组成的一队人也都跟着或多或少对局势提出批评。简直不敢相信! 著名的卡普里斯塔诺坐在那里等着他！他低着头，双膝并拢，双手放在膝盖上，和以前一样，一半臃肿，一半威严，或者根本连威严也没有。稀疏的白色胡须杂乱地长在他憔悴的脸颊上，很明显，不是他自己修剪的胡须。在他身边，有一位虚弱、年迈的女人，看起来是他的妻子。

科斯塔恭敬地邀请他们走进他位于一个旧仓库的小办公室，窗户朝向码头，屋内堆满了各种颜色的文件，复印的、三联式的文件被塞在莱茨①文件夹里，还有的文件凌乱的散着，堆满了墙根，散落在地上。他把其中一些文件推到一边，让这对夫妇坐下，再一把将其他文件从桌子上推开，好像他需要在那个区域记录下要发生的事情。真的是他吗，卡普里斯塔诺？真的吗？他能来真是我的荣幸（出于礼貌他向不认识的卡普里斯塔诺夫人问好）。多么荣幸，终于见到了那个几乎是传奇的人物。而且这个传奇还让前政府如此头疼，他眨了眨眼，不想让人知道他站在哪一边。但他诙谐的话语所得到的唯一回应是他妻子紧张的苦笑，她似乎用一种怀疑的态度来解释当今世界，而卡普里斯塔诺博士则冷漠的表示赞同，科斯塔更加觉得他身体的状态不好。现在他的日子并不好过，也许之后再也不会有好日子了，从卡普里斯塔诺夫人大声的解释可以推断出，她不屑于向丈夫隐瞒。她的卡普里斯塔诺遭受了一次心脏病发作，造成左半身瘫痪，科斯塔博士看到他拖着一条腿走很远的路，一只手握着另一只手，一半脸显示出他的不幸，另一半脸总是不明所以地笑着，表情僵硬，让人难以适应。幸运的是他活了下来，甚至好转了一些，但显然仍然无法料理家庭事务。在他如此需要人陪伴的时候，是她，可怜的人，不得不承担起一切。而在他们仅剩的几个朋友中，有人提议科斯塔是帮助他们的合适人选。出于老习惯，她称科

---

① 莱茨，德国的办公用品制造商，译者注。

斯塔为博士，也是因为在这个时代，权力是流动的，也被稀释了，无论谁拥有权力，即使是很小的权力，都会被称作博士。科斯塔察觉到了这一点，甚至欢欣鼓舞。与此同时，卡普里斯塔诺博士点了点头，但不清楚这是否真的是一种默许，或者只是他的抽搐在发作。

卡普里斯塔诺夫人不是来提不合法要求的，她不希望科斯塔博士暴露自己，冒着风险去帮助他们。不能这么做。她只想让他在某些手续上帮忙，因为正如她所理解的那样，如果她的丈夫不健康，她就没有任何重要性，而且他们不能把已经很少的时间花在看似在移动却一动不动的长队上。他们无法忍受在这支队伍中长年排队的人对任何在他们看来有民主历史的人进行嘲弄和挑衅。她明白，这是他们找到的弥补方式，但她并不觉得有义务受它管束。

科斯塔显然明白了，他绕过了夫人，直接向全神贯注的律师解释，他的妻子刚才一直承担着传话者的角色。这样就产生了一个奇怪的传话链条，夫人问科斯塔，科斯塔回答给这个活着的传奇人物卡普里斯塔诺，从而让这个可怜的人加入对话，这也是在某种程度上帮助他康复。妻子似乎不以为然。

他负责处理他们的事情，甚至去他们家检查他们的集装箱，在卡普里斯塔诺家的客厅里喝咖啡、吃饼干，而工作人员则快速检查了这对夫妇已经装在箱子里的东西，准备发运。他命令他的手下不要苛刻，只是走走过场。他们听从了命令。诚然，命令他的下属做这些事情对他来说有些难以启齿，尽管这次情况非常不同，但他们无一例外地默许了这样一种与过去几乎相同的关系。最近，越来越多的员工谴责他们的上级，他们被流行的平等主义和某种报复精神所吸引，这使他们不仅失去了等级感，也失去了人性。他承认，但他对自己的员工没什么好抱怨的。此外，这种风险在某种程度上使他感到更加有益，证明他并非没有勇气。他是那些以团结的价值观和正义的原则为指导的人之一,不幸的是,这些价值观和原则在这个时代已经变得很罕见。所以,科斯塔,卡普里斯塔诺的科斯塔博士,发现自己根本不是懦夫。

事情得到了解决,大家都很满意。卡普里斯塔诺夫妇这边,律师几乎无动于衷,但他的妻子却如释重负,他们看着那艘船载着他们的物品驶出莫桑比克领海,也就此离开了革命的管辖范围;科斯塔的员工拿到了了的工资,甚至比这类工作的通常工资还要低;而科斯塔本人也因为帮助了他所钦佩和陷入困境的人而感到满足。几天后,他甚至在不知道的情况下,拒绝了卡普里斯塔诺夫人想交给他的信封,他只是回到了他的办公室。他这样做是为了邀功,他的姿态更多的是为了无私地满足属于他自己来自内心的需求,而不是自私地从他人的不幸中获利。

得出这个关于自己的结论后,官员满意地大声吸了口气,同时看着码头的平台,这里正是他以前邻居的秘密印度朋友离开的地方。

但巴西利奥·科斯塔并不只靠以前的关系生活,这些关系实际上应该结束了。必须得说,他努力去结识新人,与一直以来独来独往的天性作斗争。"不要把自己关在家里,巴西利奥,"他的妻子会在每周的信中担心地劝他,"出去走走,和邻居们聊聊,否则你会变得悲伤,甚至会生病。我了解你,我知道你是怎样的人。"读到这些句子时,科斯塔脸上挂满了苦涩的柔情。他感觉到他的妻子仍努力维持一种以前关系,一种现在已经死亡和枯萎了的关系。或者至少,她转变了很多,为了在距他几乎半个地球的距离的地方生存下去。他笑了。笑着准备努力执行这个建议。

这可以从他最近与前面的邻居泰勒斯·南通博建立了几乎可以视为友谊的关系上看得出来。自从他到那里居住后,在日常打招呼和告别中,两个人有了更多实质性的对话,由于之前两人彼此并不熟悉,在这种不同出身的人之间总是存在着不信任,所以对话还是很短的。然而,科斯塔注意到,在这位可怜的博士离开前的艰难日子里,邻居南通博是如何努力为佩斯塔纳打气的。就这一小细节而言,在他看来,南通博是个好人。有时,下午时分,他们会靠在墙上继续上次夜幕降临时交换的亲切话语。科斯塔不愿意回家独处(妻子反复叮嘱,在她每周的信件中都会提到),南通博也有打探新消息的习惯。正如他所说,在进去吃饭之前。正是在一次谈话中,科斯塔得知他的邻居是一名银行家。而作为回报,科斯塔告诉他自己是港口的海关官员。

他夸张地说:"一个忙碌的海关官员,我的邻居,在这个世界上有一半的人想离开这个时代,带着一切离开。你无法想象我遇到的问题!"

南通博甚至想象到了这一点。

"邻居科斯塔,你知道我为什么会这样想象吗?因为我们在银行也无法休息。你说的这样的世界也不肯放过我们的柜台,它想拿走我们所有的钱!"他还夸大其词。他们说,这些钱不值钱,只是纸而已,但即使如此,他们也不想把钱留在这里。如果他们想的话,我们就会一无所有,我们会回到我们祖先的时代,那时以物易物是多么的直接!他笑了起来。

即使开着玩笑,他讲的也是事实,因为渐渐地,他们两人直接以实物换取恩惠,就像那个时代的其他人一样。这是新的民族文化!泰勒斯·南通博总结道。科斯塔也同意。

每个人都付出了自己的努力。泰勒斯会给他带来银行报表,他甚至会给他钱,他把这些钱小心翼翼地装在信封里交给他。

送货上门他开玩笑说。谁说我们的银行不运转的?

他这样做不求回报,只是为了让总是在港口忙得不可开交的科斯塔不至于在银行排队的早晨毫无收获,在空中挥舞着文件吸引忙碌员工的注意。

"谢谢你。"邻居科斯塔回答说,"无论何时你需要什么,只需让我知道。举手之劳而已。"

有一天,泰勒斯有需要了。说实话,这甚至不是为了他。那是一个要离开的葡萄牙朋友。他叫塞萨尔·戈麦斯,是个好人,一个只有两三条船的小渔场老板。但在这些困难时期,一切都好似在沉没:船、公司以及其他任何东西。

泰勒斯说:"这个可怜的人被毁了。我帮助他只是因为我对他感到抱歉。他正尝试着摆脱一切,他只需要再寄一些东西就可以离开了。他说他要在别的地方重新开始。"

而科斯塔已经准备好了。

"把他的证件递给我,剩下的我来处理。"他说,"把他们带到这里,我把东西放在你朋友的船上。上门服务,也是这样。"

事情就这样办成了。

巴西利奥·科斯塔的这些新关系中也包括菲利蒙·滕贝。他在服务部门来来往往,几乎都依法办事,而在卡普里斯塔诺博士和他已经忘记名字的泰勒斯·南通博的朋友的事情中他更加人性化,忙碌的海关官员仍然有精力来关注站在一棵木麻黄树的树阴下的秘书,他的胳膊下夹着一卷文件,等着搭车。科斯塔踩下刹车,打开他的旧福特卡普里的车门,问道:

"书记同志,你要去城里吗?"

"是,我要去城里,科斯塔同志。"

"那就上车吧,我开车送你。"

菲利蒙上了车,他们两个人迎着清凉的晨风,兴致勃勃地聊着。如果说瓦尔吉在科斯塔车上时,他会在这些早晨的路途中大笑。那么当菲利蒙在车上时,他则试图巩固自己的临时地位。

亲爱的上帝,如今我们需要多少文件才能证明自己的好名声和才干啊!他叹了口气。我们的街区,我们这条街和两副面孔的秘书可以证明,毕竟他是签字做决定的人。秘书同志,你的工作一定很辛苦。我并不羡慕你!他感叹着,试图打好铺垫,以防某天需要秘书的帮忙。

"这倒是真的,科斯塔同志。这是真的。"

另一方面,必须要说的是,菲利蒙并没有为了搭便车而接近科斯塔。我们知道他可以步行去任何地方。在他身上,菲利蒙以前看到的是一个更加积极、暴躁、狡猾的佩斯塔纳,幸运的是现在这个佩斯塔纳已经离开了;我们现在有一个更加遵守新规则的佩斯塔纳。一个准同志。

如果菲利蒙能为科斯塔的名声和才干作证,也能证明秘书除了有些恨意,但还能够与如此遥远的人培养良好的邻里关系和几乎友好的关系。

如果所有的前垦殖者都像邻居科斯塔一样,我们就不会有问题了。他后来在家里对他的妻子说。

伊莉莎耸了耸肩,她敏锐的直觉怀疑双方的这种诚意。

6
香水和烟草

就像佩斯塔纳博士被科斯塔一派人和蒙泰罗一派人骚扰时一样,阿明达·德·索萨也没有偏袒任何一方。在她有精力的时候,取悦希腊人和特洛伊人是她的天性。自从她的姿色不再后,命运仿佛嘲弄着她,她不得不关注着最近发生的事件,开始需要对付男人:她不相信老蒙泰罗一派,就像不相信男性的傲慢一样,因为他们总是想让事情保持原样;同时她也与新的菲利蒙一派保持距离,就像她不愿意恢复她很久以前就放弃的贞洁行为一样。她对此不屑一顾,因为她没有打动人,也不想被人打动。阿明达·德·索萨,一个白人老妓女,如今退休了,即使她没有失业,她现在也会是这样,因为时代不允许她拥有爱。她享受着那所房子的最后日子,就像离去的邻居们享受着旧秩序的最后日子一样。她对预感到的明天将发生的坏事不感兴趣。她在前面的阳台上来回徘徊(在晚上,只能看到她的烟头在黑暗中飞舞的光芒),在记忆的宝库中翻找,找出那些对她来说最重要的记忆,再次重温它们。她知道自己与其他人不同,如果她不去翻找,将永远失去这些记忆。她的未来一片空白。她已经懒得去数仅剩的一些用来买咖啡和香烟的硬币了,她已不再需要任何东西了,只能偶尔通过她的客人的肮脏呼吸接触到酒精,所以她已经无法感受到酒精的乐趣了。

几天前,在她不再有钱支付工资给佣人的情况下,她用嘶哑但坚定的话语把佣人辞退了。但这个佣人男孩仍然试图争取留下:他不介意在没有工资的情况下再待上几个月,他相信日子会好转起来。但是尽管阿明达态度温和,但表现出她的决定是不可改变的。她不知道这个可怜的男孩指的是什么样的好未来。他很年轻,满口的牙齿非常坚硬,能够咬住他所说的那个未来。这就是为什么她让他离开,而自己独自一人留下了,因为属于她的未来她不想与任何人分担。但男孩已经习惯了这种带给他安全感的不适,这种安全感将辱骂、叫嚷与固定的工资混在一起,这种安全感将偶尔的羞辱与可以任由他摆布的小单人床混在一起,为他遮风挡雨。

"我知道你朝我叫嚷的时候没有任何恶意。"他满怀希望地争辩说。

正如仆人总是比老板更细心一样,我知道当你对我大喊大叫时,你是在对自己大喊大叫,我只不过是一面镜子,是你形象的无声底片:老的和年轻的,白人和黑人,女人和男人,老板和仆人。而且,顺便说一句,我甚至没有想过要去告诉别人在这个放荡不羁的房子里发生了什么,就我而言,这种情况很可能继续发生。这就是他心内无声的呼吁,然而与他此刻能够说出的话不同。他在急于被理解的过程中摸索着,他清楚地知道他的女主人已经失去了她的姿色,她已经不再有客人了,当他这样说的时候,他只是想说:"相信我!""相信我!"

恐惧。那些想要一个与他们所拥有的现在相等的未来的人的恐惧,不管这份恐惧有多小。而阿明达不这样,因为她已经失去了她的现在。

"你想吓唬我吗,孩子?你想让我这个年龄段的人害怕别人吗?他们是谁,我不认识的人?对于天真的你来说呢,谁是你不认识的人?阿明达平心静气地问,她对这种威胁已经免疫了。我也曾有过害怕的人,但现在在他们不再构成威胁了,那些可怜的人。你已经清楚地看到蒙泰罗探长是如何夹着尾巴离开的,这个混蛋。那些你不认识的人将会是你害怕的人,孩子。在我失去耐心和真的生气之前,赶紧离开这里吧!"

而男孩看向外面,咽了口唾沫,并没有看到其他人坚定地提到的、而女主人不屑一顾的那种未来。对他来说,一切都是灰暗和模糊的,他习惯于为自己做决定。阿明达也不知道如何决定,尽管她没有说清楚。

6号房是一个流露出不屑、孤独的房子。在这所房子里,男孩不情愿地离开后,无声的独白取代了之前存在的不平等对话。当邻居们今天两个,明天一个地离开时,阿明达也离开了,但是她没有去与这个混乱的首都相反的郊区,她有不同的目的地。

"他们不让我上飞机,因为我是个妓女,我很臭。"她离开时说,"这也很好,因为我不认为他们闻起来有多香,浑身屎臭。"

就这样,她离开了,但她留下来了。

没有人明确知道阿明达的命运是什么。在那纷杂的人来人往中,没有人停留在原地,她的踪迹也随之消失了。所有人都搬走了,所有人都离开了:离开了国家,从乡村到城市,从一个街区到另一个街区,甚至仅仅是换了一条街或一间房而已(菲利蒙已经搬过一次家了,而且差点又再次搬家,如果佩斯塔纳博士的房子没有发生奇怪的爆炸,也不漏雨的话)。因此,那颗流星的轨迹没有被注意到。它可能在空中划过一个转瞬即逝的瞬间,留下一道光影因为她走的是一条与别人不同的路但很快就消失于世人面前。

阿明达·德·索萨曾经是一个美丽而独立的女人,那时她在一个只由女性经营的波拉纳银行分行工作。那时,她还是一个四十岁的女人,穿着迷你裙,常常忘记把叼在嘴角的香烟,丢到银行的那些大烟灰缸里。她双腿穿着玻璃丝袜,交叉着,与迷你裙完美搭配,让她显得更加精干,没人知道她为什么微微扬起嘴角,露出一丝微笑。也许她是在吐烟圈,那些透过玻璃门看到办公室里发生的事情的人会这样说;也许这是她对坐在她面前的客户发出的邀请的无声暗示,他口干舌燥,松开了领带的结。然后阿明达·德·索萨命令服务员送来咖啡和很多水,她又做了一个手势,这又激起了人们的第三种猜测,那是胜利的微笑,她迷惑了客户,露出了她那上帝赋予的美丽身体。而当阿明达用她嘶哑的声音宣布会议结束时,标志着她已经赢了:对方带着满脑子的梦想离开了,而她,几乎总是微笑着,合上了刚才打开的纸板文件夹,把它放进文件柜。

谁也不清楚她后面为什么会堕落。或许是因为她不满银行利用她牟利。或者是因为客户离开那里时,毕竟带着比梦想更多的东西,而这与该机构的道德观相悖。或许是这样。可以肯定的是,阿明达·德·索萨在被解雇后,把自己关在家里一段时间,后来重新出现在大家面前的她已经完全改变,换了一份更独立的工作。

如今阿明达房子的门窗对着风砰砰作响,就好像她离开时留下的不屑一顾的气息。以前,这件事会成为镇上的话题。但如今有谁会对别人家发生的事情感兴趣呢?以前,房东会用威胁的方式追问她:"哦,阿明达,你以为你在和谁打交道?"但如今他忙着自己的事,无暇顾及风中砰砰作响的门窗,即使这些门窗是他自己的;他也没有注意到雨水浸湿了老式的鲑鱼色地毯,下面的木地板也被水泡得翘了起来。

房子里到处都是她的痕迹。首先在空气中的气味,简而言之,是两种气味混合在了一起。一个是烟草的,就是她在那里抽过的各种烟草。没有过滤嘴的法维尔牌粗香烟,很甜但很呛,这是阿明达的烟,从以前在银行的日子开始,是她每天的忠实伙伴,是笼罩在她梦中的一团雾。在这种气味的基础之上,到处充斥着其他品牌香烟的气味,甚至偶尔有昂贵的雪茄,证明了这个女人旧有的辉煌。她的客人中最有头有脸的莫不是律师老卡普里斯塔诺,他吸古巴烟,这在一些人看来他仅仅是出于喜好,在另一些人看来这暴露了他的颠覆性和共产主义倾向。即便如此,他还是把嘴撅得像鸟嘴一样,把烟吐到空气中,形成薄薄的精致的烟圈。狡猾的老卡普里斯塔诺,他向政权挑战,以便谋得更好的位置!这就是他。唯一一个阿明达重视的人,在语言上她保持沉默以便他能倾诉,在姿态上她让自己被引导,做他喜欢的事,在他要求时移动,必要的时候卑躬屈膝。尽管她讨厌他的黄色指甲,讨厌他庞大而威严的躯干下长出的瘦弱的腿,但这种和谐的气氛让阿明达觉得卡普里斯塔诺夫人几乎就像一个姐妹,而他们的孩子已经是她的侄子,在她的脑中就像建立起了传统的家庭一样。孩子们每次生病,每个生日,阿明达仍理所应当地牢牢记住,即使每一次都意味着她的"丈夫"不在家。她甚至试图送一些小纪念品来证明她的存在,而这种心情总是在最后一刻被卡普里斯塔诺的话破坏:

"哦,明达,你疯了吗?真是不可理喻!你让我怎么去介绍你呢?"

而她最终会默默吃掉给孩子们准备的巧克力,没能被满足的心血来潮让这些巧克力的味道化在嘴里显得格外苦涩;或是穿着本来要送给孩子的粉红色娃娃裙,这样她提醒自己在卡普里斯塔诺带给他的欢愉中清醒下来,她的所作所为远比他来这里做的私密勾当更合法。这样,一种平行的、不平等的联系就建立起来了:对他们来说,阿明达是透明的,充其量只是猜测她的存在;对于这个老妓女来说,卡普里斯塔诺的家庭是她的情人来访时的一个话题,是她用来包裹他的一件衣服,因为律师有这样的习惯,从他来到这里到离开,总是光着身子在房子里走来走去,显示出一种自认为的男子气概。

我们再回到气味上。如果说烟草的味道是最浓的,那么毫无疑问,古龙水的味道是最持久的,阿明达一生中大部分时间都与古龙水为伴。它总是同一种味道,围绕着她的身体,如影随形,以至于对许多人来说,它被称为阿明达的古龙水,比它标签上的名字还要被大家所认可。多年来,在6号房的四面墙之内到底消耗了多少瓶香水啊!如果不是那些墙壁和鲑鱼色的地毯允许自己像海绵一样被气味浸透,弥漫的气味就会飘起来,升到空中,到达云端,把这个匿名的阿明达的气味分子传播到全世界。

虽然房间里充斥着烟草的气味,但由于她时刻香烟不离嘴,所以烟草的气味更加浓厚。相反,古龙水的味道在阿明达退休后就消散了。阿明达逐渐退隐,因为她体内携带的、这么多年来让人着迷、让人疯狂的火焰,已经熄灭。火焰减弱到这种程度,她的身体也开始从外而内地变凉,最后几乎被冻结。她的皮肤上开始形成深深的裂痕,像树根一样纠缠在一起。就在这时,踏足这里的客人开始变得越来越少,直到他们完全不来了:他们觉得无法通过那复杂而蜿蜒的山脉和峡谷网络发现通往天堂的道路。的确,阿明达也不喜欢她现在这副样子,所以她把自己关在家里。不得不承认,卡普里斯塔诺律师是最后离开的。当其他人相继离开的时候,他进一步做出了他的保证:

别担心,明达,我和他们不一样。我不是一个只吃肉不留骨的人。你退隐是件好事,因为我正在考虑在你身上实现,怎么说呢,独家权利。

卡普里斯塔诺没有注意到他的话冒犯了阿明达("去你的骨头,你这个混蛋!"),但阿明达把他看得很重,把头埋在他灰白色的胸毛里,把那些宁静而笨拙的温柔片段当作珍贵的东西来收集。

直到有一天,连卡普里斯塔诺也不再来了。他中风了,他在鬼门关走了一圈,现在他是如此虚弱,以至于他无法承受情人的温暖给身体带来的风险。即使阿明达现在能够提供的也只是几乎冰冷的温暖。

无论如何,这是个突发情况。阿明达仍然试图通过电话让她的旧情人知道她有多担心。也许他想把她带去大都会,也许让她成为他的女仆,那时他们又会组成一个家庭。但他有卡普里斯塔诺夫人的陪伴。当卡普里斯塔诺夫人意识到那些夹杂着咔嚓声和缄默声的电话那端的沉默是欲言又止时,她开始谩骂,显示出她知道的事远不止于此。

"你想要什么,你这个妓女?你对我们造成的伤害还不够吗?"电话线的另一端说。

"你才是个妓女。"阿明达心想,她开始后悔自己过去的慷慨,后悔自己买了那么多件粉红色的娃娃裙。但她无法回应卡普里斯塔诺夫人,因为她对这位律师仍然心存敬意,而且她从小就有良好的教养。由于她有自尊,也由于她的本性不喜欢白白接受侮辱而不反击,她再也没有打过电话了。她也再也没有听到任何关于卡普里斯塔诺的消息。

古老的烟草味,隐约的香水味,几乎难以察觉,却也不会湮没在尘埃和时光里完全消失,因为有一天,突然住进来的姆贝夫一大家人打破了这里的颓废情景。家族长约瑟费·姆贝夫,身材魁梧,英俊潇洒,试图了解房子附近的情况:包括院子、邻居和整条街道;妻子安托内塔,和他一样身材魁梧,则对室内的情况更加关注。她皱着眉头,立即注意到了屋内的各种气味,陈旧的香水味、挥之不去的烟草味,于是她打开门窗,给房子透气;她检查了之前房子里有的鲑鱼色地毯,看它是否还可以使用,她打量房间内的旧床(这个阿明达和卡普里斯塔诺两人令人难忘的竞技场),判断是否可以承受住这些新房客的重量。

安托内塔做出判断,并以极大的热情投入工作。这与新汉巴宁的老木屋有多大的区别啊!他们之前的老房子,周围是一个肮脏的池塘,蚊子成群结队!

在老房子里,没有任何空间可以容纳其他东西。在其中一个房间里,这对夫妇和他们的四个孩子睡在一起,在另一个房间里,祖母和其余三个孩子以及侄女睡在一起。每当没有空间的时候,就会有分歧和争论。约瑟费在啤酒厂工作,他要求他的衬衫被洗得干干净净,熨得整整齐齐,而这只能在屋外的院子里进行。这几乎是一种仪式。清洗完之后,衬衫被放在高高的铁丝上晾晒,他对孩子们千叮咛万嘱咐,告诉他们不要靠近衬衫。衬衫一旦漂洗干净后就被拿到阳台上,以便安托内塔,只有她可以用老式的炭火熨斗把衬衫熨平整,她呼哧呼哧地吹炭火以保持高温。然后,已经像镜子一样光滑、像木板一样平整的衬衫被送进房间,挂在另一根铁丝上,在那里那些衬衫占据了几个人的空间,直到约瑟费带着隆重的手势,来选择其中一件来穿。有时候,一个粗心的小男孩会不小心绊倒,把所有东西弄到地上,就会打破这一流程。然后衬衫会皱成一团,随之而来,男孩也会被打一记耳光。约瑟费会说:"你想让你们被解雇吗?你想吗?"小男孩会揉揉酸痛的脸颊,擦掉眼泪,说他不想。但通常情况下,这件事不会发生,约瑟法总是穿戴整齐去上班。

约瑟费真心喜欢他的安托内塔,尽管,或者说正是因为,她的肉体和脾气一样温柔。看到她如此执着地、毫无怨言地投入到熨衬衫的工作中,他心中隐约产生了一种愧疚感。这种感觉源于安托内塔总是气喘吁吁的,裹着一件又旧又皱的卡普拉纳给他熨烫衬衫。与他自己的衬衫如此迥异的卡普拉纳!

"你需要去买一件新衣服,夫人。好好梳个头,你会看起来更漂亮。你要不按我说的做,我还是会拿这种话来说你的!"他开玩笑地说道。

"家里没有地方放新衣服,"她埋怨道,"那点儿空间都被你的衬衫占用了。"

其实他的衬衫不多,也就两三件,这说明他们的生活有多拮据。

洗澡成了另一个问题。他们在院子里洗澡,在一米左右高的四个芦苇栅栏之间,从一个桶里取水,泼在身上。基本上,约瑟费已经习惯了这种方式,他喜欢一边洗澡一边看周围的动静,妇女们走去市场,孩子们拖着疲惫的身躯去上学。但对安托内塔来说,洗澡的过程更为复杂。她不得不蹲下身子,以便外面看不到她的身材,但即使看不到,也不妨碍人们能猜到。因此,这种情况有损姆贝夫的尊严。他们的顶着湿漉漉的头,隔着芦苇栅栏,谴责那些放在任何文化、任何环境和任何条件下都过于亲密的举动。"有一个姆贝夫在洗澡！啊，没羞没臊的人！"路人说。然后，洗完澡又有另一个烦恼。地面被死水浸泡着，尤其是在下雨的时候，雨水总是渗进土里，地面永远不会完全干，永远有肮脏恶臭的泥坑。一条由松动的石头铺成的小路连接着芦苇栅栏和房子，在那里，姆贝夫一家在石头之间跳来跳去，以免弄脏他们的脚，他们的脚很干净，刚洗过，还滴着水，但看起来就像一群鬼鬼祟祟、半裸的强盗。

"安托内塔过这样的苦日子太多年了！"约瑟费坐在他干燥而宽敞的新院子里，面带微笑地回忆起来。

她抱着孩子从一块石头跳到另一块石头，带着他们来往于"浴室"。有一次，她甚至摔了一跤，扭伤了胳膊，有一阵子，屋子里乱成一团，安托内塔的手被包扎在她丰满的胸前，她没有手来做事。

在外面吃饭是每天要承受的另一种苦。他们在小阳台上轮流吃饭，因为那坐不下所有人。约瑟费和两个年长的孩子先吃，祖母和小家伙们后吃。不管是谁在吃饭，安托内塔总是一边自己吃一边为大家服务，这样才能满足她巨大的胃口。

进行房事的时候也不敢发出声响，这对魁梧的夫妻万般小心地在床上挪动，安托内塔情不自禁，约瑟费睁大眼睛，温柔地提醒，捂住她的嘴以免吵醒孩子们，他们伴着这种节奏熟睡，上上下下，上上下下。这就是为什么他们经常在凌晨时分，当孩子们在学校或在外面玩耍时，才做这件事。如果约瑟费上班快迟到了，时间紧迫，他们就会更肆意一些，在光天化日之下，聪明的祖母在阳台上，像一只凶猛的看门狗一样看守着，无线电里放着莫桑比克歌手迪隆金吉的嘶哑的歌声，这是大地的音乐。

约瑟费满面笑容，这是新院子给他带来的优越感。

但老房子里最糟糕的是下雨天，滂沱的雨敲打着镀锌的屋顶，震耳欲聋的噪音迫使人们得提高嗓门说话，使他们对彼此的耐心比平常更少。空间变小了，因为旧屋顶有很多大的洞，晚上有蝙蝠、白天有各种鸟类从这里飞进飞出,更不用说雨水了,众所周知,雨是无孔不入的。而由于雨水落进来,需要在角落里摆放罐子接水。这之后,雨点拍打在镀锌的屋顶上,浑厚的声音好像在提问,细小的雨滴打在罐子上,微弱的声音好像在回答;这种密集的对话终于使大家安静,败下阵来。他们缩在仅存的没被雨水打湿的空间里,摞在一起睡,约瑟费平整的衬衫失去了庄严,尽管被挪来挪去躲避雨水,但也被打湿,已经开始往下滴水了。孩子们打喷嚏、流鼻涕,肯定会感冒的,可怜的孩子们,安托内塔在抱怨。

"我希望我有一个新的房子!"

这样的雨夜多得数不清,有一次,一边躺着一个孩子的约瑟费无法动弹,旁边的安托内塔大声地打着呼噜,他下定了决心。

"不能再这样生活了!"

毕竟,民族独立是一个既成事实,他的工资也不是最低的,没有什么理由让他们继续生活在这样的房子里。在与失眠的斗争了一整晚,终于在太阳从地平线升起时,约瑟费正在细致地思考一个计划。黎明时分,当雨停了,从屋顶的洞中可以看到几颗闪耀在天空的星星时,他终于下定决心,计划已经制定好了。约瑟费终于可以入睡了,他对现在的不适已经免疫了,因为他可以透过镀锌的屋顶看到一个像星空一样清晰的未来。一切明朗了,他已经准备好迎接新的一天。

那天一早,他拿出最好的一件衬衫,穿上衣服,像往常一样出门了。但他没有去工作(他后来报告说自己生病了,然而他并没有),他转而去找他那个有一段时间没有见面的表弟,姆贝夫家族的另一员,他是公共工程和住房部的高级官员。他爬了很多层楼,被安排坐到了指定的地方,等了很久才见到表弟。

坐在新院子里的约瑟费,回忆起那次碰面,仿佛就发生在眼前。

他的表弟,已经是部长了,张开双臂朝他走来,驱散了他的疑虑。

"约瑟费表哥,好久不见!"
"安东尼奥!你小子看起来没变!"
"是没变,甚至还过得更好了。"部长回答说,他眨了眨眼睛,指了指他周围,那间大办公室里的一扇破旧的窗户,面朝海湾,而在另一边,卡滕贝市的安静的海岸线向马昌古洛半岛的方向延伸。

安东尼奥没什么可抱怨的:他有一辆新的拉达汽车,有四个门和一千三的排量,一幢有四个房间的好房子(这也是我正缺的东西,如果我有一天也能成为管理和分配房子的人,还愁没有一个只属于我的好房子嘛!)

"我们家里有四个人,你应该知道的。每个人都有一个房间,每个人都有一个车门。情况就是这样的。而且因为过上了这种现代生活,也不想要更多的孩子。更多的孩子,就会带来更多的开支,更多的问题。

约瑟费边听边思考。

工作很多,责任也很大。但是,确实,他也没什么可抱怨的。

"你呢,约瑟费,你怎么样?"

约瑟费也不差,但不能说他过得很好。他花了一个不眠之夜来躲避雨水,忍受着安东内塔可怜的抱怨("你还记得她,对吗?"),梦想着一个不会下雨的新房子。

安东尼奥是一位称职的部长,他很快就改变了谈话的方向;他很狡猾,感觉到了问题所在。他避开房子的话题,开始谈论过去,谈论小时候在马拉夸内①("路易莎镇,你还记得吗?"),在贾法尔②的

---

① 马拉夸内,莫桑比克城市,属马普托省,译者注。
② 贾法尔,莫桑比克城市,属马普托省,译者注。

灌木丛中玩耍,当时他们两个人让山羊跑到了公路上,被父母打得很惨。

约瑟费跟随着这些漫谈,时而欢呼雀跃,时而甚至忘记了他来到这里的目的。他很快找到一个时机,安东尼奥部长终于从过去走了出来,严丝合缝的盔甲上终于露出了一个缺口。

"约瑟费,你穿衬衫吗?我更喜欢大衣和领带,我认为这样更高雅。"

而约瑟费,抓住机会说。

"我同意你的观点,安东尼奥。我也这么认为。如果我可以拥有一件的话,我会选酒红色的。"

"那么,事情有那么糟糕吗?"部长问,他认为只要有一笔小额贷款,一切都会得到解决。

"不,不是那样。如果家里到处都是雨,我怎么能穿上大衣呢?衬衫已经是个问题了,可怜的安托内塔总是提着它来回走动。如果我穿上大衣出现,她会杀了我的!"

这是把话题拉回房子的一次尝试。

每当谈话触及问题关键时,总是会出现停顿。在安东尼奥允许这种沉默时,放松了他的警惕。就在这时,约瑟费决定进攻,亮出他所拥有的武器。"要么现在,要么永远没机会了。"他想。

"虽然日子过得很糟糕,至少我不缺乏啤酒喝。我喜欢喝冰啤酒,但即使喜欢也都喝腻了"他说。他注意到安东尼奥的眼睛里闪过一丝兴趣,他干燥的喉咙轻轻清了一下。

他们过了一会儿才告别"到我家里来,把家人带上。"安东尼奥在电梯门口对他说,尽管没拿走什么好东西,但约瑟费感觉好多了。他已经上钩了。

而事实上,几天后安东尼奥给他打了电话:他有一个聚会,是有重要人物参加的,但啤酒非常难找("黑市上也没有,表哥!"),约瑟费不希望他的表弟安东尼奥给姆贝夫家族丢脸。他真的不希望吗?

他当然不希望。而约瑟费一会儿给一箱啤酒,一会儿又给两箱啤酒,直到这些小恩小惠几乎习以为常。约瑟费觉得应该这么做,而安托内塔不这么认为。

"你去那里向他乞讨,怎么最后他成了乞丐!你没救了!"

每次送出两箱啤酒之后,约瑟费都会提醒他的表弟:"别忘了我的事儿,安东尼奥!"他佯装感冒,好像这是由于他住在被诅咒的房子里造成的,他抱怨说安托内塔也让人无法忍受。直到有一天,他的表弟安东尼奥给他打电话。安东尼奥很称职也很上心,他注意到阿明达·德·索萨遗弃了她收获了很多欢愉的房子。根据法律规定,房屋被遗弃三个月后,将归国家所有。这几乎是在说,这幢房子现在在安东尼奥部长的手上。

"你的机会到了,约瑟费,"他说,"赶快带上你的家当和你的家人搬过去,这样的机会千载难逢。"

就这样,姆贝夫一家搬到了513.2号街6号房。要拿走的东西很多杂,他一手拿着衬衫的衣架,一手拿着装着萨克斯的旧箱子,只有祖母留在老房子了,她对搬家这件事持怀疑态度("这个安东尼奥从小就是个流氓,他现在也好不到哪儿去!"),她拒绝离开新汉巴宁的老木屋。

约瑟费开心了。他需要铭记这段艰难的过去,他可以相信这一切都过去了。孩子们已经四处跑开了,寻找新的朋友,探索附近的环境。约瑟费从后院的木椅上站起来,叫安托内塔,然而没有人回答。他又叫了一声,还是没人回答。然后他走进屋内,想知道他的妻子到底在忙些什么。他走上楼梯,发现她在卧室里,坐在床边,与阿明达·德·索萨热烈地交谈。

这两个女人一见如故。

7
防空洞

"现在,这是一个你永远无法付诸实践的计划!"蒙泰罗探长说。

他正坐在角落里的一把旧扶手椅上。一把曾经属于他的扶手椅,虽然扶手处有些破旧,但仍然提供了一种舒适感,在他逃离这里之后,无论他走到哪里都再也找不到这种舒适感。这就是为什么,尽管他很吝啬,但他总是试图成为第一个到达的人,而且一旦坐在那里,他就不会再站起来,因为他害怕有人,伊莉莎或菲利蒙会抢了他的位置。剩下的就是让伊莉莎为他端来饮料了!

"什么?"菲利蒙秘书说。

"你认为做一个避难所仅仅是挖地三尺吗?"

菲利蒙没有回答他,而是继续专注于桌上的图,他正试图解开其中的奥秘。

10号房的居民圣地亚哥穆安加指挥官把这张图带到了他面前。一张奥扎利德牌的大幅纸上满是复杂的线条。上面有一行红色的大标题"Luftschutzbunker"①。左边画着立面图,右边画着平面图,线条很复杂。还有箭头,很多箭头。有的箭头朝下,指向地表以下,这是挖掘的方向;有的箭头来自空中,更具威胁性(也许这就是为什么它们也是红色的),标志着敌人扔向我们的炸弹来自哪里;还有的箭头指的是通风口、入口和出口路线,以及其他菲利蒙搞不清楚的用途;最后,在一个角落,有一个箭头,不知道从哪里来的,它

---

① "Luftschutzbunker",此处为德语,意为"防空洞",译者注。

指向一个神秘的方向,最后画出了纸外。它指向哪里?

"这很简单。"蒙泰罗说,"它指向北方。"

菲利蒙瞪了他一眼。

"你认为我是文盲还是什么?难道你忘了,当年我在南非的矿区做过两份合同?我知道北方是哪里。而且我也知道什么是防空洞。防空洞只是一种小型矿井。我曾在生产矿石的矿井中深处行走。"他沉醉在他的回忆中,"那是真的,有火车来来往往,电梯上上下下。几乎就像一个隐藏在地下的城市。"

"胡说八道!"蒙泰罗说。

"对于那些像我一样在兰德矿区工作过的人来说,这不过是一个小问题。我们只被告知要建造一个避难所,而不是一个城市。"

蒙泰罗沉默不语。只是发出了那种让秘书非常恼火的嘲讽的笑声。秘书再次集中精力画图,几乎忘记了他们之间的敌意;有那么一刻,他几乎相信蒙泰罗可以帮忙,但他很快就清醒过来,否定了这个想法:毕竟,标明箭头和建造程序的注释是用共产主义德语写的,这在探长生活的时期还没有出现呢。他乘机问了一句:

"你,总是什么都知道,为什么不把这里写的东西翻译出来呢?"

"因为我不想帮你。"

"我知道为什么你不翻译。因为你不知道!"

蒙泰罗只能保持沉默,因为这是事实。这粗体字母写着什么?可能是一个共产主义的口号。如果是在过去他辉煌的日子里,他就会知道如何处置那幅图,以及所有试图解释它的人!

他们两个人继续研究这幅图,一个人大声地解释着那些字母,另一个人则表示怀疑。

伊莉莎进进出出,假装在忙;内心深处,则是对那男人间的这些事充满了厌恶。她认为除了播种,没有其他理由能让人挖地三尺。

圣地亚哥指挥官疲于来往于前线与家之间,有一次他把那幅图交给了菲利蒙。他是从哪里搞来这幅图的,菲利蒙不清楚。这是军方的东西,所以它肯定很有价值,很有用处。此外,它不仅仅是一幅图,它是政党秘书和指挥官两派之间"停战"的象征。自从党的指示下来,要求建造一个防空洞来保护居民免受罗得西亚①随时发起的侵略,消息传出来之后,两派间的竞争一直很激烈。

上头的指示很明确:"同志们!敌人正在加大火力进攻,企图阻止我们巩固革命果实。因为我们的人民和党之间紧密团结,民众提高警惕,敌人进攻受阻。他们无法在地面上击败我们,现在正计划从空中发动诡谲的攻击。为此,我们决定立即在工作和居住的地方建造防空洞。让我们紧密团结在党的周围!革命尚未成功!莫桑比克革命万岁!"

目标十分明确。敌人是如何行动?为什么行动?我们应该如何反击?513.2号街道是一个居民区,所以我们必须把这条街考虑进去。然而,由于没有明确指定由谁来领导这一工作,造成了混乱。有些人说,应该是指挥官圣地亚哥,因为他是一名军人,而建造防空洞显然是一个军事问题,他也会严格执行上头的命令。其他人说,菲利蒙·滕贝秘书是当地的政党代表,所以应该由他来领导集体工作,由他来贯彻落实党的方针。

菲利蒙喜欢清楚的指令,他甚至向政党总部发出了一份申请,要求进一步的明确的指示:"我们收到了指示,非常感谢,我们这条街的居民也热情地配合完成这一指示。我们已准备好了,但有一个问题,同志们,谁来完成这项工作?"但是,也许是因为他没有表达清

---

① 罗得西亚,今为津巴布韦,译者注。

楚,也许是因为读这份申请的人没有充分认识到问题的本质,得到的答复并不令人满意:"工作是集体的。"她祈祷说,"既然你的街道是一个居住地,那么所有十八岁以上的男女居民都应该全力完成这项工作,至于老人和未成年人可以负担较轻的工作。"日期和签名是难以辨认的首字母,上面有熟悉的锄头和卡拉什尼科夫自动步枪①的印章。

菲利蒙看了又看。文件中没有任何一句提到了由谁来领导工作,无论是从政治层面还是从军事层面。无论是他本人还是圣地亚哥司令。

这种模糊不清的情况并不新鲜。此前不久,在组织夜间巡视的居民小组时,也是如此。一些人认为应该由指挥官来领导这一工作,而菲利蒙则认为由他本人来领导会更好。几个星期以来,街上的人都被这种模糊不清的情况所困扰,有些人则利用了这种情况,就像姆贝夫一家一样,既懒惰又精明。

在得知这些新居民到来之后,秘书立即通知手下整编巡逻队,以保证街道的安全,防止敌人突袭。这是一项合理的工作,因为新居民将受益于这里所提供的和平和安全。但约瑟费·姆贝夫除了胖之外,还很精明,并且很懒惰。安托内塔却不这样,约瑟费跑去和秘书说他的妻子患有一种疾病,无论白天黑夜,无论她在哪里,她总是在睡觉,因此她无法在夜间保持清醒,更别说手里拿着一根棍子,仔细观察灌木丛和人影,判断是否有敌人从那里出来。"她可能无法参与这项工作。"约瑟费说道,他试图进一步说服秘书:即使整个部队的敌人都来了,她也不会注意到的,因为她可能躺在灌木丛后面打鼾。菲利蒙秘书开始怀疑了,问他,那么他自己呢?也在睡觉

---

① 卡拉什尼科夫自动步枪,即 AK—47 步枪,莫桑比克国旗上印有锄头和步枪的图案,译者注。

吗?他的问题不同,虽然也很复杂。他并不缺乏意志,他也明白民众保持警惕的好处(我们必须密切注意敌人的行动!),他认为每个人都应该参与其中。但问题是,他在新汉巴宁州有未尽的义务,他的母亲太老了,不能巡逻监视,所以他不得不每周去一次,替她完成工作。约瑟费确信菲利蒙秘书会认为这不公平,不仅让老妇人得不到保护,而且让约瑟费在相隔如此之远的两个不同的社区进行巡视,一个人身上承担双倍的责任和义务,是双倍的疲惫。菲利蒙被吓了一跳,说他明白了,尽管他不能对此作出任何决定。他答应以书面形式询问领导层如何解决。与此同时,约瑟费还是得继续来回奔波。但是,正如我们说过的,约瑟费·姆贝夫很精明,在上头给出回复之前,他就已经获得了圣地亚哥指挥官签发的特别豁免,正如我们所看到的,圣地亚哥在民众警戒方面也有权做决定,尽管他与菲利蒙共同享有这项权力。

姆贝夫一家的特殊待遇给其余居民树立一个坏榜样,比起这个,圣地亚哥指挥官的竞争才最让菲利蒙感到困扰。

我们说回党的指示,菲利蒙锲而不舍,仍然试图捍卫自己的领导权,认为正如指示所说,谁拥有领导权,谁就有决定权。因此,政治问题应该凌驾于所有其他问题之上,包括军事问题。而政治问题上,谦虚地说,就是他自己,秘书菲利蒙·滕贝来做决定。态度可以谦虚,但权力不能失去。

但他并没有说服所有人。当指挥官走进秘书的门,把画有日耳曼的平面图的奥扎利德牌纸交到他手上时,还处于一种僵局中,非此即彼,决定权到底在政治家或军事家手上,菲利蒙还是圣地亚哥手上还不明确。秘书起初认为这是一种放弃权力的姿态,尽管现在,在与那些晦涩的注释搏斗时,他并不那么确定。特别是蒙泰罗探长说耐人寻味地说了一句:"那个半吊子指挥官于你来说会是个大问题。你也看到了,他在耍你。"他是吗? 不,他没有,他是真的想帮忙。即使这样也无所谓,因为对菲利蒙来说,他关心的不仅仅是指挥权,他对防空洞更为关心。

在上头指示下达的前一夜,菲利蒙曾梦见过这件事。虽然也时有噩梦,但不像佩斯塔纳博士的梦那样情节复杂。在大量的情节和人物出现之前,局势都是不明朗的。敌人带着致命的武器,与蒙泰罗探长手拉手投入战斗;居民们在一片混乱中撤退,而菲利蒙无法保护他们。到处都是烟雾和火光,警报器以冗长的呼啸声扫荡着空气,房屋吐出的瓦片,就像拳击手挨拳头时吐出的牙齿。最后,尘埃落定,513.2 号街成了一片废墟,街上到处充斥着伤者零星的呼喊和死者的沉默,人们发现,不是敌人,也不是蒙泰罗,而是凶残的佩斯塔纳博士,他带着狂笑,把支离破碎的街道彻底化为灰烬。佩斯塔纳博士为名字里有两个傲慢的 g 的海德格尔报仇雪恨,向菲利蒙和他的手下报仇,向整条街的人报仇。

他醒来时心情并不好,嘴里残留着咸味,就像发烧一样;不确定这种不适感是来自过去还是未来。他甚至没有和伊莉莎道别就去了他的办公室。当他到达办公室时,他发现了装有党的指示的信封。多么不寻常的巧合啊! 不止如此,还有一个明显的信号。他曾后悔在信到达之前没有告诉任何人这个梦,至少没有告诉伊莉莎,因为那会证明他的能力,我们可以看成是他的特殊能力。

你打算挖的那个洞对你来说没有任何用处! 又是卑鄙的蒙泰罗,不失时机地贬低别人的努力。把防空洞称为一个洞。

"这是我们的事,不关你的事。"菲利蒙抱怨道。

"你其至没有计算过他们的炸弹的威力。洞、人、整条街都会因此消失!"探长面无表情地说。

菲利蒙想到对方说的话,不禁打了个寒战。他看了看外面的街道,街道消失在一片烟雾和火光中的景象增强了他的紧迫感。这项工作必须尽快开始。于是,他带着高涨的热情继续研究平面图和日耳曼的注释中。

按照指令,他确定好了挖掘的地方,这个地方必须大到足以容纳整条街道的人,而且要足够近,一旦出现危机情况,街道的人就能躲进去。他选择了泽卡·费拉兹的房子和属于佩斯塔纳博士的废墟之间的荒地,不管什么原因,那里从来没建过房子。它足够宽,足够近,而且那里只有野草和沙石。如果菲利蒙能预知未来会发生什么,那么他在选择这个连树木都不愿意生长的地方之前会三思而行。这种现象并不寻常,他没有注意到,但他早该注意到。

他知道他无法建造一个坚不可摧的防空洞:水泥很贵,他们也没有铁。因此,菲利蒙的防空洞的伟大计划是创新。他微笑着,为自己的结论感到自豪。轻巧的结构,树枝去支撑地面上的泥土和树叶,这更接近我们流行的建筑方式,更符合我们的祖先文化,我们不能被现有条件所限制。一旦一切准备就绪,草和灌木就会在上面重新生长,这样一来,敌人在飞过那片空间寻找打击对象时,看到的只是灌木,他们就会继续前进,寻找他们印象中的防空洞,而我们知道,他们是不会找到的。这就是他的想法,就是他骄傲的原因。然而,这种想法从一开始就是不成立的,未来将会得到印证。

第一天的工事进展得很顺利,一部分原因是大家对未来一致的恐惧和不安,提高了大家的积极性。另一部分原因是菲利蒙找到了有效说服他们的方法:那些参与的人,一旦发生危机情况,就会马上被安排进防空洞;那些不参与的人,就让他们在攻击到来的那一天自求多福。就这么简单!

这个星期天我们很早就开始了,我们这些居民。雾气仍萦绕在空中不愿散去,延长了夜的不安。在黎明的光亮中,我们略显浮肿,随着工事的进行,浮肿随着汗水一点一点地被蒸发掉。我们挖掘着,吟唱着长长的调子,我们是自主地工作,而不是过去那样,在殖民主义的鞭子下工作。现在,鞭子已经消失了,我们在非常古老的起源中寻找一个更古老的回应。我们挖掘大地,这等于说,挖掘我们自己,我们把自己封闭起来,就像蛤蜊把自己封闭起来以保护自己一样。我们随时等待着敌人的飞机,这些凶猛的鸟儿在寻找它们可以产下盲目而致命的蛋的巢穴。而我们,村民们,一想到噩梦般的场景就会不寒而栗,一听到警报声就会恐慌,警报声现在要求我们工作和聚集,只要敌人一到,又要求我们逃离和分散。秘书同志让我们看清了方向,让我们把上头预测到的危险的未来和他自己的噩梦作为既成事实。他从一个小组走到另一个小组,手里挥舞着指令的文本,这是被官方证实了的威胁,是包围我们的危险。他喊道:"他们将在最意想不到的时候,无声无息地低飞过来。当大家都在忙于各自的工作,妇女们做饭,孩子们玩耍,男人们或上班或下班,喝着啤酒,聊着天。突然间,敌人将在这里播种他们的邪恶(他又回忆起蒙泰罗轻蔑的警告:洞、人、整条街都会因此消失!还有他当时打的寒颤)。同志们,需要打起精神来!我们不要气馁!不要犹豫!我们要在这场比赛中挖得更快、更深,在这场比赛中,我们要在敌人到来之前完成防空洞,否则,就会发生悲剧。"

现在,在我们的窗户前,也是曾经他们的窗前的人,是与我们相伴而我们却无法让他们现身的人;那些不是想参加,就能参加的人。阿明达在姆贝夫家的阳台上,抽着一根又一根的法维尔牌烟,为她现在的胖房主担心;佩斯塔纳博士和奥罗拉夫人在废墟的阴影中,奥罗拉夫人双手捂着嘴,眼神关切,嘴里祈祷着。胖子马尔克斯从车库里偷看,疯狂地在某个笔记本上写下围绕着我们的危险和在这种急切中寻求的答案,以便以后这个险恶的消息可以通过长长的电波传到印度,那边可能也有人在担心这件事。而蒙泰罗探长,这一次对他所有的确定性产生了怀疑。我们才刚刚开始,洞就已经很深了,这充分证实了我们坚定的信念。"如果当时我的人有这样的毅力,结果就会不同。"这个被诅咒的人说,他无法从过去的事情中解脱出来,至今仍然耿耿于怀。

正在挖掘的我们,几乎都还是农民,是刚进城的人,或者正在进入和正在离开城市的人,几乎都在浇灌我们的卷心菜,每个院子的角落里几乎都有一把锄头,用于处理那些周而复始的事情,就像现在一样。我们正是用那把锄头来挖土,尽管挖掘这件事情女人做起来比男人做起来更轻松。这些女人们从后面看着我们,她们挖掘的姿势显得更轻松,她们嘲笑我们为了更轻松的挖掘而做出的努力。已婚妇女嘲笑她们丈夫的努力,单身妇女和寡妇则笑着回忆她们的父亲和死去的丈夫,以及如果他们也在这里,他们会用什么姿势挖掘。而我们,像女人一样低着头,大步流星地挖掘,挖出了一个巨大的洞,种下种子,从那里将生长出我们集体主义的茂盛植物。

"如果我的手下也是这样的话该多好啊!"嫉妒的蒙泰罗在秘书家的阳台上重复说。

巴西利奥·科斯塔,神情慌张,就像普通民众一样,他把裤腿卷起来,露出两条很白的腿,他像其他人一样挖掘,虽然技术一般,但他试图用他不懂的语言吟唱调子。("你看,奥罗拉!他怎么可以把身子弯得这么低呢?"佩斯塔纳博士在他的旧阳台上说,谁知道这种讽刺是不是出于怨恨,因为他自己不能在人们中间唱歌)人们看到科斯塔,大笑并鼓掌:如果不是因为他的肤色和笨拙的姿态,这个木头桩子几乎看起来像我们一样!费拉兹也很投入,尽管他没唱歌。对于几乎在农村长大的他来说,挖掘不是什么新鲜事。他知道如何在适当的时候像我们一样:只要记住过去就够了,他父亲在金属怪物的内脏里翻找的时候,带着费拉兹,让他也学会了。妻子吉列米娜夫人在组织方面显示出比锄地更高的技巧,因此秘书选择她来协助他。在菲利蒙管理不到的地方（他不可能无处不在），她就在那里。这一天的工作对于姆贝夫一家，约瑟芬和安托内塔来说过于沉重了，他们因为天气炎热而提出了抗议，尽管他们也工作了，但休息的时间比工作的时间还长。最后是疯子瓦尔吉，他打扮得好像是要参加一项运动：白鞋白袜子，簇新的长裤，一件非常白的衬衫，胸前有奇怪的徽记，与我们的非常不同（"牛津大学。"他向那些询问的人解释，我们不知道那是哪个遥远的地方），甚至还有一顶高调的帽子，也是白色的，帽檐很大，可以保护他的眼睛免受阳光照射。在我们的胸膛上闪耀着一个白色的光斑，像太阳一样闪耀，我们又脏又累。瓦尔吉更关心的是折痕和污渍，而不是他的挖掘工作，他拿起锄头，优雅地挥舞着我们不认识的运动的棍子。而且，啊！如果敌人现在扔出炸弹，瓦尔吉会用他那根简易的棍子巧妙地回击它，让整条街的人满怀感激地鼓掌。全垒打！

只有还在银行工作的泰勒斯·南通博和他的妻子爱丽丝没来，爱丽丝还在给她的学生批改着考试卷。吉列米娜夫人敏锐的目光注意到了他们的缺席，菲利蒙秘书也在他的本子上记下了。

第二天就不那么顺利了。南通博一家依旧没有出现，姆贝夫一家也没有出现，他们被第一天的经历搞得筋疲力尽，不愿意再重复。安托内塔在家里打鼾，正如约瑟芬之前准确的预料，没有任何已知的力量能够唤醒她。至于他自己，他要赶紧去新汉巴宁，看看那边是否在挖一个需要他老母亲参与的防空洞，如果是这样的话，他就能找到一个理由不参加菲利蒙防空洞的工作。瓦尔吉对上次有人弄脏他的衣服而感到愤慨，也拒绝参加，在这种情况下，没有任何人能够说服他。瓦尔吉就像大家都知道的那样，他出席或缺席都不需要理由。

结果，剩下的人就很少，无法应付工作。对那些缺席的原因的研究以及缺席的人进行的惩罚要比防空洞本身更深入。如此一来,那些没有看到他们工作的人,事后很难说他们实际上工作了。他们盯着这个半开的洞,半开的洞盯着他们,面面相觑。

就在这时,吉列米娜夫人凭借其天生的组织直觉,向秘书建议制定一项新的规则。

什么规则?他想知道。

这很简单:谁不挖,除了在危机到来时失去躲在防空洞的权利外,还将失去在附近商店购买食物的权利。以眼还眼,以牙还牙!她激动地总结道。

菲利蒙认为这个想法很好,于是赶紧宣布了这个新规则。他灵机一动,声称这是政党制定的规则,唯一的目的是加快工作进度,因为所谓的敌人进攻的迹象越来越明显。秘书和吉列米娜夫人不择手段来达到他们的目的!

居民们经常抗议,为此,这个新规则被搁置了。但是,由于发现没有商量余地,他们又都回去工作了,慢慢地挖,并喃喃地念革命歌曲,而不是唱。随着挖掘,他们开始注意到,他们挖出来的土,本来应该是干燥的沙土,实际上越来越潮湿,不久之后,坦率地说已经湿透了。

一定是因为这是来自深层的土,太阳照不到的地方。菲利蒙想,命令他们继续挖掘。

虽然有疑问,但居民们还是服从了。但过了一会儿,再深入一点,出来的水比土还多,多到锄头和铲子都无法清除。铲子和锄头被放在一边,要求使用水桶,但从那时起,工作似乎在向后倒退,而不是向前推进。这个问题很严重。我们必须停下脚步,进行分析。

众说纷纭。科斯塔先生非常愿意提供帮助,他认为问题太大,超出了我们的能力范围,并建议打电话给当局。他不是个熟知政治的人,所以不知道正如口号喊的那样,未来掌握在人民手中,因此要由人民自己来解决问题。当然,姆贝夫一家立即提出中断工作去休息。泽卡·费拉兹凭着他机械师的实践精神让其他人停止讨论,他提出了可行的技术方案。

技术解决方案?什么技术解决方案?

据他所说,有强大的电机泵,能够吸走眼前的水,以及可能产生的更多的水。

约瑟费对恢复工作的前景感到不安,想知道将被吸走的水会去哪里。费拉兹耸了耸肩,有人建议可以把它倒在瓦尔吉的房子前面。疯子瓦尔吉现在不在那里,即使他在,也不一定会抗议。另外,本来下雨时不就会在那里积水吗?从上面来的水或从下面来的水,这有什么区别?

大家都同意了。

负责的菲利蒙问费拉兹这样的电动泵需要多少钱。费拉兹回答说他不知道,但一定是很高的价格。他们都认为,秘书最好给上头发一封信,提一下这个问题并要求为费拉兹所说的这台机器提供资金。如果上头希望他们自救,那就给他们提供资金。但经验丰富的菲利蒙认为不值得这么做。他们会答复说每条街道、每个居住地都必须依靠自己的力量("同志,你有没有想过,如果所有的街道都向我们要电动泵,我们从哪里搞到这么多资源?")菲利蒙太了解他们了。

正是在这个时候,当所有人都在想办法的时候,秘书深入到洞里,更仔细地观察,他认为详细的观察可能可以给他带来灵感。他弯下腰,搅动已经积聚的水,这里形成一个黑暗的湖泊。他下意识地把手指放在嘴边,不知道为什么他要这么做。

"它是咸的。"

"咸的?"大家都很惊讶。

"是的,咸的。"秘书再尝了一下,肯定地说。

事情发生了变化。

巴西利奥·科斯塔认为,如果是咸的,那么就是海水;海水通过一些地下暗河流入,从海滩来到那里,来到房屋下面。

整条街都在水上!居民们很诧异。这条街就像一艘狭长的船513.2米长,5.132米宽在没有人知道把它驶向哪里的情况下,这条街还在原地!

但情况远远比这严重,正如费拉兹所解释的:由于水来自大海,没有足够强大的泵来完成这个任务,现在相当于要把海里的水全部抽干。这是不可能的。

人们面面相觑。

此外,泽卡·费拉兹阴沉着脸说到如果是海水,我不能保证任何事情:水泵害怕海水里的盐。你听说过腐蚀吗?

很少有人听说过。这是一个丑陋的字眼。因此,这听起来像是一个最终的判决,一个来自菲利蒙防空洞的死刑判决。

现在大家什么都做不了。居民们一个接一个地开始离开。有些人,如约瑟费·姆贝夫,认为他们失去了一个防空洞,但得到了一个可以休息的星期天。另一些人则更有同情心,他们不仅失去了一个防空洞,更可怜菲利蒙秘书又遇到了一个棘手的问题。

而菲利蒙独自留下来,看着洞里的颜色随着日落变得越来越黑。不祥的颜色,不祥的预兆。

该怎么做呢?

他看着迅速淤积的海水,摇了摇头。蚊子会不会在那里聚集?蚊子就是疟疾,疟疾是一个被证实的敌人,几乎和真正的敌人一样阴险。这件事之后,他会接受审查,会有人指责他危害了社区的健康。菲利蒙正为疟疾打开一扇门,513.2号街会有大批人死于这种可怕的疾病。

担心。混乱。冤屈。

很快，那座坟墓里就会有很多蚊子！阳台上是蒙泰罗嘶哑的声音，我想看看你的上司会怎么说！

菲利蒙没有理会他。

也许，如果他们把洞盖起来，再把该死的海水藏起来同时他们找到一种方法，在上面种植一些能抵御盐分的东西，也许可以解决问题。

他感觉到一只手搭在他的肩膀上。是伊莉莎。

我们走吧，亲爱的。明天再说。

菲利蒙乖乖地跟在她身后，而楼上的蒙泰罗探长则满意地笑了。

8
一小堆篝火

新月的晚上，513.2号街的后院一片漆黑。7号房，也就是菲利蒙秘书曾经想占用但无法占用的那间屋子，很难借到邻居家的光：左边是科斯塔先生的房子，自从他的妻子离开后，那里几乎一直空着；右边是一块空地，以前杂草丛生，现在是一个未完工的防空洞项目，一个深不见底被水淹没的洞，一个菲利蒙秘书的噩梦。这样一来，那里完全依靠后院的一小堆篝火发出微弱的光。只能偶尔照亮了茱蒂特的下巴、上唇、鼻孔和眉毛，给她的沉默带来了一种幽灵般的气息。她几乎一动不动。

她蜷缩着身子，双膝跪在地上，脱下的橡胶拖鞋就在边上，一边一只，她用一根棍子搅动着玉米糊，动作缓慢而机械。当茱蒂特一次又一次做着那些加速面团煮熟的圆周运动时，她在想什么呢？不管是什么,都似乎并不确定,因为搅一圈后,下一圈又开始了,重复着同一个动作。在一片寂静中,只有猫头鹰偶尔啼叫,夜游的蝙蝠飞过和锅里沸腾的面团发出的低沉冒泡声,才会偶尔打破这片寂静。每隔一段时间,"扑通"一声,又有一个气泡破裂,向空气中释放出它的气味,并在面团表面留下一个圆形的洞,仿佛是今晚没有看见的月球表面。这种气味强烈而刺鼻,对那些已经习惯和喜欢这种气味的人来说是很诱人的,但对躲楼上阳台的黑暗中观察这一幕的佩斯塔纳夫妇来说却并不愉快。

但我们要说的不是他们,而是茱蒂特服侍的一大家子。

"马尼奥,去叫爸爸和辛迪娜。我们要开饭了。"女人说。

马尼奥饿坏了,他小步跑过黑暗的瓦砾迷宫,很快就看不见了。他的父亲和妹妹可能在不远的地方。那里有我们试着去了解、经常走进的较浅的黑暗,那里还有我们出于恐惧或其他原因而没有探索的较深的黑暗。如果是第一种,马尼奥会毫不犹豫地进去,靠着他的双手来摸索眼睛看不见的路。他不停地摸索着,才能找到一丝安全感。

这是幢很大的房子,特别是对于那些和他们来自同一个地方的人来说。但房子实际上挺小的,因为他们走的路也小,他们使用的空间也小。他们对以前建造和居住在这里的人的奇思妙想并不感兴趣,甚至都不想做任何猜想。此外,他们的奇思妙想被一个他们从未了解过的佩斯塔纳博士的愤怒所摧毁。

辛迪娜听到马尼奥呼唤,很快就从黑暗中走了出来,这样一家四口就可以一起吃个晚餐了。蒂托·纳雷卢加回来的更晚,而他的妻子和孩子则耐心地等着他回来再开始晚餐。他带着几乎少年般的慵懒姿态缓缓走来,这让深夜篝火旁的茱蒂特看起来更像是他的母亲而不是他的妻子。茱蒂特没有直视他的眼睛,为丈夫左右摇摆的步子腾出了空间;她这样做是因为她知道蒂托和篝火间的敌意。

茱蒂特每天俯下身子向篝火吹气,试图让那些在皱巴巴的平底锅下扭曲的小树枝活跃起来,只有当最后火堆剩下细小、微弱的火舌,然后慢慢熄灭时,她才会停下来。

每当这时,纳雷卢加总是试图回避,因为无处不在的火焰让他感到困扰。他的一生都在追着篝火,也总是身处它中间。蒂托,去拿柴火,"自从他学会走路听得懂话之后,母亲总是这么对他说。而且这样的话伴他度过了童年的每一天。"蒂托,去拿柴禾!有很多次,母亲的话还没说出口,他已经起身去拿柴禾了。他离开父母的房子,踏上通往城市的路,他想把自己从那片废墟中解脱出来,也想从母亲的那句话和那堆该死的篝火中解脱出来。也许这就是他急于离开的原因。然而,如今篝火又出现在他每天的生活里,怎么也摆脱不掉。

我们每个人在一生中生过的篝火到底消耗了多少棵树和多少片森林啊!它抹去了多少的树阴,那些能感知到的阴凉树阴被它化为细小而冰冷的灰烬。它在余温中度过整个夜晚,第二天清晨,它的活力又会随着蜗牛状螺旋的烟雾重新焕发,再次开启日复一日的循环。该死的、贪婪的、狡诈的蜗牛!该死的蜗牛折磨着他,让他发现生活从来都是一成不变的。那么多的付出却逃不出那个地方,最后变成了那片灰烬的空虚!

当两人还在最初仅对彼此有些印象的时候,茱蒂特就知道丈夫讨厌篝火,这就是为什么她从不叫他去拿柴火。有时她自己会去拿,但大多数情况下,她都是让马尼奥去拿。马尼奥会沿着沙滩跑去,他还没有到会对重复的事情感到厌烦的年龄。他在木麻黄树下玩耍,挥舞着小手驱赶乌鸦,一点都不惧怕那些鸟嘶哑的叫声。他把两只小手能拿得下的小木棍聚到一堆,捆成一小扎,对他刚刚开始成长的身体来说依然是巨大的,他吃力地拖着它在街上走着。地面上留下的痕迹是所有努力的记录,其中的曲线和犹豫告诉我们,他要找到家的方向是多么困难。当下午的轻风开始抹去地面上的痕迹时,这种记录也会消失,这样,513.2号街这张平铺的纸上,就可以写下其他的记录,比如工人下班回家的脚印和过往车辆的轮胎印。

佩斯塔纳博士靠在阳台的护栏上,努力抑制自己的愤怒。在曾经属于他的院子里看到那家人。即使是在那里而不是在客厅里,他还是会不寒而栗,一股被压抑的怒火升腾到他的头上。

"篡夺者!"他埋怨道。

他的妻子奥罗拉夫人更沉得住气。但也对这一场景表示震惊,但她将这种震惊与某种怜悯糅杂在一起,尤其是可怜那些饿了几个小时却不敢抱怨的孩子。孩子们一脸严肃,睁大了眼睛,那是全神贯注准备烹饪工作的人才会有的神情。如果他们被叫去屋里抓一把盐,他们肯定得小心翼翼地跑着,以免掉下来一粒盐。所有这些都让她感到难过,但她知道她不能贸然告诉她的丈夫:他们在一起三十来年了,她太清楚丈夫的脾气。所以她试图让他平静下来,把他的注意力转移到其他地方。

"看看这院子!我以前在那里种满了玫瑰花,现在你能看到的只有草和光秃秃的土地!现在只有科斯塔一家的杜鹃花还在茁壮成长。"

"是的。"佩斯塔纳说,说着他想起了过去做的一个梦,梦里的夜晚,他被困在杜鹃花围起的监狱里,它们需要不停地修剪。

然后,他想起了什么,

"我不在乎玫瑰和杜鹃花,夫人!你只要看看那客厅,原来我在那里摆了一个塞满了书的书柜(如果你在这黑暗中能看到什么的话)。现在什么都没了!"

"但你不能责怪他们。"奥罗拉女士温和地说,"你知道,当他们来到这里时,我们留下的东西已经所剩无几。这在很大程度上是你的错,因为你当时陷入了疯狂!"

佩斯塔纳博士再次陷入了痛苦的回忆。这一次,他回忆起了他多年来建立的所有的理性被一时的疯狂所打碎的那一天。在今天这个新月之夜,提到这一点时,他仍然会脸红。

他只能闭嘴,咀嚼着一些罪恶感。他的愧疚不是一般的愧疚,而是更具体的,是与那些新的和特殊的受害者有关,在他犯下疯狂的行为时,他们还没有成为受害者。好似他早应该去警告他们一样。现在已经晚了,他几乎对自己的所作所为感到羞愧。但当他想到菲利蒙的时候,他还是找到了一个合理的理由。他涨红了脸,忿忿不平。但对他来说,过去的罪行似乎越来越没有意义。所以他保持了沉默,也要求妻子保持沉默,这样他所感受到的不适才会被冲淡些。

"你又来了。一切都过去了!"他说。

与此同时,奥罗拉夫人几乎气愤到了极点,她看到茱蒂特先为纳雷卢加端上盘子,他开始用缓慢的手势,在沉默中吃东西时,她几乎要冲上前去;孩子们仍然在等待。对她来说,这种优先权是不公平的,大人在前,孩子在后。不应该让孩子们这么等下去。当纳雷卢加以一种转瞬即逝的温柔姿态用手从盘子里拿起一块鱼,放进了马尼奥的嘴里时,她才稍稍平静下来。当她感到博士的手放在她的肩膀上使她平静下来时,她终于放下了所有的情绪。

纳雷卢加咀嚼晚餐时的宁静,不是偶然的结果,也不是他的性情导致的。相反,他每天下午都会坐在海滩的沙丘上,在一棵木麻黄树的树阴下酝酿着这份安静。在到达那里前,他的内心总是会莫名沸腾。也许是因为他和他的计划之间存在着巨大的、复杂的距离。也许是因为他无法克制自己无拘无束的想象力,继续编织梦想的新细节,从而增加了这种距离。随着目标越来越远,纳雷卢加已经失去了耐心。而正是在这里,在这个地方,他可以心无旁骛,望着乌鸦在风中的山坡上滑行,听着它们在愤怒的争吵中发出的嘶哑的叫声。

当太阳爬上最高处时,在另一片更远的海滩上,空气中弥漫着更深沉的宁静。没有树阴,没有声音,世界似乎跟这片广阔的空间一样静止了。零星几个身影在这里挖着什么,饶有兴趣地关注着一种微不足道的海洋生物的频繁活动,一个小蛤蜊正在急切地伸出黄色的舌头,然后挖出一个洞藏在里面。细心的小蒂托·雷卢加看到他们身后留下的泡泡,把手指伸进去,拉出即将躲入洞里的蛤蜊,并放进他腰间的小包,蛤蜊在里面摩擦作响。随后,大浪席卷而来,沙滩上漫过脆弱纯白的泡沫,就像一块宽大的橡皮抹去所有沙滩上的痕迹。沙滩光滑得完美无瑕,这样在它的表面,一切都可以改写。

在初现和重复之间不知疲倦地循环!

正是在这种给他带来最多宁静的可预知的潮涨潮落中,日子一天天过去,小蒂托长大了,成熟了,他孝顺的责任和他对游戏的好奇之间有着不可分割的联系,他很开心那就是他的梦想。他仍然需要去取柴火,同时还有发现头顶上的鸟巢或螃蟹的地下洞穴的乐趣,与发现万物生命秘密的惊喜混合着。为了给母亲带回一对鲹鱼,他看着鱼儿在透明的海浪中游行,他紧跟着鱼儿,有时跑到它们的前面,领先一小步,并吓了鱼儿一跳,这些都让他无法区分是一项任务还是乐趣了。

但蒂托长大了,声音开始在他的喉咙发生了变化,仿佛在他的胸腔里有另一个蒂托,趁人不注意时发出声音、提出意见。有好几次,他说话的声音跟以前变得不太一样,男孩不得不清清嗓子,把已经说过的话抹掉,然后从头再来。"你长大了,你的声音已经不一样了。"他的母亲有些伤感地说,但老纳雷卢加却对此充满了自豪感。但是新的声音有侵占他内心的想法。当它占上风时,蒂托对那片海滩,对那些每天吸引他参加无声游戏的小生命不再那么感兴趣。对他来说,现在的一切似乎都不那么广阔了,也就从那时起,一种离开的想法开始在他的体内萌芽。渴望和拥有之间的距离开始以这样一种方式增长,以至于到了今天它们已不再相互承认了。

　　他最终离开了家。他向大城市走去,与此同时,独立运动也在向南发展。他与她的距离就这样被拉近了,因为"独立"组织在前进的过程中,清除了穿着制服士兵在路上设置的路障。他没有遇到身穿黑色制服的人手持警棍要求他出示身份证明,像查字典一样地细致检查。他也没有遇到眼睛像探照灯,牙齿像刀子一样锋利的警犬。他经过了赛赛①和马尼萨②,最终到达马普托的郊区。在那里他见到了茱蒂特,她好像已经等了他很久了。她是一个年长很多的女人,带着两个孩子,辛迪娜和马尼奥,她教给他大城市的秘密。纳雷卢加,一个天真的农村人,想要融入到洛伦索·马尔克斯这个城市。茱蒂特告诉他,这里是马普托,他需要先找到自己的定位。纳雷卢加学会了,于是他们彼此相爱,走到了一起。但是,拥有和想要仍然是两个敌对状态,彼此相距甚远。这就是为什么今天,在这片新的海滩上,他仍在寻求曾拥有的取柴火与好奇的游戏秘密共存,而这种共存给他的灵魂带来了宁静。尽管事实上根本就没有,但夕阳带给他的相似的感觉足以吸引他每天都回到这片沙滩。这也是他每天回家之后更加安静地吃晚餐的原因。

　　孩子们终于可以吃晚餐了。他们用小小的手指把鱼刺拔掉,有分寸地吮吸着酱汁。所有的人都沉默不语,仿佛他们是那所房子的

---

① 赛赛,莫桑比克南部城市,译者注。
② 马尼萨,莫桑比克南部城镇,译者注。

秘密居民。

他们几乎一直都如此。前段时间,茱蒂特决定在这条街上卖鹰嘴豆饼,因为她注意到附近的工人都要从这里经过。她会在合适的时间站在那里,然后把托盘放在胯部,用一块小手帕盖在上面,避免引起苍蝇对于这种美味的好奇心,也用来激发男人们对于这种美味的好奇心。

鹰嘴豆饼!谁想要鹰嘴豆饼?鹰嘴豆饼!

她坐在奥罗拉夫人的相思树的树阴下,就在佩斯塔纳博士的废弃的房屋前,当男人们经过时,她把鹰嘴豆饼一个个地卖掉了。

鹰嘴豆饼!谁想要鹰嘴豆饼?鹰嘴豆饼!

这让她变得很受欢迎。

菲利蒙起初并不喜欢她的售卖行为。在他看来,小商贩会给街道带来混乱。他希望一切都干净整洁,人们应该在店里买东西,但街道只可以作为一个通道。而茱蒂特的鹰嘴豆饼是独一无二的,外脆内软,上面涂抹着浓绿的香菜。一口咬下去,鹰嘴豆饼在口中溶化,人们就会想再吃一个。"尝一个吧,我请您,秘书同志。"她确信在她的这个提议背后隐藏着一个更大的回报:尝过第一个的人都不会拒绝地购买第二个、第三个,并多带几个回家。而这个女人的友善,加上她所展示的交流艺术,让秘书的心都软下来了。后来,每当茱蒂特出于某种原因没有和她的鹰嘴豆饼一起出现时,他甚至都会怀念那味道。

菲利蒙边吃着边和茱蒂特聊天,他了解到纳雷卢加一家正处在困难时期,他们没有地方可住,到处暂居。他的结论是:他们一家是好人,并准备好了与大家融洽相处,但还没有成功地摆脱过去殖民时期给他们带来的困难。他看着茱蒂特,仿佛看到了一个称职的、给那片废墟带来了欢乐的厨师,背景则是佩斯塔纳斯家被毁的房子:管道里有水时,墙壁也会滴水;当夜晚来临时,瓦砾会愈发乌黑。

"你想要这幢房子吗,茱蒂特?"有一天,他吃着鹰嘴豆饼时突然问她。

他的妻子伊莉莎曾试图散布消息,说这是一幢麻烦的房子,充满着前房主的混乱的愤怒。("伊莉莎,你的这些话会害死我们的。"菲利蒙当时就这么告诉她,他担心革命的理性主义会在他的房子里发现一个古老危险的传说)。而秘书此刻觉得他个人履历上的那个巨大污点倒发挥了作用。为什么不好呢?

在茱蒂特还没反应过来时,她又被秘书接下来的话吓了一跳:

"叫上你的家人,翻过墙去。回头我们再商量你可以在这住多久。"

当然,这是他对他们的暂时性帮助,因为没有任何文件作证。不管怎么说,这可以暂时解决纳雷卢加的问题。他还开玩笑地说:

"我帮了你,而我想要的唯一回报就是你每天都带着鹰嘴豆饼的托盘出现在门口,这样我就可以想吃多少就吃多少了!"

茱蒂特高兴坏了,立即说好。但她又怀疑,认为秘书以后可能用其他更卑鄙的方式向她提出要求。她已经习惯了除非真的走投无路,一般不向他人求助。

她已经想象到,有一天他会像往常一样来到这里,细细地品尝着鹰嘴豆饼,环顾四周,看看是否还有别人在场。而那个时候可能没有人在周围,他张着嘴咀嚼着,同时说:"你知道你有多漂亮吗?"然后,他会把沾满鹰嘴豆饼油污的大手放在她的大腿上,让大腿更有光泽。站在岔路口的茱蒂特,不知道该选择两条路中的哪一条。如果她选择将托盘上的鹰嘴豆饼扔到了他的脸上,肯定会在街道安静的下午引起了一阵骚动。居民们会跑到窗前看个究竟,嘀咕着并给出一些负面的评价,而茱蒂特则会气喘吁吁地跑开,菲利蒙则会尴尬地整理衣服,让他的无礼行为留到以后再来解释。

第二条路则不同。茱蒂特仍然会感觉到那只像油腻的蟑螂一样的大手在她的大腿上滑行。而她让它肆意滑动,仿佛她的身体不再属于她自己。然后,菲利蒙用兴奋的声音命令她跟他到佩斯塔纳家的破屋后面去,只要她配合,这个破屋就不再属于滕贝一家,而是即将属于纳雷卢加一家。秘书会因在矿区时得了慢性支气管炎,喘不过气来,嘴里发出含糊不清的声音,仿佛很多个其他不为人知的菲利蒙住在他的体内。茱蒂特对他的急切要求缴械投降,只是想让这一切尽快结束。但此刻在奥罗拉夫人的相思树附近,蒂托·纳雷卢加好奇地嗅着鹰嘴豆饼托盘,愤怒地到处扫视着,痛苦的疑虑向他袭来。危险的疑虑。他像一只沉默的猫一样急忙翻过墙,在科斯塔先生的妻子的杜鹃花后面,经过一系列行动,出乎意料地出现在这对偷情者面前。蒂托·纳雷卢加会失去理智,拿着一把弹簧刀,一刀刀地刺下去。菲利蒙的裤子脱到了膝盖,浓稠的黑血顺着他的腹部流下,他张开满是油的嘴,惊讶地大叫了一声,作为他的一种道歉和告别。而他在倒下之前,整个身体会排练一段怪异的舞蹈,然后永远倒下。他身边的茱蒂特也很震惊,她同样受了伤,睁大眼睛,双手捂着张开的嘴,身子怔住了无法动弹,更无法做出任何解释。

"怎么说?你到底要不要这所房子?"菲利蒙问道,嘴里仍在咀嚼。他对鹰嘴豆饼推销员的表情感到好奇。

"谢谢你,书记同志。"她最后比较矜持地回答,"我这就去跟我的丈夫商量一下。"

"去吧,去吧。但再给我一个鹰嘴豆饼。"

"你可以把它们都拿走。"她说着把剩下的用一张报纸包了起来,然后拿起她的东西,匆匆地走到街上。

在黑暗中的某个地方,一只蟋蟀单调地鸣叫着。晚餐结束了,马尼奥已经蜷缩着睡着了。而纳雷卢加在消化食物时变得更加健谈,他总结着这一天的努力。今天,他试着要当一名公交车司机(他一直喜欢穿制服),但别人告诉他,他需要一本驾驶执照,这要花很长时间才能拿到,而且非常昂贵。

"为什么不当售票员?"茱蒂特说。

她想要帮他。售票员也穿制服。

"也许吧。"纳雷卢加没有想起要问。

而茱蒂特希望对话能继续下去。她提出了一个不同的建议,这是她一直在思考的逐渐成熟的想法。她有制作鹰嘴豆饼的秘方,而且她知道工作越多(为了完成革命,会有很多工作),工人们就会越饿,对鹰嘴豆饼的需求就越大。茱蒂特已经不得不增加产量了,她会把属于佩斯塔纳的房子改造成工厂,找一些帮手在她的指导下制作鹰嘴豆饼,以便能应对这一需求。而除了生产,还需要售卖。不仅要在奥罗拉女士的相思树的树阴下售卖,她永远不会放弃这棵树,因为正是在那里她才开始转运。她还可以在很多地方售卖,其中,在莫桑比克人民共和国总统府前的一个售卖点,似乎已经可以看到她坐在那里,奔驰和沃尔沃汽车飞速驶过,汽笛声呼呼作响。突然,最长的奔驰车在她的托盘前发出刺耳的轮胎摩擦地面的声音。空气中,一股刺鼻的橡胶和汽油的味道在与无可比拟的鹰嘴豆饼的香气对抗中消失了。总统同志突然感到胃部抽搐,为了国家运转所作的大量工作让他忘记了吃午饭。"你拿的是什么?""是鹰嘴豆饼,总统同志。""给我一个试试!"茱蒂特及时送上了一个鹰嘴豆饼,嘴角带着神秘的微笑,她知道他肯定会要求再来一个,然后再来一个,直到无法控制自己。然后,总统同志食指跷起回到他的演讲里:"看看这个榜样,部长同志们! 莫桑比克的男人们和女人们,你们看看这个榜样! 就在这里,我们的创造力就在这个简单的托盘上,这就是莫桑比克革命成功的保证! 打倒对进口产品的依赖! 让我们依靠自己的力量! 莫桑比克革命万岁! 人民万岁!"然后,总统命令财政部长为他所吃的鹰嘴豆饼结账,莫桑比克人民共和国从不欠任何人东西。而茱蒂特心满意足,在她的鹰嘴豆饼卖光时算了算利润。

"这一切都非常美好。"纳雷卢加抱怨说。越是美好,他受到的羞辱就越大,"那我呢? 我的角色会是什么?"

"蒂托,你将成为销售主管。"她继续说,明智地安抚了一下他,"一位穿着裁缝合作社制作出的全新制服的销售主管。"

蒂托·纳雷卢加对这种可能性思考了一会儿,沉默不语。我们知道,没有人比他更喜欢做梦。就在刚才,当茱蒂特与总统同志讲话,总统同志咀嚼他的饼时,蒂托已经在进一步想象着谈话的其余部分。

"你有孩子吗?"总统问。"我们有两个孩子,马尼奥和辛迪娜。"他回答。教育部长说,"为这两个孩子送一些笔记本和铅笔!"而蒂托代表他们夫妻二人和孩子们对此报以感谢。

"不!"纳雷卢加并不喜欢这个前景。在他看来,女人先开辟事业而男人在后面追随她的脚步,这似乎是错误的。应该是反过来才对。

"你做的梦太过分了"他说,"这一切都不可能成功。明天我得继续找工作。"

茱蒂特保持着沉默。为了避免丈夫不开心,她放弃了这个梦,那些宁静的时刻对她来说比其他东西更珍贵,尽管其他东西对她来说也很珍贵。她站了起来,叫醒了辛迪娜,然后把马尼奥抱了进去。过了一会儿,她回到了篝火边,关注她丈夫的需求。她用一根棍子搅动灰烬,从而驱散了所剩的梦境。

他们俩都保持着沉默,被火映照得通红,眼神在火中迷失了方向。如果有话题可谈的话,茱蒂特可以接受任何话题;蒂托为他所引起的沉默而深深懊悔。

"你过来坐在我身边,我想摸摸你。"他终于开了口。

茱蒂特顺从地站起来，走近他。

蒂托的手在上下抚摸她的身体，这时火也快熄灭了。

"奥罗拉，我们进去吧，天都黑了。"是尴尬的佩斯塔，准备离开阳台。

而在外面，他们两个人在草席子上默默地做爱。纳雷卢加的火力来自占据他一天的疑虑，来自他的挫折。这个女人听从他的话，但对他却很疏远。也许她仍然依附于那个梦，就像一个气球，纳雷卢加用他的不耐烦剪断了线，让气球在空中飘动。

蒂托注意到了她的状态，试图做出最后的安抚：

"现在，我只需要你的一个鹰嘴豆饼就能去睡个好觉了。还有剩下的吗？"

茱蒂特默不作声，起身进屋从托盘里拿出了一个鹰嘴豆饼。

9
味道和颜色

最有可能的是，他们会像在1961年这个决定性的年份之后，对马尔克斯先生的神秘碧芭和其他人那样，逮捕、羞辱和驱逐瓦尔吉。毕竟，瓦尔吉的家族来自桑给巴尔①，他们在吞噬了果阿的、贪婪的次大陆上开枝散叶。但萨拉查掌握了一些秘密：瓦尔吉逃出了这位孤独的独裁者的网，就像一条被钩住的鱼，在最后一刻又掉回了水

---

① 桑给巴尔群岛，属坦桑尼亚联合共和国，译者注。

中。是不是因为他说了什么？是不是因为他隐瞒了什么？在某些意想不到的情况下,那些想要找到萨拉查主义秘密的人可以找到一些线索。

被宽恕过一次,并不意味着会被永远宽恕。瓦尔吉这些年一直在隐忍,沉默不语,充满恐惧,直到帝国瓦解。"有一天他们会来家里抓我,夺取我商店里的一切。我知道他们肯定会的。"也许正是这种隐忍,再加上那个金发碧眼、香气扑鼻的南非人的离开,才使他最终失去理智。在那个动荡的年代,有些人迷失在愤怒中,就像蒙泰罗探长和他的拥护者;对其他人,事实上几乎所有人来说,是自由的快乐促使他们这样做;至于瓦尔吉,这些是使他神志不清的其他原因,也使他成为孩子们口中的疯子。

瓦尔吉没有受过什么政治训练。他没有对殖民主义和葡萄牙人进行必要的区分,就像当时所说的那样:他指责他们所有人,也许除了住在隔壁的邻居科斯塔夫妇,尤其是在科斯塔夫人怜悯他的状况,让仆人给他送午餐的时候。这就是为什么,除了夏天以外,他都会穿着无可挑剔的三件套出门,还会特意说,衣服都是英国制的。

萨维尔街的剪裁,登喜路的领带,纯正的英国皮鞋,总之,没有一样东西是来自里斯本的。另一方面,在他离开家的日子里,他穿着长长的白色传统阿拉伯长袍,头上戴着绣有复杂图案的头巾,巨大的脚上穿着细带凉鞋,大家想知道他要去多远的地方。他是个有钱的商人,去城里做生意不需要搭科斯塔先生那辆老式福特卡普里的顺风车。

他的生意也不过是个小商店,一个小店面,不大,虽然有一个令许多大教堂羡慕的天花板,在大巴扎外围的一条窄巷里。瓦尔吉以傲慢的姿态走在这条巷子里,他的阿拉伯长袍像横风状态下的帆一样鼓起来,在经过清真寺的门口时,疯狂地吸着早晨的空气,最后才来到他的商店。

这是个自由区,葡萄牙人永远不会进来! 他很喜欢这样说,一边拿出他扣在衣襟下摆腰带上的钥匙,打开了两扇门。

为什么有两扇门? 一扇用来进入,一扇用来离开,尽管无知的游客不按规则使用它们:好奇的游客仔细地检查里面的一切,可怜的乞丐低声坚持不懈地说着"老板,可怜可怜我",门外漫无目的路人走在路上。因此,两扇门总比一扇门更好,可以为那个黑暗且有点神秘的内部空间带去更多的光。即使这样,瓦尔吉也曾多次迫使这些不幸走错门的人出去,再次从正确的门进入,以便可以不受外面的干扰地做生意。

一扇用来进入,一扇用来离开,你没看到吗! 每件事情都有先后顺序的,先做一件事,再做一件事。难道我们会在出生前就先死了吗? 会这样吗?

在厚实的、未上漆的木门前,有一个粗糙的石阶。瓦尔吉喜欢在他穿白衣服来的日子里坐在那里,晒太阳,挠痒痒,向全世界抗议,让可怜的蒂托·纳雷卢加,瓦尔吉常常叫这个男孩蒂托斯,这会让他感到尴尬。最近他雇蒂托来当他的帮手。

我不是蒂托斯,老板。我叫蒂托。

安静点,孩子。你不知道谁是这里的老板吗? 你是蒂托斯! 你就是蒂托斯。而小帮手保持沉默,因为他不能失去这个机会。他已经为这份不需要制服的工作做好了准备,起码他是真的想要拥有这份工作。

茱蒂特用她的炸鹰嘴豆饼留住了菲利蒙秘书的胃,她让秘书去向瓦尔吉求情,请求他帮这个忙,让他雇用渴望工作的纳雷卢加,一个认真的年轻人。瓦尔吉甚至想到了拒绝,他不希望店里有小偷,他想让商店维持原样。"什么小偷,一派胡言。"秘书说。如果蒂托是个小偷,他将是第一个亲手抓他的人,他不打算假手他人。而瓦尔吉经过思考,得出结论,考虑到商店的人流量,这也许不是一个坏主意。此外,拒绝秘书的请求也不好。毕竟,有的时候,瓦尔吉并不像他看起来那样疯狂!

纳雷卢加在柜台收银,全力以赴地做他第一份正经工作。正经的工作吗?正经只是一种说法而已,因为他大部分时间都坐在老板常坐的石阶上等待,告诉潜在的顾客和乞丐们再等一会儿,因为瓦尔吉先生很快就会回来了。而瓦尔吉永远也不会回来!

瓦尔吉老板有一天蒂托问到你为什么不把钥匙留给我,我可以早一点开门?在老板来之前,我会把一切准备就绪。

"别在意,蒂托斯。"这个商人回答说。你不仅是一个好人,还是我的邻居,是秘书的朋友。但黑人就像葡萄牙人一样:都是小偷!

纳雷卢加消化掉了这一侮辱,并再次尝试。

但老板你知道我住在哪里,在同一条街上,在你家附近。你只需告诉菲利蒙秘书,他就会来抓我,我怎么可能偷呢?

见鬼,蒂托斯!顽固的瓦尔吉不耐烦地说。你没听到吗?我知道这是怎么回事。你今天不偷,明天也不会偷,但总有一天你会偷,你不会回家,你会跑到灌木丛中。你就像那个偷了所有东西,现在从这里逃跑了的葡萄牙人。你们都是一样的!都是小偷!

蒂托·纳雷卢加不得不学会等待。他坐在门口,不知道老板什么时候会来,带着某种羡慕的眼光看看附近的商店,看到门和百叶窗打开,听着别人工作的声音。而他,什么都没有!坐在那里,就像一个拍打苍蝇的乞丐,一个晒太阳的老人,一个在大巴扎上研究周围的环境、伺机下手的小偷,但他根本不是这样的人,只是一个耐心等待老板的员工而已!

有时他看到科斯塔先生的老式福特卡普里车在拐角处缓缓驶来,车门打开,精心打扮的瓦尔吉走出来,他整理西装,拍了拍衣服的褶皱,迈着坚定而独特的异域步伐走来。蒂托充满了莫名的自豪感,在这里,那个盛装打扮的人就是他的老板!尽管他知道他将有一个忙于确认库存和审核账本的早晨。

"生意好吗,纳雷卢加同志?"瓦尔吉浮夸地问,用一种类似问候的语气。

"生意肯定不好,老板。已经11点了,店还没开门。"

瓦尔吉很恼火,他把这些过度的坦诚和敬业误认为是不礼貌。

"老板什么?我不是老板,孩子!我是一个上司!老板是殖民时代的用语,那个时代已经过去了。现在是上司的时代了!"

"是的,上司同志。"

"这是一家正经的商店,纳雷卢加同志,而不是你们在灌木丛中的商店!"

"是的,上司同志。"

"告诉我,你今天偷了什么?"

"我没有偷东西,上司同志。"

"那我们去检查一下,看看你说的是否是真的。"

"我们走吧,上司同志。"

有时,情况恰恰相反,当瓦尔吉穿着白色长袍,挂着心不在焉的神情出现在巷子的尽头时,纳雷卢加很担心。他的老板来了,行为古怪,对衣衫褴褛的孩子恭恭敬敬地打招呼,对流浪狗咆哮,对隔壁的店主吐舌头。纳雷卢加知道,从那时起任何事情都可能发生。他可能经过商店时甚至没有意识到这是他自己的店,而是继续观赏街景。但他更可能会在他的小店员面前停下来,说:"让一让,你这个流浪汉,你坐在我的石阶上了!"纳雷卢加会站起来,坐到更远的地方去,继续等待。在这条窄巷上工作的每个人都笑得很开心。

那家店有一个短暂的辉煌时期,生意很好,这也是瓦尔吉雇用一个帮手的原因。命运是讽刺的,当与瓦尔吉保持最大距离的葡萄牙人准备离开时,他们带走提醒他们在这里的过去的一切,去他们不确定的未来。他们冲进这两扇门,眨着眼睛适应室内的黑暗。商人瓦尔吉穿着那件闪闪发光的长袍等着他们,憋着一口气,叫卖着自己的商品,每件商品的价格,他愿意给出的大家都接受的折扣。

布匹是最抢手的,这使瓦尔吉的商店与众不同。布匹在墙上的木架子上滚动和折叠:在这里,有最多和最出众的颜色;在更高一点的地方,是棕色;最后是黑色,在最高的地方,在一个只有蜘蛛、胖壁虎和一些从屋顶的裂缝中飞进来的鸽子居住的地方,它们害怕发现自己也被染上了哀伤,却不知道如何脱身。

真正使瓦尔吉的商店与众不同的不是布匹,而是他所谓的店主赋予这些布匹的艺术气息(在他用不标准的葡萄牙语胡言乱语时,他说通过触觉和视觉可以感受到这些气息)。他将拿着一根末端带钩的长木棍,把它插入高处的黑暗中,用一个粗鲁的手势,摇动一个甚至看不见的滚轴,布匹从悬挂的地方开始滚动,从空中慢慢落下来。起初,它看起来像一颗黑点,像一粒脏空气的烟尘,像一只缓慢飞行的蝙蝠的翅膀。在飞行过程中,它呈现出蓝灰色的色调,顾客们惊讶地向上看去,仔细观察整个过程。最后,一只彩色蝴蝶缓慢地在柜台上轻轻展开,与迎面而来的光线嬉戏。瓦尔吉像接孩子一样,把一件精纺的亚麻布或棉布接到他的怀里。粘在上面的蜘蛛网碎片使它更轻了。如此之薄,以至于它没有颜色,这是不可能的,因为颜色没有具体的物质可以依附。精纺亚麻布只是反映了它周围事物的颜色:瓦尔吉的手是深棕色,抚摸它以更好地突出其价值和质量,或者是顾客自己眼睛的颜色,他们好奇地盯着它。几乎,已经,被震惊到了。

精纺的亚麻布越细,价格越高,瓦尔吉越不愿意与客户讨价还价。

"印度的精纺亚麻布,夫人。你不会在这个城市的商店里找到同样的东西。"同时,他双臂摊开,带着一丝轻蔑,"若能找到一样的,你要多少钱我都给你,再把这个作为礼物送给你!"

而这位夫人疑惑地摸索着那块布,这块布有她想要的任何颜色,她倾向于相信瓦尔吉的话。精纺亚麻布是如此的透明,如此的超凡脱俗,它已不再是布,不再具有覆盖身体的普通功能。一块突出裸体的纱,这才是它的功能!一块纱,要么是因为这个原因而被人渴望,因为如果它不包含欲望,就没有用。

如果这位夫人想要,她就必须愿意满足瓦尔吉认为合适的任何要求。否则,他就会一口气从柜台上拿走精纺亚麻布,叹口气,然后赶紧去展示其他品种的布。毫无疑问,所有精纺亚麻布都是一样价格。

"也许你需要来自葡萄牙的丝绸和缎子。"他建议道。

闪亮、滑溜的布像活着的蛇一样,人们把它们揉成一团,它们就滑走了,又变成了原来的样子;它们更喜欢以大波浪状被展开,像鼓起的帆。他希望夫人能注意到那些独创的颜色将成为流行色:五十年代的玫瑰色、晨曦的粉蓝色、向日葵的亮黄色、植物的嫩绿色、竹子的淡棕色、稍微有点暗的珍珠白色。

"不喜欢吗?"

"还有更经典的纱丽,就是那种你很少在别处能看到的,嵌着金丝的纱丽,要看一下吗?"他的纱丽来自印度真奈、印度科泽科德和阿曼的,甚至还有来自他的家乡桑给巴尔的。

"也不喜欢吗?那就让我们看看别的布匹吧,夫人。"

经过几乎相同的过程,他摇下了来自巴基斯坦的较厚的棉布,因为夫人一定是要去欧洲的寒冷地方(不具体说明是欧洲哪里,只说是离瓦尔吉很远的地方)。或朴素的印度锦缎,颜色单一,蓝到发黑,就像孤独的无月的夜色,血红色,几乎是新鲜伤口的颜色,或是比伤口更深的结痂的红色,悲伤的紫色,酒洒在非常白的亚麻毛巾上的颜色(比如艾力斯佛罗伦酒庄的红巴罗卡酒)。酒是从敌人那里进口的,但我们却一直保存着,像贵族那样,挑选任何想要的年份。不知年龄、长着寄生菌斑点的仙人掌的深棕色,被我们冬天的雾洗涤过的大草原的绿色("正如夫人您知道的,我们也有。")。最后,精品中的精品,最纯净的白色,跟克什米尔的雪一样颜色和质地的布,只有抛弃我们这个世界狭隘的思想才能感受到的白色。所有这些都是非常珍贵稀有的布,也许贵了点儿,但它们散发出一种特有的气味,隐约有樟脑味,隐约有麝香味。

"你闻一闻,夫人。"嗅觉最灵敏的瓦尔吉说,他把锦缎凑到顾客的鼻子前,顾客一脸惊讶,好像这些布是用来嗅的,"如果你在其他地方能找到像这里同样的气味,我不仅会替你付钱,还会把我的布作为礼物送给你。"

如果夫人还没决定,他就会展示本国制的更低调的卡普拉纳,上面绘有小巧的星星和月亮,生动的野生动物,甚至是革命口号。瓦尔吉心不在焉地摊开这些布,他已经对这个看起来很有希望的生意不感兴趣了,毕竟这也不过是一件普通的棉质卡普拉纳,并不值钱。

我从未去过遥远的亚洲,夫人怯生生地说。布的神秘感并没有触动她。此刻在这里的她,想从这里带走那些能让她回忆起过往生活的东西,我相信这种生活对她来说很快就会显得遥远而不真实。

瓦尔吉,这个一向善解人意的商人,这一次并没有理解。

在顾客的优柔寡断和瓦尔吉的无限耐心之间,这笔生意马上就要谈成了。尽管柜台已经变成了暴力战斗的战利品展示区,是这笔生意付出的惨痛代价,这也让可怜的蒂托·纳雷卢加特别犯愁。这些布匹之后是如何回到上面的,回到它们曾经高高的巢穴中的,这是商店的另一个秘密了。

然后他们会转向调味品区,瓦尔吉把它们统称为调味品,突出了它们的香气和味道。这一次,他无视颜色和质地,尽管他比任何人都更了解这两者。他这样做是为了更好地抓住顾客的味觉和嗅觉(他把展示布匹时的敏锐视觉和触觉暂时放在了一边)。瓦尔吉称之为调味品,顾客称之为调料,在旧字典里这是香料。这些芳香的药物是用来调味的,让食物更加美味,但过量使用会给人们带来胃病,甚至精神错乱。它们被陈列在商店四周靠墙的木箱中。种类繁复,每一种都散发着自己的气味,放射着自己的光芒,每一种都有不同的用处。小茴香是干绿色的,样子介于灰尘和稻草之间,被切得很细,很蓬松,刺鼻的气味在我们的鼻孔里探索;不起眼的香菜粉,只有凑得很近才能被辨认出来;胡椒粒五颜六色的,这些带着细小褶皱的颗粒根据年龄不同,有绿色、黑色和白色的。神秘的肉豆蔻,呈现不规则的椭圆形,他们曾是在高大且安静的树上开花结果的;脆生生的罗望子荚,其贪婪的浆果拉扯着人们舌头的根部,刺激着唾液腺。小小的芝麻,呈现出宇宙中现存的所有色度的棕色;胡麻籽,像一颗颗好奇的带着魔法的眼睛,呈现出另外一种棕色;长长的、尖尖的小豆蔻种子,白色的小豆蔻可以激发茶的香气,绿色小豆蔻可以激发咖啡的香气,它们本身很慵懒,只等着炙热的液体淋在它们身上,它们的香味才会释放和飞扬。蜂蜜色的鹰嘴豆粉,如果顾客能发现的话,这就是茱蒂特鹰嘴豆饼的秘方;丁香花,是晒干的,这种花如果不及时采摘,就会变成开出真正的花朵,像蟑螂一样肥大而闪亮的种子到时就会从花朵上坠下。

夫人是否知道,阿曼苏丹萨伊德·赛义德的女儿萨尔梅公主在用德语写作时(对她这个年龄的年轻女孩来说,这是一个非凡的壮举),曾经咬过这些香料吗?你是否知道(另一个非凡的壮举!)她与一个德国人私奔,为了进一步了解这种奇怪的语言,也为了可以免受背叛伊斯兰教与异教徒生孩子的责罚,活着逃离这里。

香味冲鼻、辛辣的生姜,形态不拘一格,有时是藏在泥土下的小木块,有时是沙色的细粉末;香喷喷的葫芦巴小叶子,对热很敏感,是让米饭感到骄傲的不可缺少的伙伴;最后是发出刺眼橙红色的藏红花和闪着宁静光辉的肉桂。

夫人是否知道,苏丹巴尔加什①,就是那个建造了神奇之屋②并带来电力、自来水和电梯的人,他还建造了一座被肉桂花园包围的夏宫。每天下午的时光,他沉浸在海风和肉桂的苦味中,并在这种交替中放空自我,变得平和。

他们之后又走到了辣椒区,这是瓦尔吉商店的另一个骄傲,这位伟大的进口商,是最反对我们像沉没的蛤蜊一样把自己关起来的人。这里陈列着产自泰国和印度的雀眼椒(体形圆、辣度强),安哥拉的马拉盖塔椒,墨西哥的辣椒和其他一些不具攻击性的,更接近于青椒味道的辣椒。

"请随意挑选,夫人(只有亲自尝过才知道)。请尝尝吧!"

这位夫人尝了尝,怀疑这些有红有绿的辣椒,"可能来自于更近的地方,可能就来自于瓦尔吉自家的后院!"

瓦尔吉继续带夫人来到了茶叶区,这里的绿茶、红茶、黄茶和黑茶有不同的产地,品质也不尽相同。选择醒神的茶还是助眠的茶,取决于我们所处的环境和我们的需求。这里有卡卡纳③茶、柠檬草、长春花茶和许多其他选择。无论是花茶还是水果茶,这里可以满足你的任何需求。咖啡的种类也很多,哥伦比亚的、埃塞俄比亚的、肯尼亚的,还有产自巴西的大咖啡豆,产自哥斯达黎加的小咖啡

---

① 巴尔加什,1870—1888 年间担任桑给巴尔的苏丹,译者注。
② 神奇之屋,阿拉伯语"Beit—al—Ajaib",坦桑尼亚桑给巴尔岛石头城的一座宫殿,译者注。
③ 卡卡纳,Cacana 或 Kakana,莫桑比克当地植物,译者注。

豆,来自伊博①、纳马沙②或伊尼扬巴内③的浅烘焙咖啡豆,这些浅烘焙的豆子散发出的柔和的香气,掩盖了它们实际醇厚的口感。接着他们走到了烟草区,这是没落贵族瓦尔吉的另一个生意:这里有用在水烟里的或直接嚼食的烟草;用在烟斗里的英国烟草,它们有的像俱乐部的皮革和木材一样轻柔,有的像北方海域不断冲击栏杆的海浪一样强劲;土耳其香烟有的是椭圆形的,有的是金色的,来自于我们的邻居弗吉尼亚州,"但是不能让任何人知道。"来自于不同产地的大麻(这是不能透露出去的又一个秘密!),在当局没有察觉的情况下得以隐藏,并被仔细编目,瓦尔吉把来自马拉维的"驴子驴子"④放在首位,因为它可以成功地引起人们的想象。除此之外,更多的大麻是国产的,也许是戈龙戈萨⑤今年或前几年的收成。

夫人并不想要这种东西。她的道德准则和接受的良好教养不允许她这么做。

然后,他们又把注意力转向商店的液体区域,那里有天鹅绒般的椰浆,这是来自大自然的精液;还有五颜六色彩虹般的酱菜,黄色的芒果、绿色的青柠、茄棕色的子、橙色的胡萝卜,每一种颜色的酱菜都有自己独特的味道。介于甜味和苦味之间的酸辣酱,每一种都有自己独特的质地,而用椰子和芫荽制作的绿色酸辣酱尤其突出,这需要用石头不停地研磨,所以特别珍贵,以至于需要以克为单位来称量,就像是一种稀有金属一样;海鲜酱汁和肉汁在罐子里闪闪

---

① 伊博,即伊博岛,莫桑比克岛屿,译者注。
② 纳马沙,莫桑比克城镇,译者注。
③ 伊尼扬巴内,莫桑比克南部城市,译者注。
④ 驴子—驴子,原文使用旁遮普语"Khota—Khota",Khota 译为驴子,译者注。
⑤ 戈龙戈萨,莫桑比克城镇,译者注。

发光。

夫人会把她的手指伸进去尝一尝,要几克这个,一小瓶那个,而瓦尔吉,这个在一旁热情服务的人,一一满足夫人的要求。

最后他们走到了盛满新鲜水果的吊床前。这里摆放着果肉厚实并多汁的芒果(小的全是皱的芒果有松节油的香味,大的像牛心一样的芒果则散发着麝香味,让人联想到花香或木头的香味),番石榴和百香果,橙色的或红色的木瓜,各种品种的香蕉——有普通的,吕宋蕉和饭蕉①。还有来自伊尼扬巴内或奎利马内②的菠萝和凤梨,大到可疑的巨型菠萝蜜,产自伊尼亚卡③的绿猴橙,产自希莫尤④的荔枝,还有马鲁拉⑤、椰子、杨桃、白葡萄和红葡萄柚。腰果明确标明了产地,它们是从楠普拉、马西亚或曼雅卡泽⑥运来的。摆放在旁边的橘子亮闪闪的。

"橘子是伊尼扬巴内产的吗?"

"不,夫人。"瓦尔吉严谨地回答,"它们产自昆巴纳⑦。是诗人搞错了,混淆了整体和部分。"

瓦尔吉的店里总是有一种说不出来的、浓郁的香气,这是新鲜水果的气味与香料赋予布匹的文化气息的融合。这种微妙的融合令人陶醉,形成了商店独特的气息,令瓦尔吉的心充满了喜悦。这就是他商店通常的气味,这味道从两扇门飘出店外,淹没了整条街!

---

① 饭蕉,即非洲大蕉,淀粉含量比一般香蕉高,译者注。
② 奎利马内,莫桑比克城镇,译者注。
③ 伊尼亚卡,即伊尼亚卡岛,莫桑比克岛屿,译者注。
④ 希莫尤,莫桑比克城镇,译者注。
⑤ 马鲁拉,非洲大象树的果实,食用后易醉,译者注。
⑥ 楠普拉、马西亚、曼雅卡泽皆为莫桑比克城市,译者注。
⑦ 昆巴纳,莫桑比克城镇,译者注。

瓦尔吉陷入一种真正的宗教狂喜状态,蒂托斯恭敬地站在一旁,不敢打扰他的老板。

温古贾①啊,我的土地,是拉斯·农圭②和基兹姆卡兹③之间的蜂窝,是一把燃烧的长矛,火舌烧掉了达累斯萨拉姆④的手指,是印度洋上镶嵌的宝石,当潮水从芒果树林冲出来的时候,你是保护蓬古梅岛、乌济岛、米维岛和丘贝岛、穆罗戈岛和尼扬格岛、通巴图岛和姆内巴岛这些小鲸鱼的大白鲸,白天这些小鲸鱼是环绕着主岛的小岛屿,晚上则成为黑暗的阴影!哦,温古贾,我的土地,你身上有无数条沙路,数不清的芒果树像岩石一样岿然不动,无人知道它们的年龄,在这片土地上,湿润的空气无情舔舐着我们,把衣服粘在女人们的身上,那些女人有的像火烧过的一样黑,有的像蜂蜜一样黄,有的像橄榄色一样紫或像白天一样的白,她们好似行走的雕像,黑纱掩饰了很多,她们就如乔扎尼⑤森林一样神秘,像奇谢尔森林⑥一样狡猾。像成熟的水果一样芬芳和柔软,像上好的香料一样辛辣,她们的眼睛紧盯着地面,涂满金子的胖脚在姆库纳齐尼和尚加尼⑦的曲折小巷里巧妙地踩着石头,她们的影子隐藏在神奇之屋更大的阴影下,哦,真主!这些脚也会这样踩在我们的胸前,当我们望向巴加莫约⑧或凝望那里时,让我们重燃生命的喜悦!哦,桑给巴尔!

---

① 温古贾,桑给巴尔的别称,译者注。
② 拉斯·农圭,坦桑尼亚城镇,译者注。
③ 基兹姆卡兹,坦桑尼亚城镇,译者注。
④ 达累斯萨拉姆,坦桑尼亚城镇,译者注。
⑤ 乔扎尼森林,位于坦桑尼亚桑给巴尔岛,译者注。
⑥ 奇谢尔森林,位于坦桑尼亚桑给巴尔岛,译者注。
⑦ 姆库纳齐尼、尚加尼,桑给巴尔岛老城区,译者注。
⑧ 巴加莫约,坦桑尼亚城镇,毗邻桑给巴尔岛,译者注。

有时,店内有一种新的独特的气味,一种水果摘下它的芳香面纱,就像一个男高音打开他的喉咙,其他的人最多只能低调地合唱。

"你注意到今天橘子味了吗,蒂托斯?"他突然中止了自己滔滔不绝的抒情,问道。

"是的,我注意到了,老板。"

"它们成熟得刚刚好。昨天还是绿色的,明天也许就熟过头了。今天是它们的好日子。"他猜测。

然而,有那么几天,他在抒情的过程中会停下来,皱着眉头,抬起他的尖鼻子。蒂托会吓一跳,然后猜着即将要发生的事。

"纳雷卢加先生!"他激动地喊,"这里有某个水果已经坏了!"

他逐个水果闻过去,直到找到那一个水果,那是本该坚硬的,但已经松软了;本该闪耀着明亮的色彩,但已经暗淡无光了;本该向空气中释放出甜美的气味,但却冒出了一些蓝色的烟,甚至有些腥臭。

"我们早干什么去了,纳雷卢加先生?"

"对不起,老板。"

"你难道没有听说过,一个臭鱼腥了一锅汤吗? 一个反动分子就能破坏整个革命吗?"他威胁说,"你不听总统的话了吗? 你失去警惕性了吗?"

蒂托再次道歉,沮丧地逐个检查水果。

在生意好的日子里,顾客接踵而至,商店里水果新鲜,布匹飘香,瓦尔吉是一个开朗的、更具有人道主义精神的老板。他放下了他蛮横的警惕,用另外一种眼光看待这个店员,随后提拔他为合伙人。当有人在门前经过时,他会对某个可笑的细节进行评论,甚至会询问别人对这个新秩序中许多他不理解的事情的看法。在那些日子里,如果他能够预见到水果的腐烂,他甚至把它们送给他的店员。

他说:"蒂托斯,把那些要坏的水果带回家吧。放在店里会生虫。"

虽然是白送的,但他不喜欢说是白送的。他总是要找到一个理由来消除他某种吃亏的感觉:"把它带回家吧,蒂托斯,把它给孩子们,这样会减少我的损失。"他经常这样神秘兮兮地说。纳雷卢加接受了,他也不知道自己是在接受一个人情,还是真的在挽回老板的损失。

有一天,瓦尔吉认为有一小袋孜然放在那里的时间太久了,已经失去了它的气味,而气味是孜然最重要的特征。

"你们不知道怎么用它,蒂托斯,这是个理由。你们把鱼和卷心菜放在水里煮,一切都变得无味了,可怜的人!如果我们的食物是悲伤的,我们最终也会悲伤。把这种调料用在你的晚餐里,你就会发现变得多好吃。"

说这番话是不是因为尖鼻子的邻居瓦尔吉嫉妒茱蒂特的烹饪成就?纳雷卢加其实早就在众多气味中注意到了小茴香的好味道,所以他很开心。他向瓦尔吉表示感谢。当天下午在回家的路上,他冒出了一个想法。

他到家之后,洗了个澡,在茱蒂特身边徘徊,此刻她正在院子里炸她的鹰嘴豆饼。

"亲爱的。"他对她说,"试着在你的面团里放一点这种粉末,味道会变得更好。"

蒂托真的喜欢孜然的味道吗?还是他在寻找一种方法,想从茱蒂特的成功中分一杯羹?

她打开袋子,闻了闻,皱起了眉头。这并不坏,甚至可能会成功。但这并不能让她就这么做,她说:"我不知道我的顾客是否会喜欢它。"

她说:"他们已经习惯了,他们熟悉茱蒂特的鹰嘴豆饼的味道。如果我改变配方,他们会觉得奇怪。如果他们觉得奇怪,他们就不会再买了。"

10
星期天的声音

约瑟费·姆贝夫光着膀子走到一楼的阳台上,露出他那令人讨厌的肚子;他像每个星期天一样,轻轻地吹着口哨,因为这一天他不用工作。这就是为什么他总是心情很好地早早醒来,在菲利蒙的防空洞被淹后更是如此,因为终于把这个神圣的日子还给了他。尽管发生了革命,但上帝还是赋予了这天神圣的意义。

革命!革命是一件好事,我们从肉体上感受到了这一点。没有革命,约瑟费也就没有今天的光景。正是由于这场革命,他才得以换掉之前新汉巴宁地区(或者叫路易斯卡布里奥街区,就像他们现在称呼的——名字总是被改来改去)的木屋。如果祖母不是那么多疑的话,她也会喜欢这个新房子。

约瑟费一直在思考着这场革命,革命波及的范围是如此的广,每个人都被卷入其中。在这场革命中,他特别要感谢安东尼奥表弟:"谢谢你,安东尼奥表弟。"当他小心翼翼地把他的旧萨克斯放在阳台护栏边时,他满意地喃喃自语。他再看了一眼屋内,看向了无聊的安托内塔正在肆意打鼾的房间。他想,"当然也有更糟心的事。"现在这个时间还在睡觉。

在太阳即将开始炙烤的街道上,一个人都看不到。这是事情停顿的时候。很快,这些房子将成为日常家庭生活的小舞台:来水的时候,就听到水在管道里唱歌,大家生火做饭,人们受起床之后心情的影响或争吵或欢笑。速度慢的孩子在赛跑中来不及重新出发;速度慢的成年人则因为背负更大的责任而喘不过气来。不久后,整条街将被各种事件侵入,有些是意料之中,有些是意料之外,而我们,尽管热得满头大汗，也不得不对将出现的一切事情作出反应，我们无法逃避，否则，我们将用我们的语言和行为亲手编制捆绑他人的一张网。未来，513.2号街将成为太阳炙烤下的一条白沙带，在那里，人们的耐心和幽默将燃烧并耗尽，鸟儿和蜥蜴伸着舌头，狗躲在墙壁的阴影里，居民们躲在树木和房屋的阴影里。但那个时刻还没有到来。在目前这个转瞬即逝的时光里，你仍然可以在潮湿的树叶中和斑鸠的喘息声中看到夜幕慢慢降临的过程。太阳的炙热只是暂时的威胁，洒下的阳光是爱抚而不是灼伤。

姆贝夫再次拿起萨克斯仔细观察，测试簧片的弹性，这些簧片早已松动，接头处开始漏气，一些音符的声音变弱，而另一些音符则有意想不到的音量。也许是它年头太多了，也许是新汉巴宁老房子里的条件太困难，它总是和姆贝夫的衬衫一样跑到一个又一个的角落，到处躲雨。但不管是什么原因，这个事实让他感到难过。因为他每周要去非洲旅馆的酒店进行两次演出，每周五和周六从上午9点到晚上12点，现在人们追求的是强烈的节奏，重复的节奏从外部振动人们的身体，这比内在的感受更重要。因此，比起颤音或喁喁低语，人们期望萨克斯能带来更震撼的节奏。但已经年过半百的姆贝夫却无法从古老的旋律中解脱出来，在这些旋律中，音符的精确性和音色的微妙性与那震撼的节奏一样重要，甚至更重要。他苦恼于此，经常发出沙哑的叹息，或是突然地不耐烦，他花了很多工夫才实现的改变，如何使这些改变看起来简单而自然。"让身体动起来是很容易的事，你只需要找到正确的节奏并抓住时机。"他喃喃说。但打动心灵是另一回事，它需要我们卸下一切并到达最本真的状态。他总结说："技艺精进需要的是去复杂化。"但是，如果他吹奏的音符不是单独出现的，而总是有其他秘密和反叛的音符相伴，其中一些甚至似乎是因为乐器多年来累积的疲惫，以及多年的潮湿空气浸润,那么要如何达到约翰·克特兰①在研究和重塑伟大的塞隆尼斯·孟克②的精髓后精心设计的本真状态?姆贝夫再次摇头,这次是为了驱散围绕着他这些想法的短暂的沮丧情绪。在任何情况下,这把萨克斯都是他唯一的乐器。他从一个在波拉纳酒店演奏的葡萄牙音乐家那里一点一点分期买下了它,甚至那个人都没有收取最后几笔款就离开了。他想都不敢想,在这个严峻的革命时代,什么时候能再买到一把萨克斯。

革命是一件好事,我们在肉体上感受到了这一点,但它也是一个封闭的东西。所以,除非你已经习惯于不合理的乐曲,否则你别无选择,只能努力调解和谐音符与不和谐音符之间的冲突;并且要伪装,要努力伪装,这样听到你演奏的人才不会看出你内心的斗争。重要的是,他们的要求并不高,更多的时候他们只是为了勾搭在一起(当然如果有啤酒喝的话就更好了),而不是故意为难音乐人,让他的生活变得更困难。这也是好事,否则他们会削减他的补贴,而恰恰是他需要那些补贴去弥补他的工资,负担起他新房子和新生活的费用。

经过几个周日不断的思考后,姆贝夫调整了竹制簧片,用他50岁肺部的全部力量来吹奏他的萨克斯,终于可以好好地吹上一曲,他已经很满足了。首先他吹了几个上行和下行的音阶给萨克斯热热身,然后嘶哑地吹起了《午夜圆舞曲》③的前奏,音符被夜晚的微风吹向了大海。

从屋外零散的抗议声中可以推断出,大多数半梦半醒的居民都

---

① 约翰·克特兰,美国爵士萨克斯表演者和作曲家,译者注。
② 塞隆尼斯·孟克,美国爵士乐钢琴家和作曲家,译者注。
③ 《午夜圆舞曲》,塞隆尼斯·孟克的歌曲,译者注。

被迫地欣赏了这段音乐。

安静!

也许他们只是想要安静。或者,也许是在脑海里理想的状态和实际吹奏效果的差距,让他们觉得这段旋律既陌生又可疑。"没有音乐文化的街道!"约瑟费鄙夷地抱怨道,用舌头舔着嘴唇,准备给他们第二次机会。

然而,老阿明达·德·索萨听出了这首曲子,暮色中,她从安托内塔·姆贝夫打鼾的房间向他喊:

"你还是安静点吧,约瑟费。你根本不知道什么是真正的《午夜圆舞曲》。"

约瑟费对这个泼妇竟如此熟悉伟大的孟克感到惊讶,他安静下来了。他在思考是否要回答她。例如,他可以争辩说,她能听出这段旋律本身就已经证明了她在某种程度上知道如何演奏。但与阿明达争论是没有意义的,他知道阿明达的立场是坚定不移的。另外,其他人的抗议声再次从远处传来,警告着他的音乐尝试带来了广泛而不太积极的影响。

太阳很快就高高挂在了空中,炙烤着大地。在下面,房子里的人也慢慢开始活动起来。人们来来往往,关门声此起彼伏。于是,约瑟费·姆贝夫闭上了嘴,把他的旧乐器放回盒子里,回到屋内,因为他不想引起住在隔壁的菲利蒙秘书的注意,以防他邀请他去开会,他一定要离星期天在总部举行的无休止的会议远远的。

阿明达坐在床边等他,随时准备开启与他的对话。

这不是你的错,约瑟费。你从来没有接受过正规的训练。你应该知道你现在去演奏的那个酒店,在过去的好日子里是什么样的。当时,那个地方还叫里斯本酒店。事实上,他们改名是正确的,因为除了还在那一条街和那一个地方,现在的酒店和过去那个之间没有任何联系。

"对,"姆贝夫恼怒地回答说,"是不是你忘了那时的情况? 当年黑人只能待在门口,我不可能看到里面发生了什么。但我们还听到了很多你想都没想过的音乐!"

我可以想象阿明达讽刺地说还有鼓声和其他的声音。

姆贝夫努力压制自己的情绪。他向自己承诺没有任何东西会破坏他的星期天,他想遵守这一承诺。但这并不容易,因为阿明达没有找准她的位置,在她讽刺地干涉这件事的同时,她把裙子向上撩了一点,露出她纤细的双腿,故作不经意的慷慨无私。就在那里,她距安托内塔不过20厘米远,只见安托内塔正流着汗,无休止地打鼾,这个女人的慷慨更彻底。

看着这两个人,姆贝夫不禁反思自然界的不平等:为什么一个这么瘦,另一个可以这么胖? 一个肤色如此白,另一个如此黑? 一个是对他的感情如此感同身受,另一个是如此空洞和不解风情? 然而,这些问题不过是他为自己在面对阿明达·德·索萨的性感姿态感到局促而采取的托词。

他们难道没有教过你什么是尊重吗? 你为什么不彻底地离开这里? 这座房子不再是你的了,垦殖者的时代已经过去了! 姆贝夫几乎忘记了他的承诺,变得非常生气。

"冷静下来,约瑟费。"阿明达温柔地说道,"我只是在逗你。"

是你吗,约瑟费? 现在安托内塔醒了,在杂乱的床上扭动着。难道你不知道星期天是用来休息的吗? 你为什么这么早起,还要吹军号。先生,你已经不在军队了,快去睡觉吧。

我不是说你最好不要再制造噪音了吗,约瑟费? 又是阿明达,爱管闲事又喜欢挑事。

姆贝夫仍然试图回答她们。他想对一个说让她去海里淹死算了,对另一个人说萨克斯不是军号,不管他的乐器是多么需要好好检修一下。但第一个人嘲讽的笑声和第二个人的昏昏欲睡让他放弃了。无论回答她们中的哪一个,都是一场浪费他整个上午的无休止讨论。这绝对不是他想要的。所以他耸耸肩,表示对她们的干涉不在意,他离开房间去找另一个地方待着。

楼下,孩子们在院子里玩耍。约瑟费沉重的身体坐在了木凳上,把小女儿放在他的腿上,让她的侄女把茶端来,然后去叫两个还在睡觉的大一点的孩子。也许他最终会和孩子们一起去海滩。

姆贝夫是一位艺术家。不仅仅是因为他会吹萨克斯(这样说就太片面了,因为尽管有些人会演奏,但也只不过是声音的奴隶),而是因为,尽管他这样做是为了贴补他的工资,但音乐对他来说是最重要的事情。他每天在啤酒厂从事文秘工作,处理交货单、进口酵母的文件、防腐剂的文件,但他的心思几乎总是会回到萨克斯上。光是想一想萨克斯,身体就会颤抖。这把萨克斯给了他力量,不仅是透过音乐,而且透过围绕着这把萨克斯的一切:每当在簧片好用的日子里自由地独奏时,他经常拍手、欢呼和叫喊,证明了他的精湛技艺。虽然在表面上他只是一个业余爱好者,但在内心,他觉得自己是一个尚未被发掘,所以伪装成公司职员的莫桑比克的克特兰。与一般的艺术家总是相信他们的时代终有一天会到来不同,约瑟费已经悲伤地得出结论:他的时代已经过去了。这不仅是因为他的年龄,而是他很晚才发现在牧师教给他的声音背后,还有更接近他所感受到的声音,但因为地理原因:谁会注意到在非洲的一个失落的角落,有一个具有巨大潜力的音乐家等待被发掘?此外,当今的时代也不会给他创造条件,革命从每个人的欢乐中夺走越来越多的私人空间,以传播单一的、巨大的、集体的欢乐。因此,幸福没有贫富之分。这就是为什么人们越来越不信任外国的影响力可以越过边界线来污染我们花了这么多努力才赢得的集体欢乐。当然,当非洲酒店的酒吧不可避免地因缺乏啤酒、许可证或其他东西而关闭时，他总是可以与他的旧乐器在周日的政治会议上亮相。他演奏革命歌曲，一群跟他一样胖的妇女组成的合唱团会为他和声。他并不是想用这一点来贬低上述的歌曲，只是因为演奏给他带来了很大的满足感。这让他想起了教堂的日子，只是当他学习演奏的时候，希望演奏的歌曲和现在的歌曲是如此不同。

他轻轻地抚摸着他抱在腿上的女儿的头，品尝着侄女送来的茶。

那些孩子到底起不起床？

也许，如果那些政治会议会前或会后有一个间隙，让人们可以真正地听他演奏，演奏的并不是人们熟悉的歌曲，因此很难唤起他们肢体和音乐的配合，是新的旋律，就可以让他们感受到老孟克的力量和克特兰的神奇。这样，也可以向他们解释，他们也是黑人弃儿，他们也为自由而战。音乐的自由！也许领导人们会逐渐认识到他们的错误，给那群离我们如此之近但又如此不为人知的巨人发放入境签证。

这个想法，几乎可以说是一个计划，却让他非常疲惫。他想象自己与秘书菲利蒙·滕贝交谈，对他说："秘书同志，我要向你介绍我一个你不认识的老朋友的声音，叫塞隆尼斯·孟克。而菲利蒙，会对这个外国名字感到不解，问这个名字中是否有两个K，他又是哪里人。"只有一个K，而且他是美国人，秘书同志。"约瑟费将战战兢兢地这么回答，他已经预见到了结果。菲利蒙会说："我想也是！有这样的名字，他就不可能是个同志！"

这一切都太难了！他环顾四周，看向院子，那是一个他收获充实和满足感的空间。柠檬树和芒果树在那里，仿佛已经是老相识了；安托内塔的花坛旁是将它们与邻居的院子隔开的墙。

就在他心不在焉地从墙头望向外边的时候，他看到邻居泰勒斯·南通博正从另一边偷看。对他说：

"约瑟费同志，一切都好吗？"

南通博家族是一个安静而有计划的家庭。泰勒斯每天准时出门、回家，身上的衬衫总是熨烫得无可挑剔，在这一点上和他自己很像。他的妻子爱丽丝也不甘落后，她的衣服或她带在家里的卡普拉纳总是看起来很新，色彩鲜艳，与安托内塔的老旧而沉闷的卡普拉纳如此不同。除了是一个优秀的家庭主妇，爱丽丝还是附近小学的老师，以高超的技艺控制着一群不安分的孩子。她不喜欢惩罚学生，尽管每当她认为有必要时，还是会坚定地使用一些惩罚。另一方面，据一些家长说，她不吝于奖励学生。总而言之，她是一个可以让整条街感到骄傲的老师。而南通博家的两个孩子很听话也很聪明。我多希望奇奎尼奥和科斯米托能像他们一样勤奋啊！约瑟费叹息道。南通博一家人在客厅里吃饭，不像姆贝夫一家人那样把吃饭变成在院子里的嘈杂会议，安托内塔尖叫着，锅子也被打翻了，所有的气味纠缠在一起，在这个背景下孩子们在一旁奔跑和玩耍。南通博夫妇晚上一般很早就休息了，到了晚上10点，他们住的4号房就陷入了一片宁静的黑暗之中，除了有时在角落的房间里有一点光亮，那表明大儿子小泰勒斯还在做他的功课。

约瑟费又叹了一口气，对这种对比感到一种彻彻底底的耻辱，但又无法避免得出结论：如果姆贝夫一家人像南通博一家人一样，也是如此有条理，那么也许他的时代真的会到来，他现在会是一个伟大的音乐家，一个可以让莫桑比克人感到自豪的音乐家。

约瑟费同志，一切都好吗？邻居泰勒斯在墙的另一边感到气氛很奇怪，所以又问了一次。

一切都很好，泰勒斯同志，他心不在焉地回答。

真的好吗？只是，你看起来很焦虑……

事实上他真的很焦虑。星期天的开局很糟糕,所有的尝试都得到相反的结果。现在他满脑子都是一些消极的想法。有些他可以讲出来,有些只能自己消化。

泰勒斯静静地听着约瑟费吐着苦水。他告诉他不要担心,这种问题每个人都会遇到。

甚至我,邻居,甚至我也有过这种问题。我参与了一个让我很头疼的捕鱼业务。

约瑟费甚至很羡慕他邻居的这种头疼。钓鱼生意是好东西,会赚大钱。他们继续谈论着小事,直到泰勒斯·南通博平静地打断他说:

嗨,刚才在阳台上吹奏的不是《午夜圆舞曲》吗?

我试着吹一下,泰勒斯。我还在尝试。

我可以告诉你,你吹得不错,因为我很了解这首曲子。

"你人真好。"约瑟费说。

当齐奎尼奥和科斯米托起床,他们到了海边后,他终于笑了。尽管经历了很多不顺,但属于他的快乐星期天终于到来了。

11
公众集会

今天,所有的商店和办事机构都没有开门,因为任何事都没有欢迎我们至高无上的同志带来的喜悦重要(瓦尔吉的商店没开门的另一个原因可能是,这一天他又来晚了,而且又穿了他那件长袍)。这是一种被要求的喜悦,就像是一项任务一样;一项我们不惜一切代价也要完成的任务,因为我们就是这样的,总是在做我们被要求做的事。我们的房子也关着门,因为我们正在街上执行着这项任务。现在在所有房子的阳台上都没晾衣服,而是挂着写有"欢迎同志!"的大横幅,阳台在这一天是禁地,因为最高领导人同志不可以被人从高处俯视。马路上也是冷冷清清的,因为没有任何车能与载着这位受人尊敬的同志的加长轿车竞争。

相反,人行道上必须满是挥手的人,还有很多鲜花,这样最高领导人同志在用探照灯般的目光扫视时,就能看到我们今天必须展现的喜悦和热烈欢迎的态度。

人民的中央代表远道而来。尽管他年事已高,但他还是愿意跨越半个世界,向我们致以他的问候。这种问候通过文字的方式是不够的,因为我们可能不理解他的语言,不理解他奇怪而一丝不苟的笔迹;我们甚至可能都不认字。问候必须要依靠互相看到彼此而实现,我们和他,面对面;我们的目光交汇。但是,他的眼神略显游离地扫过我们的头顶,而我们,在这个平等的时代,无法站在那些空荡荡的阳台上,将目光扫过他的头顶。

伟大的同志,从远处看着大家,仿佛他本身就很遥远。如果我们考虑到他为了来看望我们而不得不走的路程,这是可以理解的,这段路程是如此遥远,以至于已经铭刻在他的皮肤和眼睛里,使它们都变得遥远。有那么一瞬间,我们为我们的兄弟人民感到担心。在这次访问结束后,再次出现在他们身边的领导同志能否洗去这种距离感?还是说,这种距离感已经在他的身上根深蒂固,任何神奇的肥皂都无法将它洗除?我们为他们和他感到担心。

遥远的亲爱的同志,肤色也非常白,就像写下字(我们和他无疑将签署协议)之前的白纸一样白;有人说,也许是因为太阳照不到他的土地上;也许因为他涂了一种特殊的面霜,以便可以直面我们这里的强烈的太阳光,而这里的太阳光是快乐的、微笑的,但也可能是残酷的。如果在我们这里突然下一场瓢泼大雨（冲刷一切的雨），这些猜测都会被澄清，因为我们到时就会知道他原本的肤色。

他仍然给出领导人式的问候，这种问候很轻，几乎无法察觉，并重复着这种问候，手臂上下挥动，几乎是机器式的。原谅我们做出一种大胆的比喻，他仿佛是一个被上了发条的娃娃。一只泰迪熊。或者说，他仿佛想向在场所有的人逐一问好："同志，早安，同志，早安，同志，早安……"

在他身边，萨莫拉总统试图做着翻译。他对这种神秘的表达方式感到尴尬，于是在向民众们翻译的话中多加了几句，希望民众能效仿他的行为。总统做起他标志性的动作，举起手臂，手指翘起，似乎在发出指令，同时眯着眼睛看另一个人是否也同样这么做。但最高领导人同志，什么都没有做！他继续保持温和的体态，这毕竟不是打招呼，手臂无需上下挥动。也许他并不赞成我们总统的过度行为，也许他认为如此效仿有可能会失去权威。而人们看到了两人动作的差异，不解其意。会不会是他们那里喜欢这样呢？会不会是我们太夸张了呢？

他们一个接一个地沿着主干道行进，速度很慢，而且形成了鲜明的对比：一个向上举着拳头，另一个向下低头看。这是一条故意设计的错综复杂的路线，以便我们亲爱的访客在看到这些名字的时候感到宾至如归：卡尔·马克思大街、弗拉基米尔·列宁大街、弗雷德里克·恩格斯大街，他一路不停地致谢。萨莫拉露出了他标志性的笑容和黄黄的牙齿，他笑的时候似乎想说"说吧，尼古拉·维克多罗维奇同志，说点什么吧，否则大家会认为你不是蜡像，就是雕塑。"一个机械的雕塑。

在走完了所有带有革命名称的街道之后，他们不得不转向用日期命名的街道，然后转向用数字命名的街道；最后他们进入了513.2号街，车子慢慢驶过，不停地与大家打着招呼。新来的同志终于更愿意参与到其中了。

在街道的右侧,瓦尔吉用他抗拒的目光望了一眼紧闭的百叶窗,抱怨着生意不好,不想去迎接。如果生意好的话,这件事还可以商量。因为现在的日子很艰难,他商店里的库存变得越来越少了:客人要了很久的某块绸缎还没到货,某种水果也突然变少了。如果是在以前,来访的同志会带来纳马沙的咖啡,戈龙戈萨的烟草,作为交换,瓦尔吉会送上据说在他的家乡才有的美丽的刺绣,这样,双方都会装腔作势:瓦尔吉抚摸着刺绣,享受着它的味道,这位外国同志则吸着咖啡的香气和香烟的烟雾,给它们增添一些颜色。总之,明天到店里去,如果时间还早,瓦尔吉还没到的话,就让蒂托斯安排一下。

接着,他向科斯塔先生微微点头,科斯塔看起来不像是这里的人,但也不像是敌人。"等会你跟我说说这个人的情况。"这位尊敬的访客似乎对正在记录的人低声说。而科斯塔正在凝视着,在内心同样也在做着记录,以便他的妻子在一个星期后,也可以了解这个记录。

在街道的左侧,"早上好,南通博同志,你在银行的工作怎么样了?顺便问一下,你的生活过得如何?你经常去钓鱼吗?(不要否认,我是从一个可靠的来源得知这一信息的)"而泰勒斯很惊讶,说不对,一定有什么误会。但他们已经开始了下一个话题:"告诉你的爱丽丝,不要忽视学校里的工作,别忘了,精神面貌是要从小培养的!"

继续向前行进。

"早上好,同志……你叫什么名字来着?我这里的名单没有你的名字。"

纳雷卢加站在佩斯塔纳博士家旁边的一片废墟旁,他迷茫地望向总统队伍人们的华丽制服。他差点说:"我不是这里的人,我误打误撞来到这里,以为这里会不一样。我拥有着古老的野心,我的工作是暂时的,我住的房子也是暂时的。而我想要回到我母亲的房子,按照她的要求为她点起一堆篝火,帮她捕捞她非常喜欢的鳉鱼。但是我已经有了家庭,一个属于我自己的家庭,离开他们对我来说非常困难,我甚至不知道他们是否会喜欢我们这里的马普托鹰嘴豆饼,如果我的家人喜欢的话,我会带着我的茱蒂特回去。他差点要这么说,但他花了很长时间来酝酿他的回答。而在烹饪方面更加娴熟,在现实世界中更加冷静的茱蒂特已经想好了答案:

"他叫蒂托·纳雷卢加,尊敬的各位阁下,我叫茱蒂特,是他两个孩子的母亲,也是制作鹰嘴豆饼的厨师。"

终于轮到了她,她用尽了全身的力气抓住了机会。她说出了她的话。但对于她的亲爱的同志来说,她就跟没说任何内容一样:他不懂我们的语言,他的饮食习惯也不同。鹰嘴豆饼?那是什么奇珍异果?它是一种出口的水果吗?

站在一旁的萨莫拉露出了总统式的微笑。他很好奇,想知道这是什么水果。茱蒂特来了精神:终于轮到她了!她看着身旁的丈夫,为他缺乏勇气而感到遗憾,否则蒂托很可能已经可以穿上新制服了,鹰嘴豆饼将军的制服。萨莫拉准备品尝,而茱蒂特露出了她那神秘的笑容。"尝一个,就尝一个,总统同志,然后我的梦想就会变成现实!"她用尽全身力气想着,想象着整盘整盘的鹰嘴豆饼会应总统的要求,由穿制服的严肃的官员带回去,回去的路上他们甚至会偷偷地品尝它们。像今天访问我们的访客一样的人也会品尝,并想要探究鹰嘴豆饼的秘密,要求带一些回去,让他们各自的人民也能品尝一下。而且,随着出口的增加,也增加了国际上的名气,以及我们这个鹰嘴豆饼人民共和国的经济!"尝一个吧,总统同志,就一个,我的梦想就会变成现实!"

萨莫拉总统,好客的东道主,拿起一个鹰嘴豆饼,递给他的同僚。

"尝一下吧,我的兄弟,了解一下我们的美食,这也是我们交流经验的另一种方式。当我到你那访问时,我会品尝你们国家的美食,是用鱼子酱做的鹰嘴豆饼或者其他什么东西。"

在场的人,看着这一幕,都咽了下口水。

然而,这位兄弟同志显得有些怀疑,他把嘴从我们总统的手旁边移开。谁知道这个鹰嘴豆饼的成分会给他可敬的内脏造成什么样的损害:可能里面的辣椒会给他精致的雪白的舌头染上色;肠道里会流淌着制作它的不用是什么的油。而萨莫拉总统很有修养,不想自己成为唯一一个品尝的人(其他的人只是垂涎三尺地看着),带着某种遗憾将鹰嘴豆饼放回托盘。茱蒂特灰心丧气,又回到了她以前的状态。队伍缓缓上路,奥罗拉·佩斯塔纳夫人在阳台上摇着头:"没有人给这个女孩一个机会吗?"

然后,他们在满面笑容的约瑟费·姆贝夫家的门口短暂停留,他手中拿着抛光的萨克斯,机智地抱紧按键以掩盖上面的伤痕,他已经准备好开始吹奏一段旋律,来表达这条街对这位杰出的访客的欢迎;也就是说,如果时间允许的话,音乐肯定不会让他们感到厌烦。这就是他想做的,他发自内心地希望他的乐器在最重要的时刻亮相,希望将一首《午夜圆舞曲》最大程度地完美呈现出来,至少和泰勒斯非常喜欢的那首一样完美。这首曲子将会把伟大的孟克介绍给杰出的同志,也会把杰出的同志介绍给伟大的孟克,也许,通过这两个人这样的直接接触,这个世界会一片和谐。但是,也正是这位访客同志打断了他即将发表的演讲,在他的演讲中,话语会化为音符,尽管可能是走调的音符。访客先开启了对话:

"那么,姆贝夫同志,你的工作进展如何?你是啤酒厂的工人,对吗?很好,就需要你这样的人!顺便说一下,萨克斯吹得怎么样了？你以为我不知道你的荒唐事吗？演奏西方音乐,承受来自于抗议者的痛苦？试试《雪球花》①,那种更快乐、更活泼的节奏会更吸引人,你会发现白天困扰你的那些糟糕的小情绪都会消失的。"

姆贝夫尴尬地笑了。他很想向他的苏联同志解释,这种乐器是一种殖民主义遗产,它只能发出喃喃低声,所以更适合用于表达亲密的关系,而不是用于军事行军。

"你为什么不试试巴拉莱卡②,那种乐器更高贵也更流行？"

姆贝夫怯生生地回答:

"我每天都在试,阁下,我的安托内塔会把它熨烫好而且,做好了接受赠予的准备。"

"但我真正需要的是试试像我表弟安东尼奥那样的农场大衣,就是那种打着领带的。"

歧义是无法消除的,因为停留的时间很短,队伍必须继续前进。

他们来到了下一家。

"早上好,我亲爱的滕贝同志。"这一次,这位外国领导人显然更加健谈了。

菲利蒙对这样一个直接的问题充满了喜悦。

"阁下,我本人是一个为您服务的斗士,在反动派头目蒙泰罗还在的时候就开始冒着生命危险战斗了。我不知道您是否听说过他。他最后离开了(菲利蒙只说了一半的事实),像一只丧家犬一样被大家赶走了。而我们,我们目前正忙于挖掘新的秩序,尽管在进了些水,更确切地说,是海水(他勇敢地没有省略他的"洞穴学革命"的谵妄)。这条街的人民虽然有点不守纪律,但非常勤奋。"

这位杰出的同志皱起了眉头。他不认为有任何问题,他认为水

---

① 《雪球花》,俄罗斯民歌,译者注。
② 巴拉莱卡,俄罗斯三角琴,莫桑比克葡语中也可指衬衫,译者注。

应该都被排走了,纪律是必然的。他想知道违纪的本质是否只是源于年轻时代的自然反叛,它会带来革命,甚至会带来异议。但一旁的萨莫拉总统示意他们到隔壁去:他对已经被征服的军人不感兴趣,而对那些必须征服的人更感兴趣。

他走上前。

费拉兹有些慌张,他搓着双手,随时准备着伸出右手,与总统握手。在他身边,真正的信徒吉列米娜夫人正陶醉地看着游行队伍,因为她认为正是通过这种充满光辉和呼声的方式,有一天她将到达法蒂玛,去履行一个古老的承诺。如果上帝希望如此的话。

队伍前进时没有在10号房前停留,这是指挥官圣地亚哥·穆安加的房子,他几乎总是在前线。摩托车在前面开路,发出拖长的哀鸣,让路人心烦意乱,豪华轿车在中间,后面跟着深色汽车,最后是拥挤的民众。有那么一瞬间,这个忙碌的队列似乎在走与停之间犹豫不决。但再往前走就没有意义了,因为那不值得称为道路,是没有名字和编号的狭窄小路,这些小路蜿蜒在干草堆中,队伍有可能会变得不整齐,失去应有的样子。每辆摩托车都靠边,豪华轿车独自开着,深色汽车在焦急和盲目的探索中迷失了方向。想象一下,没有游行队伍保护,第一位同志就会被剥夺那长长的光环,变成了一个几乎普通的人,从一个茅屋的门走到另一个茅屋的门,试图进行刚才的对话,当然如果这些茅屋有门的话。而没有受过教育的居民们,会把一切都搞混淆,以为他们是在对一个杰出的推销员从屋里面说着不,他们不想要《圣经》或小册子,他们不想接受一个新的宗教。但是,同志们,我要卖的书在意识形态上很安全,它们是米尔出版社①的(你们听说过吗?),有好几卷,封面厚,纸张好,而且非

---

① 米尔出版社,是一家苏联出版社,出版的书籍价格低廉,译者注。

常便宜。人们很不情愿，假装优柔寡断，以免显得不礼貌："你知道的，先生，我们甚至会自己买多用途的书，一本既可以用来教学，也可以用来包鱼和面包（你说它是纸张好）的书，但你说的便宜对我们来说并不便宜，当你几乎一无所有时，便宜的东西也很贵。对不起，我们没有任何恶意，请到隔壁试试，也许那里有人需要。"售货员同志很迷茫，手里拿着书，不知道该拿他们怎么办。他在我们炎热的天气里汗流浃背。

不，为了避免这种风险，队伍不会再往前走了，也因为在这里，在513.2号街的起点，将会举行公众集会。

我们等待着，我们是有着许多的波浪的潮水，我们眼睛明亮，我们共同汇聚成一波浪潮。我们中，有那些不再惧怕制服，不再惧怕狗，也不再惧怕长棍的人，一个曾经的囚犯汇成的波浪；有那些带着学徒女儿的腰果女工，有那些肋骨上挂着音符、渴得奄奄一息的瘦削农民。我们都在等待，每个人都有自己的想法，远处是神秘莫测的外国同志。例如，在这里，我被告知要穿星期天的衣服，我就得严格按照指令行事。恰好有一件我从父亲那里继承来的衣服，他一生都节省着没有穿的衣服。在这里，我在旧殖民地最好的农场内，一个灌木丛中的农场内，情绪受到挑动，衣服里面多么闷热，但外表又极尽优雅。至少我是这么认为的，一个几乎不明显的补丁。我那边的那位同志有一套更现代的新衣服，但他也不知道衣服是哪里来的。没人知道过去是谁穿的，那件衣服味道很奇怪，和我父亲衣服的味道很不一样，虽然今天他闻起来仿佛是亡者了。那位同志衣服的前主人厌倦了为他们抵御斯堪的纳维亚冬天的衣服，又或者他们确实厌倦了那里的冬天，谁知道呢，他们也许将闻起来像我父亲一样，于是他们把它送到这里，这样新主人就有衣服可以抵御南方的夏天。不合时宜的绒毛,混乱的剪裁,纯真的色彩。这挑动了我?虽然炫耀带给他愉悦的比炎热带给他的不适还要多一些,但是等着瞧吧。在外面,是几乎赤裸的第三层,他的肩膀闪闪发光,他的肌肉在抽搐,他的骨骼发出咔嚓声。准备参加总统招待会的舞蹈。当他被命令跳舞时,他就会跳舞。还有二三十个像他一样的人,都穿着我们带有凶猛而纯真的动物图案的卡普拉纳,带着一种反叛和暴躁的气息,而外国同志不会知道这是因为等待的紧张,还是因为被迫舞蹈,或者是其他隐晦的原因。他不知道他们的内心世界,他恐惧他们的意图。请看那些脚是如何以一种奇怪的方式,有节奏地敲打着地面,雷声轰鸣般的让大地颤抖,在他们上方升起的一片红色尘埃给太阳蒙上了一层鲜血的色调。节拍增加了等待的紧张感,而紧张感又加快了节拍,这是一个似乎没有尽头的链条,一个重复、紧急和热潮组成的链条。那位怯生生的同志对现在这个不熟悉的场景稍微有点害怕。鼓点如雷声轰鸣般地响起,节拍越来越快,像是一场围攻。安保人员惶惶不安,和他一样迷茫。这是怎样的快乐与愤怒的混合物啊? 他们向嗡嗡作响的收音机提问,收音机的天线像针一样竖起来,试图找出一个能让那叛逆、起伏、黑暗、声势汹汹的大海安静下来的答案。从一个天线到另一个天线,收音机用外语传达出紧张的信息:"我们必须保护总统同志!"他们蛮横地推开人群,仿佛他们也在随着疯狂的鼓点跳舞。人们笑了,他们尽管没有在这里出生的人的天赋,但他们的血液中也流淌着节拍。人们笑着称赞这种行为,因为重要的是善意,是意图,但可惜的是,这里的意图也非常不同。鼓声倾泻,我们在想一件事,他们在想另一件事,正是在下一刻似乎无法预测的时候,突然凝成了一种令人窒息的沉默,一切都在排练好的极致刺激神经的动作中归于沉寂。我们几乎用我们的喜悦吞下他们,他们几乎用他们错误的确定性来虐待我们。他们想的是一件事,我们想的是另一件事。

现在剩下的只有关注和期待了。

萨莫拉总统走上前去：拳头放在臀部，昂首挺胸，帽檐朝向天空。露出一个咧得大大的、闪亮的微笑。穿着一件笔挺的模仿他曾经战斗时穿的那件军装；一条侧面有口袋的长裤，这在之后将会成为一种时尚；一双闪亮的军靴。他穿着这双靴子走上临时搭建的舞台，走向麦克风，在上面敲了三下，砰！砰！砰！强有力的三声警告。检查是否一切都正常运作，是否这个麦克风能够放大他即将发出强有力的笑声。

他发出了笑声。人们也笑了。

他的眼神开始飘来飘去，探究细节，品评差异，一会儿因为这里的蓝色领结、一会儿又因为那里的黄色帽子大笑。他想："谁说有色人种是灰色的，是不知道自己在说什么。"他温柔地看着蹲在他面前的几个孩子，开始轻声吹口哨。如此轻柔，几乎只有他能听到那温柔而残酷的哨声。也许这是一首他孩童时的歌谣，仿佛在说他带来的光明未来是给所有孩子的。至少坐在观众席上的部长、省长和外国政要的是这么想的。

然后，萨莫拉轻轻地吹起哨子，人们发现不是那首歌谣，而是，也许是来自伊尼亚卡岛①的另一首歌谣，总统在那里当过护士。在阳光明媚的海岛早晨，农妇被锄头划破手指，等待着渔夫忍受着鱼钩卡进脚里的痛苦。一首刚创作出来就人们已被熟知并准备好的歌谣。可以肯定的是，再过一段时间，这里的人们也会这么做，但正如政要们会上当一样，人们也会。

萨莫拉现在大声地吹着口哨，他身后的人群一边感到惊讶，一

---

① 伊尼亚卡岛，莫桑比克岛屿，位于马普托东部，译者注。

边欣赏着淹没在他面前的人海。因为他吹的是那首被遗忘的古老的葡萄牙青年赞歌:"我的老式毛靴啊,我蹬着走过无尽的路……"

所有人都非常惊讶。

他从头到尾都是如此,以几乎热忱的态度打着军人的节拍,人们用手帕擦拭额头上的汗水,扯开衣领,坐在椅子上跟着他打拍子。前面,是充满了期待和色彩的大海。

这时,萨莫拉突然打断并喊道:

"法西斯分子!"

法西斯分子?人群中一股骚动。不是因为内疚,因为这只会影响到个人,不会影响到这么大的群体。好奇的骚动等着看他这次将对谁说着什么隐喻。

很久以前,当我到达这里时,我就走过这条街。我小心翼翼地踩着地面,以免被指责。

人们记得有人一丝不苟的审查整本字典,每个数字,翻译每个人罪状的秘密公式。

那是一个趾高气扬在街头上蔓延、随处可见的时代。芳香四溢的女士们向洗衣工们喊("给我这个!给我那个!"),而洗衣工对绅士来说几乎是透明的,因为他们迷失在恶习、金钱和情人的循环中。

你听到了吗?

我们听到了!

当然,总统是把513.2号街这条普通的街道与豪华的萨默斯奇尔德大道①或从观景台眺望的宁静而宽广的景色混为一谈。他是在夸大其词。但是,那条夸张粗线难道不是对隐喻的一种支持吗?而不同世界之间、过去和现在之间、意图和行动之间,甚至梦想和痛

---

① 萨默斯奇尔德,莫桑比克马普托市行政区,译者注。

苦之间搭建桥梁的隐喻,难道不是在引导我们发现事物的真正意义吗?

作为一个黑皮肤的孩子,我在这里工作,就在这条街上。我跑腿,修剪杜鹃花,给鱼去鳞,为老板们的烤肉点炭,打扫院子,总之,我是一个万事通。

修剪了吗? 去鳞了吗? 点炭了吗? 打扫了吗? 也许是,也许不是。这个隐喻确实起了作用,是达到他想要的目的的有力杠杆,是一座可以有效跨越问题之河的桥梁,他自认为的人们拥有的问题。对于人民来说,这已经是现实了,对于街道的居民来说,是一种尴尬,一种巨大的制约。

你们中谁曾经像我一样是黑皮肤孩子?

而到提问环节,则是一片寂静。他们认为过去被打败、被埋葬了,因此要被遗忘,这让观众席很烦恼。

然后我厌倦了这种所谓的条理组成的虚假秩序。我向前走,我谴责,我组织,我斗争。这条街的主人试图与我们对抗。但没有水坝能挡住汹涌的大海,没有风帆能挡住吹来的大风。在内心深处,我一直知道我将回到这条街,回到这个地方。我可以花一整天的时间来告诉你,莫桑比克人(当然不包括受邀的人)为了今天能待在这片土地所做的努力。但,不,这不是我想要的。

现在我来说说重点。为了让人们在听到他要说的话之前能喘口气,他停了下来。他再次环顾四周,确保一切都已到位。人们认真地听着。他点燃了人们的兴趣,这样他才能从中汲取自己的灵感。后面的权贵们,在恐惧中期待着,虚弱地用一只颤抖的白手擦拭着脖子上的热气。

他继续说,现在靠的是植物学。

我们的生活就像一棵树。未来是它的树枝,我们希望它枝繁叶茂,过去是根系。只是,我的朋友们,我们这里有一个问题,一个严重的问题!

他停顿了一下,让沉默的集体质疑声汇聚。那会是什么问题呢?

其中一个根是好的,是由我们这种战斗力构成的,我们必须养活这个根,这样树才能成长。但是也有一个坏的根,这个根必须在树木干枯或腐烂之前被剪掉。它是过去的耻辱和背叛的根源,是这条街道的过去!

法西斯分子!

又是指责的声音。一个不针对任何人,被抛到空中的指责,又落回到人群中,人群会照顾它。

他叫什么名字,同志们?

问题的答案显而易见。但还是要问,这样人们才能做出回答。

你们的探长叫什么名字?

蒙泰罗是人们心中的答案。但没有人敢开口,仿佛知道是他们的错误一样。是不是他们对自己的过去感到羞愧,毕竟他们的过去并没有被埋葬好?是不是拒绝把检查员当作自己人?他们对此表示怀疑。我们的新探长,主席同志?

萨莫拉看问题的角度不同。他觉得群众还是很紧张,很怀疑。当轻柔的微风拂过草地时,他试着抚摸它们。在没有答案的情况下,是他带来了答案。

惩罚人民的人叫蒙泰罗,我的朋友。他的名字叫蒙泰罗,同志们!

为了赢得朋友,为了让同志们行动起来。

请记住这个名字:蒙泰罗探长!他来自你们街道。法西斯主义者!这位探长住在哪里?

秘书菲利蒙·滕贝在角落的椅子上发抖。他回头看了看和其他女人一起坐在地上的伊莉莎。他看着她,认为如果他们搬到佩斯塔纳医生的房子里,也是值得的,那是纳雷卢加一家留下的有大雨和强烈电击的残骸。

"那个探长过去住在哪里?那条毒蛇过去住在哪里?"总统看着菲利蒙的眼睛,他认为菲利蒙知道答案。

大家都知道探长住在哪里,也知道可怜的秘书住在哪里。伊莉莎也带着一丝悔意看向菲利蒙。如果她更大胆一些,不那么害怕奥罗拉夫人家的妖术,他们今天就可以住在她家,现在她的丈夫也不必受到如此的滋扰(无论在哪里,茱蒂特会继续卖鹰嘴豆饼,但这不是重点)。

"他曾经住在我现在住的地方,总统同志,但这我们所有人都知道。"菲利蒙绞尽脑汁地想,"饶了我吧,我已经不得不每天面对那个该死的探长了!"

这就是菲利蒙眼神中传达的全部内容。

而市长选择另一条路,不就真的放过他了吗?这次他要找的不是内奸,现在对他来说,播下不安的种子就足够了,这样他就可以提供保护。

有人告诉我,连妓女都住在这条街上,我的朋友。一个高级妓女的巢穴!现在,总统瞄准的是阿明达·德·索萨,对蒙泰罗已经不感兴趣了。她们摧毁了我们的文化,迫使我们遵循她们的文化,而她们自己反过来又抛弃了这些文化。她们宣扬道德,但却放荡不羁。这样,最终我们将成为一个和善顺从的民族。而他们,要成为什么?

沉默。

要成为什么?

安托内塔几乎要站起来澄清这个误解。总统说的并不是阿明达的全部。起初她也这么想,但后来意识到这是她的生存方式,没有什么不好的。总统同志,我几乎太信任她了,如果安托内塔被问到的话,她会大胆地说——如果约瑟费没有在她身边,并且了解她,没有把手放在她的胳膊上让她安静的话。

但总统只是顺便提了一下;他不想进一步探讨这个问题,因为这一天太漫长了。因此,我们该下结论了。

蒙泰罗探长、妓女、穿西装的小偷、剥削人民的人,我的朋友们,你们这条街有很多这样的人。刚好我们都在这里,想问这条街你是否已经被改造了,你们是否已经摧毁了这群人。

同志们,是不是?

沉默。

人们认为这是一个没有答案的问题。

是不是啊?

而他们保持沉默,进行反思。安托内塔在想她要告诉阿明达的消息。菲利蒙更加憎恨蒙泰罗。

是的!

因为这种坚持,我们最终回答了问题。我们是郊区的人们,我们住在小屋里,唯一奇怪的声音是雨落下时敲打锌板;青蛙在落雨的水坑里呱呱叫;当雨过天晴,夜晚又是满天星斗时,狗对着月亮狂吠。在我们单薄的梦中,甚至从来没有出现过这些过去的代理人。

总统很快就达到了让人民对未来做出承诺的目的,然后介绍了这位杰出的来访者,他没有说什么,因为他与我们国内的复杂问题格格不入("他们在说什么?"在这一切发生的时候,他用自己的语言问自己)。他在那个不易察觉的地方犹豫不决,做出承诺,感谢并告别。他的过去是另一个更遥远的过去,这是可理解的:他是一个年事已高的人。至于他的未来,虽然近在眼前,丑态百出,但还没人能猜到。

我们依然为受邀的同志鼓掌。我们善待我们的客人。我们举起拳头,大声喊叫,慷慨地给予他们那些要求的欢呼,是必要的欢呼。

"为之喝彩!万岁!"

现在队伍原路返回,因为比原定计划晚了,所以现在必须走得更快。总统没有一一问候,因为这次出现在窗前的是看不到的人。第一个出现的是胖子马尔克斯,他手里拿着黑皮笔记本做着记录,在索罗门霍先生的斯图贝克车旁,有一辆莫桑比克人民共和国总统府的老式豪华宾利,搭着波德戈尼同志阁下来参加这次活动。马尔克斯不大喜欢政治和分裂(客户永远是客户!),他为这样的荣誉职位感到高兴,为那辆在他家门口抛锚、石头刺破轮胎、气门失灵的车做准备,他要让所有工具都一尘不染。"我要让它像小猫一样呼噜呼噜叫,他说。但汽车毫发无损,继续前进,他被队伍遗忘了。

再往前走一点,在另一边,蒙泰罗警官带着对集会回声的再次蔑视,希望他有勇气朝一动不动的蜡像用9毫米口径的帕拉贝伦手枪射出一枚子弹。与此同时,马尔克斯还沉浸在让汽车重新呼噜呼噜叫的修理汽车的梦时。但蒙泰罗现在是、过去是、将来也是一个懦夫。他的子弹就像他的话语一样:恶毒但小,小到无法再伤害任何人。

下一幢房子里是声嘶力竭的阿明达,她在姆贝夫家的阳台上不知害臊地喊道:"来吧,你这个外国小老爷,让本女士来教教你,让你做下流的梦!"但是老同志神情严肃,没有回答她,也可能是他不懂葡萄牙语。

在他面前,佩斯塔纳瞪大眼睛仔细看,而奥罗拉夫人则在胸前画十字祈祷(她从未见过真正的共产党员,而现在她见到的是他们的首领!)。他们就像两个上了发条的娃娃,这位同志挥手,奥罗拉女士画十字,他挥手,她画十字。如果不是因为队伍不得不继续前进,继而消失,他们两人将一直保持这种秘密对话,这位同志好像看到了敌人,奥罗拉女士好像看到了魔鬼。

对于一颗老革命的心来说,太乱了,带队的人神不知鬼不觉地吹着口哨,让队伍以另一种速度扫过街道,留下一阵旋风般的灰尘,甚至没有停下来,以便至少向疯狂的瓦尔吉最后一次挥手,然后从旧世界迷失,在新世界艰难的占据一席之地。

12
团结、斗争、警戒

由于这次大会,滕贝一派的关系变得更加恶劣。如果说以前菲利蒙把蒙泰罗看作是糟糕的记忆,那么从现在开始就把他看作是眼前的威胁,是必须要消灭的内部敌人。如果我们考虑到那可怜的秘书因总统屡次提及他而浑身颤抖,这就可以理解了。每次蒙泰罗拜访滕贝时两个人总是在不可避免的争吵之后归于沉默,有一次,蒙泰罗坐在他的专属扶手椅上神秘地说了一句:

"滕贝啊,你向我发牢骚,但你甚至不知道自己有多幸运。你的胖邻居们可没法这么自我夸耀。"他指的是姆贝夫一家。

"这是什么意思?"菲利蒙问。

"至少你有一个躯干完整的敌人(一种说法而已,我知道),他只是不能和你面对面,但是他会直截了当地告诉你他的想法。你总是知道我在哪里,如果我可以现身的话。"

菲利蒙瞪着他。最让他伤心的是,他的敌人其实躯干不完整。他希望能直面他的老对手。带着对新时代的信心,他反驳道:

"总有一天,我们会找到办法,杀死所有现在的和记忆深处的余孽的反动分子,所有的!"

"少说大话,滕贝。"

在角落里的伊莉莎,对这些越来越频繁的拜访和这种紧张局势感到恼火。探长进来的时候,菲利蒙不在家,而他非常清楚男主人不在家、只有他的妻子在家的时候来访不礼貌。他一根接一根地点烟,把烟灰抖落在地上,他翻找菲利蒙的文件,好像那些文件对他来说还有用,他和伊莉莎说话,企图惹出事端,最终,当菲利蒙回到家时,他们两个人无一例外地又发生了激烈的争吵。无一例外!

"你们两个为什么不心平气和地交谈呢?"她建议。人得心平气和的说话才能互相理解。

"安静点,伊莉莎,你别掺和。"蒙泰罗看也不看她一眼,怒吼道。

"安静点,夫人。"菲利蒙也威胁道。这一次他竟然赞同对手的观点。

伊莉莎被逼无奈,只好待在她的角落里。

探长提到他的邻居们是什么意思?

蒙泰罗吞吞吐吐,菲利蒙知道问这个问题没有什么意义。然而,好奇心是他最大的恶习,所以他问道:

"姆贝夫家里有什么我们没有的东西吗?"

"你和你的政党不是总能找到一切的答案吗?"蒙泰罗回答。他轻蔑地笑了笑,什么都没有透露。

菲利蒙假装不感兴趣,努力去想其他事情("他只想让我表露出兴趣,仅此而已。"),但,令他恼火的是,他开始不禁以一种怀疑的眼光来看待姆贝夫一家。毕竟,他们是直接由别人(小安东尼奥部长,一个他不认识的同志)带来这条街的,而正常的做法应该是先向当地政府(也就是向他本人)提出申请,才能得到许可。更重要的是,他的房子刚好就在自己家的隔壁!可以肯定的是,秘书他很长时间不在那里,也许在他到来之前,约瑟费·姆贝夫甚至已经"安排"好了,因为处理这些事情是需要时间的。无论如何,这并不意味着姆贝夫有权神气地搬进这条街,仿佛这里的一切都属于他们,并且在安顿好一切后才向当局报告。最重要的是,他们似乎不愿意在星期天参加全体活动。

这是蒙泰罗影射之事。他们能在房子里藏什么?想到敌人可能会诡计多端,他认为自己有义务进行调查。

他利用他所掌握的资源进行了初步调查,萨莫拉总统不是说我们必须依靠自己的力量吗?也就是说,让他的妻子也掺和进来。

"伊莉莎。"他说,"我需要和你好好谈谈。"

他还解释说:"也许在新邻居的房子里发生了非常糟糕的事情,他需要去调查。"

"是你去那里调查!"她回答说,她想到了一座废墟上的房子,水从墙上流下来。这会带来麻烦的。让姆贝夫一家静静地过他们自己的生活吧,他们是好人。

菲利蒙有时为他妻子的脾气感到难过。他喜欢她,她很聪明,但有些固执,可怜的家伙,也许是因为她没受过什么教育,也许是因为她没有什么政治意识。而且,菲利蒙以极大的耐心武装自己,他如此坚持,以至于伊莉莎虽不情愿,但最终同意帮助他完成任务。

"只是为了满足你的好奇心而已,菲利蒙。"

伊莉莎也非常好奇。

这件事从一开始就出了问题,因为安托内塔·姆贝夫很快就起了疑心。起初只是有些怀疑,当伊莉莎敲开她的厨房门向她要一些盐的时候,伊莉莎表示感谢却一直看着其他地方而不是看着她的眼睛。安托内塔不喜欢这样,因为通常我们和别人说话时都是看着对方眼睛的。伊莉莎不是,至少这次不是。伊莉莎看向楼梯,看向虚掩着的门后面的走廊,甚至连厨房桌子的下面都不放过,安托内塔很惊讶,转身去拿盐的时候也在时刻注意着她。安托内塔对这位年轻邻居像长颈鹿一样伸长脖子的姿态很感兴趣。"她好奇心很重,可怜的人,"她想,好像这是伊莉莎所患的一种疾病,"她很好奇,又不知道如何去掩饰。确实有这样的人。"

那次安托内塔没有说什么。但之后再看见她趴在墙上窥视,她紧绷的长颈鹿脖子转向自己家的方向时,安托内塔觉得太过分了。

"你丢了什么东西吗,邻居?"她一边说着,皱起了眉头。

"我在找我的拖布。"伊莉莎苦恼地回答。

"拖布?没有在墙头上吗?"

约瑟费下班回来后,安托内塔把她的怀疑告诉了他:"滕贝想从我们家找到点儿什么",她告诉他,尽管她不确定那是什么。

同时,伊莉莎也不是傻瓜,她也注意到了邻居的怀疑。那天,她告诉菲利蒙,她不会再去调查了。

"到此为止吧,亲爱的。"她说,"我都不知道我要找什么,他们已经开始怀疑我了。要么我们放弃调查,要么从现在开始,你一个人去调查。"

深知妻子脾气的菲利蒙被迫改变方法,去寻求其他可依靠的组织资源。他联系了公共工程和住房部,试图获得关于马普托513.2号街某幢编号为6的房屋信息。然而,不幸的是,他提错了问题,因为他没有直接切入正题,他想知道过去谁住在那幢房子里,但说出口的却是"凭什么姆贝夫一家得到了房子?"这是一个很显然带着恶意的奇怪问题,只有一个人想陷害某人时才会这么问。

安东尼奥部长知道后,立即进行反击,他下楼来到接待处,要求提出这种问题的人出示证件。菲利蒙不想暴露自己的身份,开始闪烁其词,最后只好自不量力地夹着尾巴离开。安东尼奥虽然在那场短暂的斗争中取得了胜利,但还是感到了一种令人不快的关注。是老阿明达·德·索萨想从她的悲惨世界回来,把事情变复杂?还是说有人盯上了这幢房子吗?最坏的是,有人想对安东尼奥部长分配国家房屋的方式感到好奇,准备进行调查吗?他一边问自己,一边扯了扯领带的结,然后扯着嗓子咒骂:"有人在调查我,一定是这样的!"

他立马给约瑟费打电话:"有人在调查你,一定是这样的!"他夸张地说,企图让姆贝夫紧张,"或者至少在调查你的房子。如果他们去你那里,让我知道,你给他们看租约,坚持住!"

许多事情在约瑟费的脑海中闪过:新汉巴宁的老房子里住着他的母亲("我就知道会这样!那个安东尼奥从小就是个流氓,他现在也好不到哪儿去!"),那笔交易中浪费的啤酒,还有安托内塔随之而来的抱怨。他很慌乱,跑到卧室里质问阿明达,想知道这是否是她的杰作。

"我知道你是什么人,"他说,"你来到这里,与安托内塔成为密友,你先了解我们的生活,然后再进行打击。叛徒!"

"你疯了吗,约瑟费?"她忿忿不平地回答,她说,"我不知道。我怎么可能会想要这幢房子?你告诉我,为什么认为是我!"她想起了在那里经历的可怕的孤独,她想起了在阳台上黑暗中抽的法维尔牌烟,让她吞下伤心,下定决心远离卡普里斯塔诺和他的家庭,她想起了前方迷茫的未来。她认为现在的日子要好得多。

而约瑟费也没法继续谈下去了。

在隔壁的房子里,第二次攻击以失败告终,这位不知疲倦的秘书又立即踏上了新的道路。他与国民安全局联系,寻找有关姆贝夫的信息。那个时候,革命刚起步,没人理会他,他认为需要把问题政治化。"同志们,有必要立即对姆贝夫家展开调查!"

安全局进行了调查。新汉巴宁的老邻居说,在他们那个年代,不知道出于什么原因,姆贝夫总是听着收音机大喊大叫;他们在院子里洗澡,经常争吵。他们也拜访了姆贝夫家的老祖母,祖母没有被吓倒,她告诉他们,如果他们想和儿子说话,应该去新房子或他上班的地方找他,而不是在他越来越少来的地方,这个不孝子。之后他们调查了啤酒厂,约瑟费在那里不过是个普通工人,有些懒散,爱听音乐,仅此而已。他们的结论是:也许其他姆贝夫(有很多姆贝夫)有问题,但这些人没有什么奇怪的地方。他们是正常的姆贝夫。

由于对国民安全局的调查结果不满,菲利蒙还试图在给政党总部的信中提议对他们的过去开展更细致的调查。然而,这个建议的反响很差:"同志,革命是马克思列宁主义的,"他们说,"并且马克思列宁主义是唯物主义的。这条街上不会出现余孽!"他们还评论说,秘书滕贝同志没搞清楚状况,他需要更仔细地读,更好地研究政策。这让他打了个寒战。

但是,在菲利蒙决定迈出这一步时,他已经考虑好了接下来的两步。不放弃是他的天性。他把注意力转回到街上。他准备自己行动,不依靠伊莉莎的无能和对组织的漠不关心。而且,在这条街上,撇开瓦尔吉不谈,因为他说的可能是真的,也可能是假的,是科斯塔为过去和现在之间的联系提供了最坚定的支持。于是,他准备趁着搭福特卡普里顺风车的机会,问问科斯塔。

"科斯塔同志,你还记得以前谁住在6号房吗?就是今天姆贝夫一家住的那个地方?"

"为什么这么问?"科斯塔想知道,他很好奇,"那是过去,几乎成为历史了。秘书同志,不要告诉我你现在对历史感兴趣了!?"

"有点儿兴趣。"

"听着,现在属于你的房子里,以前住着那个罪恶的蒙泰罗探长。"

菲利蒙在他的椅子上晃了晃。科斯塔难道怀疑蒙泰罗来拜访过他们?事情变得越来越复杂了。

他的脑海中迅速闪过在政党总部进行调查的噩梦般的场景,公民科斯塔被传唤作证,他说是的,说他知道,因为他看到以前的蒙泰罗探长鬼鬼祟祟地多次拜访了滕贝秘书,但要做什么他不知道,因此他不能说什么。也许可以从秘书同志说的话推断出发生了什么。当然就像上头指示的那样,了解敌人,才能更好地与他们作战。科斯塔在补充这句话时,眼中闪过一丝玩世不恭的虚伪,似乎想为菲利蒙开脱,保护他,但实际上是在帮助他们驳倒菲利蒙。而调查委员会将怀疑蒙泰罗的来访,怀疑秘书突然对历史感兴趣,怀疑他在自己家里接待殖民主义的余孽。他过去曾如此憎恶他们啊!(佩斯塔纳博士没有被遗忘)与反动派蒙泰罗谈话的主题真的是历史吗?还是谈了些别的?

"那个反动派以前住在我现在住的房子里,我早就知道,科斯塔同志。"菲利蒙干脆地打断了他的话,"我想知道谁住在隔壁,住在属于姆贝夫那所房子里。"

"你隔壁的房子里?在那所房子里住着(让我想想……),住着一个叫阿明达·德·索萨的人。一个年事已高的女人,她有着复杂的过去,你懂的。"

"这是什么意思啊?"菲利蒙不明白。所有的垦殖者和前垦殖者都有一个复杂的过去,这其中很可能有科斯塔。

"她在家接待重要人物。"

"他们举行政治会议吗?"

科斯塔笑着说:"嗯,准确来说,我不会把他们举行的会议称为政治会议。"

简而言之,他解释说,她是一种高级妓女。

"啊,我明白了。"菲利蒙发出了胜利的感叹,他还记得萨莫拉总统在大会上提出的指控。这下终于明白了!一个有重要客户的妓女,仍然是妓女!

"蒙泰罗探长会去她那吗?"菲利蒙想知道。

"我不敢肯定,秘书同志,因为我从来没有见过他,也没有听说过这件事。我现在为什么还要关注呢?已经是过去的事了。"

与此同时,安托内塔·姆贝夫也没有闲着。有一次,墙另一侧的伊莉莎在水箱里洗衣服并大声唱歌,她从墙上偷看了一眼,说:

"伊莉莎过来,我需要和你谈谈!"

那声音里有一种威严感,经常让约瑟费感到敬畏。在那个巨大而结实的身体里,它占据了空间,需要大量的营养;而且它从未,真的从未减少。另一方面,伊莉莎仍然很年轻,几乎还是个顽皮的女孩,但她习惯于服从。就像她一直服从于她父母和菲利蒙的话一样,她也服从于这份威严感。她迅速放下手中的工作,转身过来看她的邻居安托内塔想要什么。

"听着。"她说,"虽然我们是新来的,但我们是好邻居,一切都好。而我希望能这样保持下去。你需要盐,我就给你盐。如果明天我需要辣椒(我们姆贝夫喜欢辣椒),我就会敲你的门去要。我们彼此之间没有隔阂,对吗?"

"是的,我的邻居。"

"你可以叫我安托内塔,大家都这么叫我。"

"是的,邻居。"

"那你告诉我,为什么你总是偷偷摸摸地观察我们?我家里有什么东西让你这么感兴趣?"

"没什么,邻居。"

安托内塔很有耐心,她说了很多,解释了姆贝夫一家从哪里搬来,他们在新汉巴宁的困难日子(当然再也不会经历了,她隐晦的威胁说),他们多么喜欢这条街和这所房子,他们不想失去任何东西。同时,她挽起伊莉莎的一只胳膊,提高嗓门说话。

这些辩解无疑是有说服力的,但最重要的是她提高嗓门的态度,那种挽着胳膊的姿态,最终说服了伊莉莎。在一连串的诉说中,她终于坦白了。

"好吧。我都告诉你,邻居。"

她说她早就想告诉安托内塔了,她保持沉默是为了不惹恼丈夫,可怜的人,正为家里的事情操心,他不想让这点儿小事成为大家的谈资;她只是想知道姆贝夫的邻居是否也有同样的问题,尽管菲利蒙想知道的有些不同,更加政治化,这与他的工作有关。

"工作?"

是的,这是一份难做的工作,他要找出敌人的藏身之处,要了解他们对我们有什么计划。

当种种迹象表明伊莉莎即将泪流满面时,安托内塔进屋去拿了一杯水。她让自己的态度稍稍缓和下来,但她没有忘记自己的主要目标。伊莉莎缓了缓,继续说。

这是他们的厄运,可怜的人,碰上一幢有这样一个邪恶余孽的房子,这可不是单纯地被敌人阻挡住了道路,而是敌人自己亲自来了。所以他们曾试图搬到街对面,搬到7号房(就是原来种相思树的奥罗拉夫人的房子,现在是会做鹰嘴豆饼的茱蒂特住的地方),但那里也有严重的问题,甚至更糟糕,因为如果折磨他们的余孽憎恨革命,他们又从来没有好好地去了解过那间房的余孽,毫无疑问这是因为菲利蒙的脾气,她知道,因为她比任何人都了解她的丈夫。她说,另一个余孽带来的憎恨,也许还蕴藏着巨大的能量。所以他们被迫退让,被迫带着他们的问题共同生活;而她的丈夫,可怜的人,因为害怕居民和政党在他家会发现什么,而变得愤怒、辱骂、憔悴、倍加努力,就像这个政党代表在家里所说的那样,代表不应该威胁居民,应该保护居民。他表现出软弱的迹象,或者说不仅如此,甚至与敌人串通。对于她的邻居姆贝夫一家,她总结说,她认识到自己和丈夫做错了:她的丈夫相信这个敌人的话,而她屈服于好奇心,这是她从小就有的恶习,不管她怎么努力都无法戒掉,甚至菲利蒙也可以作证(如果他不处于当时的状态的话),她曾努力拒绝过,她不想卷入此事,当她意识到调查可能导致的结果时,她就不干了。她早已经不干了,她偷看姆贝夫家的房子仅仅是出于好奇心,单纯的好奇心,不是为了探究到什么秘密去告诉她丈夫。这就是全部事实。

安托内塔对这种长篇大论的解释感到困惑。

"伊莉莎,你是想告诉我,你家也有余孽吗?"她问道。

有一个,而且是最麻烦的其中之一。正是他主导了整件事,把姆贝夫拉下了水。

这是个好消息。安托内塔已经可以看到当她告诉约瑟费时,他脸上定住的惊讶神情!她向伊莉莎告别,伊莉莎曾多么想知道些秘密,但她不仅说出了自己的秘密,还没得到任何秘密作为回报。安托内塔回到自己的房间,把这个消息告诉阿明达,毕竟她是所有麻烦的根源。

阿明达很生气。这不就是那个猥琐的蒙泰罗,他不是已经不掌权了吗,还想追踪她? 坦白地说,他的一生都在公开地秘密行事!如果他是公开的,那么她自己又是什么样的呢? 她总是公开地通过大门迎接客户,不在乎邻居会怎么想或怎么说。

"荡妇,是的,我以此为荣!"她提高嗓门。

而安托内塔感到困惑,她使出浑身解数让自己平静下来。整个下午,她们一直在谈论蒙泰罗,一个人讲,一个人听。约瑟费回家后,就变成两个人听。

蒙泰罗花了大半辈子研究阿明达和卡普里斯塔诺。律师的姿势,他抽的雪茄,他赚的钱,像苍蝇一样围着他转的女人(在这一点上,阿明达和蒙泰罗达成了共识,虽然原因不同:她的更接近于嫉妒,他的则是羡慕)。有几次,这个密探试图抓住她的卡普里斯塔诺,但尽管有警方的武器,还有只在反叛行为发生时才在夜间出动的猎犬("现在他跟我坦白了!"),也从未成功过。他从来都不敢。

"你听到了吗?他从来都不敢!"她喊道。

安托内塔很焦虑,告诉她要小声点,冷静点,因为可能还会告诉她一个秘密,虽然她和约瑟费都不知道还有什么能告诉她。

阿明达继续说,她甚至知道探长私生活的一两个细节,他对女仆的骚扰(可怜的格特鲁德夫人,他的妻子!"她在一旁说。"可怜的女仆!"安托内塔想)。这一切都是她听别人说的,从后院墙头上看的,或从一个窗户到另一个窗户后面的观察得来的,因为她从来没有进入过那个被诅咒的房子,他自己也没有进过那幢房子。

"别紧张,他从来没有来过这里!"仿佛这能让安托内塔和约瑟费放心。

她百媚千姿,谁会想要家里出现一个悲惨禁欲的可怜人啊!

安托内塔和约瑟费并不能就此放下心来,反而更担心了。

傍晚时分,吃完饭后,姆贝夫夫妇正式拜访了隔壁的邻居。尽管安托内塔想站著说明她的来意,她拒绝了伊莉莎礼貌地端出的扶手椅(蒙泰罗的旧扶手椅),但约瑟费按住妻子的手臂,让她乖乖坐下:他们是来澄清事实的,不是来树敌的。

安托内塔用她每次生气时的粗嗓音说着,她直接告诉菲利蒙秘书最近一直在努力探查的秘密。是的,他们家里也有一个不请自来的余孽。虽然这个余孽也臭名昭著,但姆贝夫一家觉得比滕贝一家要幸运得多,可怜的人,滕贝家里的余孽更糟糕。因此,如果秘书同志需要了解探长的情况,姆贝夫一家准备给他提供信息,因为他们家里的余孽还有很多秘密。

菲利蒙心有余而力不足,但他还是感谢邻居们的好意,向他们道歉并请求他们对此事守口如瓶。"因为政党不相信这些东西。"他最后说。

心中回想着现在的口号,团结、斗争、警戒,秘书意识到,他已经尽可能地保持警戒,不知疲倦地工作,但在寻求团结方面却失败了。

而这给了他一记教训。

13
挂着肖像画的房间

奇奎尼奥和科斯米托·姆贝夫是最早发现的人:2号房里肯定没有什么好事。他们翻越围墙时,发现了一幢大门紧闭的房子,它与其他房子不同,没有变成瓦砾。相反,即使是被废弃,它也有着宫殿般的宏伟。

透过一楼大厅的窗户,透过遮挡阳光的厚重窗帘,孩子们发现墙上挂满了肖像画。全是大胡子男人的肖像画,当他们往里看时,其中一位还向他们眨眼。他们不知道是因为外面的光线晃得他们眼花,还是这幅肖像画想与他们交谈。不管怎么说,还没来得及回应这位大胡子,两个人就飞快跑开了,当然也不太想再回去。

那里肯定没有什么好事。

那幢大门紧闭的房子,是右手边的第一幢房子,就在疯狂的瓦尔吉家对面,一直以来就是旧殖民地柑橘公司代表的住所。那个年代与现在的习惯不同,一代又一代的代表因为年老或疟疾死去,每当一位代表离去时,人们就把他的肖像画挂在墙上,并派另一个人来接管他的工作。因此,当革命终止了这一习惯时,墙上已经有一长排肖像画了。

肖像画中不乏有老式泛黄的,代表戴着一顶最上方有一颗软木纽扣的头盔;也有更现代的,戴着萨拉查式的毡帽。共同点是他们的胡子以及他们在光影中注视着大厅的严肃神情。奇奎尼奥和科斯米托趴在大厅的窗户上往里看,他们几乎为自己的行为感到后悔。

当孩子们告诉约瑟费·姆贝夫所发生的事情时,他很担心。眨眼的肖像画?这的确不是什么好事。他没来得及选择该怀疑孩子们还是该相信他们,是惩罚他们让他们学会不撒谎,还是对他的邻院悠久的历史表示惊叹,这时,一个年轻、黝黑、瘦高的赞比西亚①人就神气地搬进了那幢房子。他的名字是阿尔贝托·佩德罗萨。

佩德罗萨是 CCC EE 公司新任临时代表,CCC EE 就是国营殖民地柑橘公司,这其实也是一个临时名称,甚至有点矛盾的意味,等着当局为其更名,改为 CNC(民族殖民地柑橘公司),或 CMC(莫桑比克殖民地柑橘公司),甚至 CRC(革命殖民地柑橘公司),但不管是哪个名字,总要加上 EE,因为这是一家国营公司。作为一个几乎是代表的人,佩德罗萨也几乎是肖像画中大胡子们的同事,他只需要再满足两个条件就能被正式任命为代表,第一是留胡子,第二,很明显,是死去。尽管他对达到第一个条件很迫切,因为这能带来好处,而且胡须已经长出来了,但他也满怀耐心等待假以时日能达到第二个条件,当然我们从他身上的活力能推测出来,满足第二个条件还需要些时日。佩德罗萨非常轻松地走在街上;在屋里,他和肖

---

① 赞比西亚,莫桑比克省级行政区,译者注。

像画中的大胡子们很亲切,在屋外,他和蔼地问候来来往往的邻居,他舒展笑容,露出锋利、整齐、没有瑕疵的牙齿,这副样子活脱脱地就像从殖民地老式升降梯上的美国牙膏广告偷来的:"请用伯士登①牙膏!"

"早上好,新邻居。"那些人在去上班的路上跟他打招呼,他们傍晚下班回来时,腰都有点压弯了。"你也早上好。"佩德罗萨回答。但他的早安是一个特别的早安,总是很清新,充满香气,似乎在说"像我一样使用吉布斯②牙膏吧,健康牙齿刷出来。"如果他穿着一件无可挑剔白衬衫,他会说:"用奥妙,你的世界将不再有灰色。我的朋友,扔掉你的普通肥皂吧,你值得拥有最好的"。而过往的行人生活在一个进口产品如此匮乏的世界,他们没有仇视,相反,他们喜欢这种乐观的态度,让他们在这条街上就能近距离地看到生活中的美好事物。

必须公平地说,这次不是菲利蒙秘书制造的问题。他就这样,作为临时代表,众目睽睽下来到了这条街。尽管没有官方文件说明他是谁派来的,但是佩德罗萨肯定是一个同志。而约瑟费·姆贝夫非常爱他的孩子们,他毫不迟疑地种下了猜疑的种子。在他看来,这个新邻居用他墙上挂着的那整齐的一队男人来吓唬他的孩子是不对的。而约瑟费和菲利蒙在奥罗拉·佩斯塔纳夫人的老相思树的树阴下讨论着这个问题,试图达成一致,这时邻居佩德罗萨站在窗边邀请他们进去喝啤酒。佩德罗萨在保持他友善的形象。

他们走了进来,坐在沙发上,屋内有一台罕见的空调。凉爽的房间拭去了两位客人从外面带进来的热气,佩德罗萨一如既往地清

---

① Pepsodent,美国牙膏品牌。
② Gibbs,美国牙膏品牌,现更名为 Mentadent。

新,十个代表中有九个都会用力士,即使是临时代表也会用,佩德罗萨如今也是。当他进去拿啤酒时,他们双手放在膝盖上,姿势僵硬,好奇的目光在屋子里扫来扫去:约瑟费在寻找能给它的主人定罪的证据,菲利蒙则在寻找能验证它的主人是同志的证据。

"你看,秘书同志,你不觉得这些墙有些奇怪吗?"约瑟费压低了声音问道。

菲利蒙仔细地看了看周围。墙上几乎每一幅肖像画都用严肃的眼神注视着访客。

"我不明白你想说什么,约瑟费同志。"他回答。

"那么请告诉我:你不觉得奇怪吗,在这么多肖像画中,竟然没有总统同志的肖像画?"

确实如此。现在到处都挂着萨莫拉的肖像画,这样总统就可以监督革命工作的进展,但在这间屋子里却意外地缺席。

"也许他的办公室里有。"秘书冒险说。

"什么办公室,哪有什么办公室!"

即使那里有,这间屋子里也没有。而在那些动乱的日子里,没有萨莫拉肖像画指引的屋子是一个没有方向的漂泊的屋子。人在这样一个屋子里能做出什么样的决定?

秘书对他新邻居的好印象第一次受到了挑战。

与此同时,佩德罗萨拿着几瓶冰镇啤酒回来了,他为两位客人倒上啤酒。

约瑟费看了看那些啤酒瓶,又闻了闻自己的瓶子,很是怀疑。

"随便喝,姆贝夫同志。"佩德罗萨说,"这是最好的时代牌[①]啤酒,进口啤酒。请原谅我,但这与你们工厂里生产的那些破烂没什

[①] 时代,比利时啤酒品牌,译者注。

么关系。"

约瑟费被吓了一跳。难道佩德罗萨已经知道他在啤酒厂工作了?! 他与菲利蒙互相交换了一下眼神,这么一来可以确定问题的答案了。

除了啤酒,佩德罗萨还端来一小碟黏稠的黑色小球。这一次菲利蒙抽着鼻子嗅了嗅。

佩德罗萨说:"秘书同志,请相信我,尝尝吧。这是上好的进口鱼子酱。还有人说,海外的兄弟产不出什么好东西。简直是胡说八道。"

菲利蒙说:"代表应该尝尝我们这里的鹰嘴豆饼。"这是一种礼貌拒绝可疑食物的方法。

佩德罗萨讽刺地摆了摆手,只好作罢。

他们喝了第一杯,第二杯就端上桌了。他们一边喝一边聊,佩德罗萨侃侃而谈,两位客人听得认真。作为一个合格的主人,他愿意主导谈话。他看问题很透彻,采用了我们的老方法,用新角度来解读我们的问题。他笑着向客人提问,因为这样就不用哭着问了。他想要了解这条街,于是问起每家每户的情况,还问起他们是否建好了防空洞(他们又互相交换了眼神:他还知道防空洞计划失败了吗?),最后,他又问起街区里的商店是否如往日一样正常运作。

菲利蒙不想回答问题,于是反问:

"同志,你一个人住在这里吗? 你结婚了吗?"

在回答之前,佩德罗萨又去拿了几瓶酒。他们使劲地喝,可怕的高温让他们觉得特别渴。约瑟费认为这是因为他需要时间去编造答案,喝完啤酒后,佩德罗萨才做出回答。他把目光投向墙壁。

"我是否一个人住在这里? 并非如此,同志们。我和我的同事们住在这里。"他指了指肖像画,喝了一小口进口啤酒,笑了笑。

他做出回答了。比他们预想的要快一些。同事?

"他们是你的同事吗?"

"这个严肃的,"临时代表继续说,"叫'帝国主义'的人(你们看他的尖牙,随时准备着咬人);他不喜欢我,他讨厌我们所有人,他会出其不意地发起进攻。"

约瑟费和菲利蒙看着这幅肖像画,皱起了眉头。他们听说过,知道那是谁。

接下来,那位是"汇率",他也总是对我们不利。

边上的是专制的"规划",还有戴着厚厚的眼镜、神情严厉的"会计"和"审计"。在角落里,穿着更朴素的是"工会"。佩德罗萨一位接着一位地介绍,声音越来越柔和。绕了一圈之后,他在最中央的肖像画前停了下来。

这就是"秘书长"。我这样称呼他是因为他的时代非常专制。还因为他军装上的条纹、胸前的勋章,当然还有他那犀利的胡子。

两个人目瞪口呆。"他家里甚至还有一位秘书长!"菲利蒙惊叹地说。约瑟费只是看着他,看他是否转变了想法,"我早就说了,秘书同志"

你们可以看到,我这里有一个完整的中央委员会。佩德罗萨说完笑了很久,口中散发出一股进口的酒气。

然后他又去拿了三瓶啤酒。

菲利蒙打了个哆嗦,和约瑟费小声说着话。你是对的!他和我有不同意见,而我离他家只有十步之遥。就在这时,他坚定地加入了约瑟费阵营,相信了他的怀疑。一个完整的中央委员会就在他的街上,而政党总部却没有表示任何怀疑!

几瓶啤酒过后,他们晕头转向地走出了佩德罗萨家。在木槿花丛和阴影中跌跌撞撞,踉踉跄跄地朝家走去。我们知道,沿着直线走路程最短,而这直直的路现在变成了不规则的曲线,仿佛 513.2

号街是一片波涛汹涌的大海,摇晃着海面上的两艘船。菲利蒙走得比约瑟费还要更踉跄,因为这位政党秘书已经下班了,可以不需要像上班时那样严格遵守政党纪律。

"晚安,同志!"他们对奥罗拉夫人的相思树说,不等对方回答就走开了。

约瑟费跌跌撞撞地走进屋子,撞到了墙壁,用含糊不清的声音嘟囔着刚才发生的事情。他为自己的怀疑找到了证据:佩德罗萨并不像他看起来那样,他是个危险人物。孩子们都说了,那里肯定没有什么好事!菲利蒙会证实这一点的,如果不是因为他们刚才迈着奇怪的步伐,菲利蒙也会来的。

随后,这对夫妻之间发生了争执。

"你喝醉了,约瑟费!你喝醉了,你还想骗我?"安托内塔说着,把孩子们吵醒了,家里闹哄哄的。

这一次,阿明达例外地没有参与姆贝夫一家的争吵。她坐立不安,想知道那些肖像画是什么,仿佛它们对她来说是一种威胁。无论她如何努力地在记忆中搜索,她都无法想起来以前2号房里有任何可疑的存在。

"孩子们是对的。"约瑟费眼神涣散,但依旧坚持说,"我看到他们被挂在那间屋子的墙壁上。我用这双眼睛看见他们会吃人!"。

安托内塔怀疑那双眼睛是否看得真切。

"你喝醉了,约瑟费!"她反复说,"你喝醉了,你还变得和秘书一样,不信任所有的人。真是羞愧!"

在她身边,阿明达半闭着眼努力回忆,试图置身于卡普里斯塔诺和蒙特罗的年代。她甚至一度想站在约瑟费这边,但安托内塔愤怒的眼神让她又回到自己的角色。她又想了想。她不记得有任何可疑的动作,但如果有任何动作,警惕的蒙泰罗探长会发现它们。

所以她建议:

"你们为什么不去秘书家,问一下探长呢?"

安托内塔看了她一会儿,沉默不语。这难道不是一个好主意吗?

她走出了门,双手叉腰,一如往常大步流星地走着。约瑟费跟在后面,踉踉跄跄。

有人在敲门,但他们想一直等下去,总会有人听见去开门。在屋里,每个人都参与了又一场激烈的争吵,伊莉莎和蒙泰罗对着菲利蒙谩骂,菲利蒙则尽力为自己辩护。

"你这么胡言乱语,会传到政党总部的,亲爱的!你知道后果的!"伊莉莎在门的另一边喊。

"毫无疑问,有这样的秘书,革命才会成功。"探长很讽刺。

考虑到自己的状况,菲利蒙要么用尖叫声进行反击(秘书的声音确实很尖),要么保持安静,闭上眼睛,用手捂住耳朵,瘫倒在椅子上,赶走蒙泰罗。

这时候伊莉莎走了进来,蒙泰罗溜走了。

"你的粗嗓门!"安托内塔进来时说。我在街上就听见了,听起来像是一个男人的声音。

"不是我的,是客人的声音。"伊莉莎回答说。

"客人?"

"我是说,我们家里的那个余孽!"

啊!是的,就是那个人。就是我们要找的人。他在哪里?

"他一感觉到你来就溜了。我不知道他去哪里了。"

如果姆贝夫和滕贝还不知道对方的秘密的话,这会是一个尴尬的局面。余孽很胆小,一旦感觉到一丁点儿奇怪的迹象,就会溜走。

这时,菲利蒙趁机坐到那张渴望已久的扶手椅上,椅子终于空出来了,他瘫倒在椅子上,渴望得到一点平静和休息。

"菲利蒙,我的丈夫!你别以为这样就能躲过去了。"伊莉莎喊道。

菲利蒙撅撅嘴,勉强忍耐着。

"别管他,伊莉莎。"安托内塔打断了他们,"现在有更重要的事情。你之后再和他算账"。

与伊莉莎交谈时,安托内塔瞪着约瑟费,似乎在告诉他,姆贝夫家也有一笔账要算。之后再算。

她解释了他们的来意。他们需要弄清一件事情,这件事是被孩子们发现的,由约瑟费传了出去,因此影响了菲利蒙,现在也威胁着整条街。这是一件需要进行政治干预的事情。

"政治干预?今天,我丈夫还醉着的情况下?"伊莉莎抱怨道,"我想必须等到明天再说。"

"你别急,但必须是今天。"

问题很紧急,安托内塔很固执。

于是,姆贝夫夫妇走出来到院子里,他们在那里拍打着蚊子,在黑暗中咒骂着,伊莉莎则试图说服蒙泰罗回来,而菲利蒙在扶手椅上打起了盹。

经过一番努力,探长终于同意了。然而,又有一个新的问题,因为当务之急是伊莉莎说服菲利蒙从扶手椅上下来,因为蒙泰罗需要它,如果他待着不舒服,是不会和他们对话的。"你们还没学会如何接待客人吗?我来教教你们!"他说。虽然是余孽,但他是个年纪大的余孽,他的背很疼,要么坐着说话,要么就什么都不做。

菲利蒙被伊莉莎摇醒了,他很生气。是他先坐在扶手椅上的,他觉得自己有权利继续坐着。

事情没有按伊莉莎预想的方向发展,余孽和菲利蒙之间爆发了激烈的争吵。菲利蒙说,无论其他人如何坚持,他都不会离开扶手椅,因为他是先坐下来的。此外,他已经和这个该死的探长打了很长时间的交道,他知道探长沉默寡言,甚至认为对他抱有任何期待都是天真的。"我不在乎你说的任何话!"他总结说,身上仍散发着一股酒气。

蒙特罗感觉到这次掌握权力的是谁(是伊莉莎),所以他坚持说没有扶手椅就不会有对话。

谁是对的?谁是错的?伊莉莎,可怜的人,她劝了一边又去劝另一边,试图解决这个小问题,这样才能进入正题。

但争吵没有停下来。菲利蒙说他在自己家里,蒙泰罗说那把椅子是他的。

"不是你的,先生!"

"不是吗?谁买的扶手椅?不是我是谁?"

"探长难道没听说过国有化?"菲利蒙质问。

然后他解释说:这把扶手椅已经不属于探长了,准确来说,是在1976年2月3日,这一天,莫桑比克人所建造的、被偷走的一切,终于回到了合法所有人的手中。当然,也包括扶手椅。

"什么所有人?"蒙泰罗拒绝承认国有化,至少在菲利蒙能够拿出参与制造扶手椅的证据前,他都不会承认的。

菲利蒙伸出他的两只手,掌心向上。探长仔细地检查并得出结论,证据不足。

这些老茧很可能是因为其他工作长出来的。即使是写字也会让手上长老茧。比如,给你的政党写信,用属于你的歪歪扭扭的笔迹讲述别人的生活,他总结道。

"你以前什么都没做过。"菲利蒙迅速反驳道。

伊莉莎看看这位,看看那位,对双方争吵的内容感到不解。

"够了!"她喊道。

就在这时,有人敲门。伊莉莎咽下她要说的话,去开门。

还是安托内塔。

"怎么样了?"

"他们还在讨论国有化的问题,邻居。"

"国有化?"安托内塔被蚊子咬了好些包,很愤怒。她说要进屋子,整肃一下客厅内的秩序。

"我要让他们知道我不好惹!"

"不,邻居!"伊莉莎急忙说,"别这么做,否则探长会再次溜走,我们几乎不可能再劝他回来了。"

安托内塔给了他们第二次机会,她回到了丈夫和蚊子的身边,伊莉莎也再次尝试。这一次她成功了。必须说,在菲利蒙的帮助下,探长想起了佩德罗萨家里窝藏的中央委员会,于是菲利蒙颤抖着起身思考。必须要采取措施了。

酒精慢慢开始挥发。

蒙泰罗趁机在扶手椅上坐下来,他很好奇。

"告诉我,伊莉莎,你想知道什么?"他问。

伊莉莎转过身,走到外面去问安托内塔。

"邻居,你想让我问探长什么?"

安托内塔解释了一遍。

伊莉莎回到屋里,提出问题。然后,她带着回答走出去又带来另一个问题。她出出进进,带走回答,带来问题,而姆贝夫则一直与蚊子搏斗。但蒙泰罗不想全盘托出。他当然记得殖民地柑橘公司的代表,他甚至记得他们中的两三个人(他们很快就死了,也许是因为他们到岗时已经老了),他总是看到他们独自一人或与他们那无比普通的妻子一起住在那里。仅此而已。他从来没有听说过这个所谓的中央委员会,事实上,如果有的话,他就会下令立即逮捕他们。

"在我那个时代,不允许有任何形式的中央委员会。那是共产主义的东西!"

因此,调查一无所获。伊莉莎进进出出传话,直到里面和外面的人都得出结论,这不是解决问题的方法。于是安托内塔和约瑟费逃离了蚊子,走进屋,但蒙泰罗也逃走了。而菲利蒙终于可以坐回他的扶手椅上,试图获得他应得的休息。

新的形势需要新的决定。经过简短的会议商定后,这群人再次出发向佩德罗萨的房子走去,安托内塔和伊莉莎走在前面,约瑟费和菲利蒙跟在后面。

这时天色已晚。他们敲了敲门。等着楼上能亮起一盏灯,也能设想到会有人站在卧室的窗前问他们:

"是谁?"

"是我们。"

他们等着声音下楼,等着楼下亮起更多的灯,等着钥匙在锁里转两圈,最后,等着大门打开。在他们面前出现了一个看起来更像代理而不是代表的佩德罗萨,他光着膀子,瑟瑟发抖,裹着那种连瓦尔吉的商店都不会卖的卡普拉纳。

"纯丝绸的卡普拉纳,进口的。"他嘀咕着,注意到两个女人正打量他,很是羡慕。

由于时间已经很晚了,佩德罗萨状态不佳,而且问题复杂,最后,安托内塔终于向临时代表解释清楚了他们的来意。他原谅了这么晚给他带来的不便,但是,他们想问他一些敏感问题。

"没关系。"佩德罗萨说,"你敲门的时候我刚刚起床。"

在那个时间段起床?在大家都要睡觉的时候?

"他是不是猜到我们会在这个时候来?"约瑟费想知道。"他应该正在和肖像画开夜间会议。"菲利蒙想。

佩德罗萨解释说:因为他的头太疼了(一定因为那两个躲在妇女后面想尽力恢复意识的朋友),当他听见敲门声时,正准备起身去拿葡醛内酯①片。

"葡醛内酯？"

他们以前从未听说过这个名字。

"是的，一种药片。当然，是进口的。"

"是一种麻醉药吗？"

"不是的。只是一种治疗宿醉的药。"

他们感到惊奇。他们用柠檬、水、鸡肉馅饼或鱼肉馅饼和大量的辣椒，以及很多、很多耐心来度过宿醉。他们从来没有听说过治疗宿醉的药片。

佩德罗萨邀请他们进屋，而他则去取水吃药。他拿了三杯水，把药片扔在里面，让它们冒泡。他一口气喝下了其中一杯泡腾的液体，舌头上发出气泡爆裂发出的啪啪声。他把另外两杯拿给约瑟费和菲利蒙。他们有点害怕，各自喝了一口。事实证明，这种药片很神奇。很快，菲利蒙恢复了他的政治意识，约瑟费对他之前的形象感到羞愧。现在他们终于可以开始谈话了。

安托内塔解释说，这只是为了满足秘书的一个疑虑，一个小小的疑虑：新邻居是否真的独自居住。

佩德罗萨说是的，他单身，因为他还没有找到可以结婚的人。

两个女人面面相觑："单身，那样风度翩翩的男人？更何况他还是临时代表呢。"

佩德罗萨甚至觉得这个问题很奇怪，因为在下午喝酒时他已经和他的两个朋友澄清了这个问题。

虽然安托内塔和伊莉莎假装接受了这个答案，但她们装得很差劲，她们透过佩德罗萨的肩膀，偷偷望向墙上悬挂的肖像画。佩德

---

① 葡醛内酯，药品，译者注。

罗萨别无选择,只能打开更多灯,以便她们看得更清楚,并再次介绍他的同事们。就在这时,两个女人第一次看到了她们丈夫大肆宣扬的中央委员会,而菲利蒙和约瑟费则满意地摇头晃脑,似乎他们的猜想得到了明确的证实。

安托内塔和伊莉莎缓慢而专注地逐一看了这些肖像画。另一边,所有的肖像画都处变不惊地面对审查,甚至连眼睛都不眨一下。尽管他们像是工作被突然打断那样排成一排,但他们一动不动。

审查结束后,她们转身对丈夫无声地进行拷问。

"很晚了,他们已经睡着了。"约瑟费试着解释。

"也可能是他们等我们离开再重新开始工作?"菲利蒙猜测。

但安托内塔和伊莉莎既尴尬又愤怒,向佩德罗萨道歉后,拖着约瑟费和菲利蒙离开了,而佩德罗萨站在门口摇摇头,点燃了一支进口万宝路。

14
好心人,姆贝夫

终于有一天,萨克斯彻底坏了。它时不时地保持绝对的沉默来代替以往过度的叫嚣,有时演奏一个音符的同时会跳出另一个高八度的音符,它在发明着前所未闻的音色,这让人感到不快(我们通常只喜欢我们知道的东西)。终于,所有交杂在一起的声音突然沉寂了下来,之前时不时的沉默,现在成了一个注定可悲的永恒。约瑟费·姆贝夫努力尝试,不停装拆,把萨克斯清得干干净净,寻找合适的竹哨片位置和新的送气角度,尝试给脸颊充气的新方法,并把舌头在不同位置上调整。然而并没有什么用!他的老伙伴背叛了他!它唯一能发出的声音与来自南方的大风刮过树林的声音相同,是风暴前的不祥之音。这就像一种空洞且低沉的叹息,顽固地拒绝给音乐神奇的结晶让路。

有一段时间,约瑟费郁郁寡欢,不愿意说话,保持着与他的萨克斯一致的沉默。那段时间,他的家人也保持沉默,担心不合时宜的话将可能会引发那把旧萨克斯所预示的风暴。"孩子们,别吵,"安托内塔小声地提醒,"不要制造噪音,因为祸不单行。"甚至阿明达也紧紧贴着墙壁,害怕会发生什么。

然而,约瑟费的乐观主义是强大的,完全可以经受住如此严酷的考验。最后他叹了口气,带着苦涩的讽刺道:

"这时候,那个我欠下最后一笔钱没还的葡萄牙人一定在角落里笑,他已经走了。"

这是萨克斯出现的最后一次。之后就再也没有出现过。没过几天,这把萨克斯就被肢解成具有各种用途的新物件,为孩子们提供了新的玩具。管体成了小冈冈哈纳们对付入侵的小莫西尼奥①的有力武器,在这场战斗中,以前的恶棍现在扮演了英雄,而曾经的英雄却成了恶棍;颈管成了望远镜,用来监视敌人的举动;只见望远镜的另一端,强而有力的铲子挖出的战壕和陷阱就像给513.2号街上那些洞围了一圈花边。当孩子们扮演考尔扎·德·阿里亚加②时,萨克斯的按键为弹弓提供了致命的弹药,用来打碎疯子瓦尔吉

---

① 莫西尼奥,即葡萄牙骑兵军官若阿金·奥古斯托·穆津尼奥·德·阿尔布奎尔克。1895年在柴米特击败了冈冈哈纳,随后担任莫桑比克总督,译者注。

② 考尔扎·德·阿里亚加,1969年至1974年期间担任莫桑比克葡萄牙军队的总司令,译者注。

家一楼为数不多的还算完整的窗户玻璃,虽然孩子们不知道自己在做什么,但表现得和那个恶棍的行为一模一样。

约瑟费·姆贝夫的脾气很好,能迅速适应这种新的状况,但令所有人惊讶的是,他对他的老伙伴的这种新命运表现得无动于衷。如果萨克斯仍然还在,他现在肯定会擦拭它,或者,如果它已经被擦干净了,他会用它在阳台的高处把乐曲吹到街上。失去萨克斯的他,在这一年的最后一个星期天沉默不语,把想象力和感性(过去沉迷于孟克的忧郁)带到谋划一个意想不到的大胆计划上。

他逃出了自己的房间,逃离了安托内塔沉沉的鼾声和老阿明达的诋毁。他像往常一样,向往着他认为有权享受的安静的星期天。他在院子里徘徊,贪婪地呼吸着清晨的空气。他的侄女磨蹭了很久还没有给他把茶端来,所以他心不在焉地走进车库,下意识地查看是否所有东西都放在合适的地方。而事实是:成堆的啤酒箱被随意地堆在墙角,有的箱子里是12个还没喝的啤酒瓶,有的是12个喝完的空瓶,上面覆着厚厚的灰尘,车库里到处都是灰尘。装着满瓶啤酒的箱子的装着空啤酒瓶的箱子混放在一起,让他很生气,因为他认为只要掂一下箱子的重量就可以轻松地把它们区分开。起初箱子数量不多,这样也没什么大碍,但现在这里堆满了箱子,他为了得到一箱没喝过的啤酒,不得不搬开很多装着空瓶子的啤酒箱。这对他来说是一种煎熬。

约瑟费若有所思地看着眼前的这个场景,内心笼罩着一种不可名状的不安。如果有人进来想知道为什么这里有这么多的啤酒该怎么办?在现今市场如此萎靡,啤酒产量下降的事实面前该做何解释?他耸了耸肩,试图不去想这些。这不能算是偷窃啤酒,而只是挪用啤酒,我们必须考虑到用词的准确性,每一个词语都有特定的意义。偷窃是在夜深人静时进入酿酒厂,从那里拿走你能拿的东西,但约瑟费并没有这样做。可以这样说,他只是利用职务之便,今天挪用几箱啤酒,明天挪用几箱啤酒,最初的几箱他付过钱了,但剩下的那些他以后再付。时间造就了这样的累积,让他此刻感到有点害怕。今天,他很难解释这一整个过程。表弟安东尼奥的工作涉及房屋安置,他有机会从中捞好处;邻居南通博在银行工作,他有机会获得补贴贷款或其他的什么;如果他自己,约瑟费·姆贝夫,利用工作之便喝几杯啤酒,又有什么大碍呢?

总之,这个理由并没有让他完全放心下来。而正是残存的那份不安,加上他身体内跳动的那颗高尚的心脏,产生了一个草率的想法,他现在要把它付诸实践,而此后他会为他的这个实践感到后悔。起初这个想法还是很模糊的,但当他走回院子里,这个想法变得清晰了。

奇奎尼奥!科斯米托!他坐在他经常坐的椅子上,对他的孩子们喊道,然后轻轻地吹着手里那杯刚刚沏好的茶水。你们去拿一箱啤酒给科斯塔先生送去!

他对可怜的科斯塔怀有某种怜悯,尤其是科斯塔的妻子离开之后,科斯塔看起来就像一只没有主人的狗,默默地在上下班的路上绕着弯。

男孩们面面相觑,不解其意。他们只知道这是"大人们之间的事"。他们按照吩咐做了,进入车库后爬上了他们经常玩耍而熟悉的其中一个啤酒堆,搬出了一箱满满的啤酒。

之后,他们三个人穿过街道,约瑟费在前面按响了 5 号房的门铃;孩子们在后面,每个人都拎着啤酒箱的一只耳朵。

巴西利奥·科斯塔在他们按两次门铃之前就把门打开了。他很早就醒了,但仍然穿着睡衣,鼻尖上架着他的近视镜。他放下手中正在写的给妻子每周一封的例信,在信中他向她讲述着生活的琐事,内容几乎都与院子里的植物有关,开花的辣椒,自从她离开后一直爬藤的杜鹃花,旁边的相思树带来的虽小但很舒适的树阴。在信中,他已经谈到了防空洞的集体冒险,谈到了伟大的失败摧毁了整条街道对这一解决方案的希望,甚至隐约透露出对可怜的菲利蒙秘书的支持,因为菲利蒙仍然面临着那个难题,却仍没有找到解决办法。为了避免不必要的麻烦,科斯塔明智地省略了某种恐惧,自从防空洞的可能性被提出来又被推翻后,这种恐惧笼罩着他和整个街道。如果上头宣称的攻击到来,该怎么办?尽管他自己被这种普遍的恐惧所包围,而他没有在信中提及,在他的内心深处,他希望这些炸弹能够辨别哪些是属于这里的人和哪些不是。不过有一些琐碎的担忧,他全神贯注地写着,笔在空中飞舞。

让我们回到信中,他祝愿妻子圣诞快乐,并祝愿她在即将到来的新年会有一个好的开端,如果条件允许的话,他希望妻子可以回来这里(他们总是以这种模糊的可能性鼓舞对方,尽管他们都不相信)。最后,他绞尽脑汁思考在信的结尾还能说些什么,因为他不想让两人之间曾经拥有的热情冷却,就在这时,约瑟费按响了门铃。所以,他起身去开门。

早上好,邻居科斯塔!约瑟费愉快地说道。"我是来给你送礼物的,这样你就可以喝着啤酒庆祝了。不是庆祝圣诞节哦,那是被人民政权所禁止的。"约瑟费压低了声音说,他举起一只手放在嘴边,做了一个同谋者和半讽刺的保密手势,"但至少是庆祝即将到来的新年。"对姆贝夫来说,12瓶啤酒,在未来的每个月都能喝掉一瓶,这刚刚好。

啤酒是一种稀罕物,是大家迫切需求的东西,所以科斯塔犹豫着,不知道该说些什么来克服这种情况给他带来的困扰。

"但是,邻居姆贝夫……"

约瑟费甚至没有给他说话的时间。"不可以有但是。你并不需要为此付钱,我也没有任何其他的意图。"他在说这句话的时候,做了一个坦诚的手势,以防科斯塔怀疑这背后有什么其他的意求。这只是一个暂时很容易得到啤酒的人的一次纯粹的赠予,这个人知道在如今的日子里获得啤酒是多么的困难。他只是从家中堆成小山的啤酒箱种拿出一箱,就可以平息邻居的渴望和孤独。而趁着还不需要向科斯塔夫人致以问候的时候,约瑟费告辞离开,猜想着对方一边赞美他的慷慨大方,一边迫不及待地打开啤酒享用。

"就把它当作你们家乡盛产的一瓶好的葡萄酒收下吧。"他最后这么说,更多的是为了缓解科斯塔的不适,而不是完全因为他喜欢那种带着酸味的液体,在他看来,那种液体对他的喉咙来说远没有啤酒清爽。他为自己的颜色辩护,同时也尊重对方的颜色。

他吹着口哨离开了科斯塔的家之后,三个人再次穿过街道,重复着之前的一系列动作。这一次,他们敲响了位于街道另一端的费拉兹家的大门。

泽卡·费拉兹正在车库里工作,他耐心地清洗泰勒斯·南通博的欧宝汽车的火花塞,这些火花塞几天来一直打不着火,他正试图找出问题的原因。叛逆的汽车,总是不听话,有时在主人最需要的时候它就不好使了。他放下了手中的工作,去看是谁来了。

约瑟费重复了他对科斯塔讲过的那番话,费拉兹在纱布上擦了擦手,说:

"但你为什么要这么做,邻居姆贝夫?不必这么客气。"

"这当然值得!如果灵魂不渺小,一切都是值得的!"[1]他们不都是这样说的吗?约瑟费曾生活在过去的时代,所以他知道对方文化中的一些零碎内容。

另外,朋友是需要互相帮助的。明天他也许会有什么需要帮忙

---

[1] 此处为葡萄牙诗人费尔南多·佩索阿的诗句,译者注。

的,也会来敲费拉兹的门。例如,当他想买他十分需要的汽车时,这样就不必总是搭别人的便车,也不必等待有时会来有时不来的反复无常的公交车。

"哦,姆贝夫,你要是想买车的话随时来找我。可以是明天,也可以是任何时候!"

接着,姆贝夫和孩子们离开这里,继续执行他们的星期天任务。与此同时,泽卡·费拉兹仍然很惊讶,跑去告诉他妻子这个消息。吉列米娜夫人,像一直以来那样不会轻易上当受骗。

"我认为这不是什么好事。"她挠着下巴说,"他来这里仅仅是要送我们啤酒?这里有鬼!"

"能有什么鬼!你又开始无事生非!你会知道他是为数不多的还保留圣诞精神的人。"

"圣诞精神?这已经不存在了,它被废除了。你怎么知道这些啤酒不是偷来的?"

"你又来了!什么偷来的!你不知道他在啤酒厂工作吗?你会知道他只是想提供给劳动人民一些便利。他真的很慷慨,想与我们分享这些东西。"

"你会知道,你会知道……我不会知道任何东西!我所知道的是,我觉得事情不妙!我就是这么觉得。"

对吉列米娜夫人来说,现在的年代并不是一个给他人提供便利的年代。没有人给别人提供便利,只会制造麻烦。她拒绝碰那些酒瓶子,就好像她担心里面有毒药一样。

泽卡·费拉兹摇了摇头,看着天空("去你的毒药……")之后他走回车库,继续修理南通博的欧宝。他在逃避一场争论。

在街的另一边,约瑟费·姆贝夫在孩子们的帮助下,继续执行他的计划。这一次是给隔壁的邻居南通博家送啤酒,这次对于姆贝夫来说有一个特别的意义,那就是他要对了解伟大的孟克和向他表现出爱心的人的一个迟到的感激。然后他们要去圣地亚哥·穆安加指挥官的10号房。他们在沉默中到达那里,约瑟费排练着鞠躬,他的孩子们也感到十分害怕。

"指挥官有法术。"科斯米托喃喃道。

"闭嘴,孩子。"他的父亲命令道,"不要胡说八道,指挥官是个严肃的人。"

忠诚的约瑟费没有忘记,是指挥官让他免于参加民众警戒的集体工作。铃声响了。里面一片寂静。外面也是一片寂静。而当孩子们松了一口气,准备回家时,门开了,看起来很有疏离感的圣地亚哥指挥官站在门口。约瑟费解释了他的来意,男孩们手拿一箱啤酒,躲在他们父亲的巨大身影后面等待着。

指挥官露出了疲惫的笑容:因为,与其他人不同,啤酒能让他记起他想要遗忘的时光。而此刻在房子里享受短暂放松时光的圣地亚哥想忘记的是他在房子外,在帕富里①或其他地方,抗击敌人入侵的时光。敌人来了又走,指挥官的手下是去杀别人还是被别人杀,由命运决定。邻居们对此一无所知,因为指挥官总在深夜离开,又在深夜归来,他的制服凌乱不堪,头发也白了一些。这就是为什么那所房子是安静无声的,要么是因为他不在家,要么是因为即便他在家,也不发出声响。

"谢谢你,邻居姆贝夫。你们能带来这些啤酒,真是太好了!"他为了表示友好地说。

姆贝夫和孩子们告辞离开了。

约瑟费是个好人,所有一切都证明了这一点。他想取悦最富裕的人,但也不忘关照其他人。他还拿了一些啤酒给蒂托·纳雷卢

---

① 帕富里,莫桑比克城镇,译者注。

加,蒂托将在晚上进晚餐时,瞒着他的老板喝这些啤酒。约瑟费甚至可以喝昨天剩下的啤酒(因为今天的啤酒还没有准备好),以便纳雷卢加可以看懂这是一场交换,也因此更加安心。因为如此,也因为约瑟费非常喜欢茱蒂特的鹰嘴豆饼。

最后是佩德罗萨家,最为难的一家。孩子们很谨慎,又站得远远得,而约瑟费则把箱子拖到门口,哼哼唧唧地咒骂。约瑟费知道佩德罗萨有啤酒,也许他想要的他都有(他从哪里得到那些啤酒,约瑟费也不知道:谁会用啤酒来换橙子呢?这是殖民地柑橘公司唯一知道如何生产的东西。),但这就是为什么约瑟费对给他赠送啤酒这件事特别兴奋。因为礼物的物质价值消失了,只剩下姿态,这才是至关重要的。

佩德罗萨开场后,一如既往地面带微笑、神采奕奕,看上去就像刚用进口的正宗吉列牌剃须刀刮过胡子一样("天气再怎么炎热,他都不会出汗。"约瑟费想。)。佩德罗萨像其他人一样向他们一家表示感谢,并说不必这么客气。而在他们回家的路上,科斯米托说:

"他会和那些大人物一起享用这些啤酒的!"

约瑟费停滞了一会儿,被这句话惹恼了。
"闭嘴,孩子!"他说。
但随后他又笑了:"管他呢,今天是圣诞节!就算整个中央委员会的人喝也不要紧!"

当完成这项任务后,姆贝夫回到家里休整疲惫的身体,他坐在长椅上,擦了擦汗,并趁机整理好他的账目("六箱啤酒,我一定不会忘记让他们把空的瓶子送回来。")。他一边喝茶,一边记账,这时他听到楼上传来变了调的喊叫声。接着,安托内塔皱着眉头走了下来,披风系在她丰满的胸前。

"听着,约瑟费,我听到的都是真的吗?你到处散布混乱?"

"谁告诉你的,夫人?"姆贝夫耐心地说道。

"是阿明达在阳台上看到的。你在搞什么?"

这次又是阿明达在干涉他的生活。她总在留意街上发生的事情,也总是做好准备干预这一切。

"我们上楼去吧。"略微停顿了一下后,约瑟费回答,"我想听听那个女人是怎么编造这个故事的。安托内塔,你总是小题大做。"

姆贝夫争取到了时间来润色他这么做的理由,他利用这个间隙一直在准备他的说辞。当然这不是因为他害怕安托内塔,而是因为他对新一轮的争论提不起兴趣。另外,他对于他今天的行为有着自己的看法。他觉得这种为了讨好而付出的姿态,简直是一种任性,而这种任性不是从这件事开始,也不会随着这件事结束。毕竟,它有隐藏的根基和难以辨别的未来。他刚刚完成这件事,就已经有人在议论了!

他们到了房间后,四处寻找阿明达,她的罪恶感使她没有出现在她通常出现的地方,既不在床下,也不在窗帘后面,而这些都是她最喜欢的地方。在约瑟费的坚持下,阿明达说服自己不再畏惧,终于不情愿地从衣柜里出来,带着一脸妥协的神情。

"听着,阿明达,你都说了些什么?"约瑟费问道。

"我?没有!我只是发表了些意见。"

"那你发表了什么意见?"

"我说过了,没什么特别的。我看到你和孩子们过马路时,头上顶着一些箱子,我告诉安托内塔,要出麻烦事了。"

直觉和预见,是阿明达辩解时一直坚持的。

"她只是表明了她的看法,也许她是对的。"安托内塔耸了耸肩,插了句嘴。

"不管是复杂还是简单,这都是与你无关的事情。"姆贝夫说,他的眼睛盯着阿明达。

"不要逃避问题。"安托内塔说,"我想知道那些盒子是什么。"

姆贝夫解释说。这些只是他放在车库里的一些没用的箱子,不值一提,他只是想照亮邻居们的灰暗的年末(他没有透露这次行动是为了减少他早上去车库时的自责)。事情就是这么简单。

"哦,你藏了东西!"阿明达再次插手与她无关的事情。

"你是什么意思?"姆贝夫仍在努力争取时间。总结以往的经验,他知道阿明达总能找到办法使看似简单的事情复杂化,也总有新的办法令人不安。此外,这个泼妇总是设法把安托内塔拉到她身边,这比任何事情都让他恼火。

"比如说,你是否送了每个人啤酒?"

"是的,差不多是这么回事。"

"什么样的啤酒?你真的把它送给每个人了吗?"

"只有瓦尔吉没有收到啤酒,但这并不是因为我忘记了。他有宗教信仰,不喝酒。"约瑟费不知道之后会说到哪里,眼前只能这样为自己辩解。

"这一点他没说错。"安托内塔说,试图让事情冷却下来。

"你确定只有瓦尔吉没有收到啤酒吗?"阿明达继续。

"啊,我给忘了,菲利蒙秘书也没有收到,但真的只是忘了。"

"哼!忘了!你就看到你要为这种遗忘付出多大的代价!"

她又说:"就算秘书不知道,伊莉莎敏锐的眼睛也会注意到,或者更糟糕,蒙泰罗对阴谋的渴求会让他知道这件事。"

"是啊。"约瑟费说,"他们就像你一样。"

阿明达没有理会这句话,继续说:"当秘书知道这件事,毫无疑问,他将着手调查。他会想知道这啤酒是从哪里来的,它没有经过附近的商店,却到了除他以外的每个人的嘴里。然后他们都会知道这件事(包括阿明达:她在那所房子里度过了大部分的新生活,成了她要承担的责任)。约瑟费想:她确信是他故意要忘记这个重要的人物吗? 如果是这样,她就想错了,而且错得很离谱!

那就姑且把这件事归因为他真的忘了吧。但为什么姆贝夫会忘记秘书呢? 是不是因为我们忘记了对党的奉献,因为我们已经习惯了党一直对我们的奉献?

这就是阿明达的推理。这个泼妇正在成为一个革命者! 姆贝夫使出了最后一招:

"那么,革命不就是要为有需要的人奉献吗? 这条街的人都有需要,如果书记来找我算账,我也会这么说。对于革命者和半吊子革命者都一样!"

"那是你的想法,"阿明达迅速地回答,"等着看会发生什么吧!"

姆贝夫很担心。阿明达是对的。她的直觉,虽然绵里藏针,但最后总是正确的。

菲利蒙秘书召集大家到总部开会,为了宣布调查的结果。首先,他长篇大论地讲述革命的成就,其中,平等无疑是最重要的成就。"在殖民时代,少数人几乎拥有一切,而几乎所有的人几乎一无所有,"他说,"正是因为这些不公正,我们开始了武装斗争,同志们! 菲利蒙·滕贝是什么样的人,姆贝夫非常清楚,他一生从未离开过马普托和周边地区,也曾在灌木丛中向殖民占领者射击! 菲利蒙总是乘胜追击!"

可怜的菲利蒙还没有采取主动,而在姆贝夫的心中,这场战斗已经在进行了!

菲利蒙继续说,"让我们把目光转向我们的街道。在当下,我们的街道上大家都看到了什么? 同志们,说吧!"他不经意地给自己的声音加上了一个特殊的音调,让它听起来像萨莫拉总统的声音。

菲利蒙,仍然在占便宜!

仍然是一片意料之中的期待,穿插着那些正在猜测答案的人的低语。秘书不慌不忙地继续说:"我们看到的情况是,一些人想重现过去的不平等,把它带到我们中间。把仅有的一点东西分给他们自己,让大多数处于最边缘人死于饥渴,无法有尊严地庆祝新一年的到来。同志们,这就是我们做出这么多牺牲想要得到的结果吗? 这是我们为之奋斗的目标吗?""不!"一个有组织的合唱团齐声回答道。"同志们,这就是我们为之奋斗的目标吗?"他再次强调,就像总统的姿态一样。"不!"听话的合唱团重复道。

在前面,是一排低着头的被告:科斯塔和费拉兹,他们的眼睛盯着地面,仍在擦拭嘴里有毒的礼物留下的痕迹(吉列米娜夫人在他们旁边,对所有愿意听她说话的人说,她已经警告过她丈夫那是一份有毒的礼物);而茱蒂特,对不幸早已习以为常,对于即将做出的惩罚她丈夫的决定听天由命;疯子瓦尔吉一会儿大声笑着,好像不知道他在哪里,为什么在那里,一会扬言威胁要向他的桑给巴尔大使投诉。因为酒精跟他扯不上一点关系! 圣地亚哥指挥官躲过了一劫,也许是因为他在灌木丛中与战士作战,要么是因为菲利蒙小心地避免了与军队的冲突;还有佩德罗萨,那些大人物说服他把仍然装满酒的瓶子送回政党总部,然后他们从那里发动了现在正在进行的攻势。

在稍远的地方,在一个显眼的位置,憔悴的、蓬头垢面的姆贝夫,眼里带着适用于被告的空洞、蔑视的目光。

"对于这一切,我们要采取措施,同志们!"秘书开始了最后的咆哮,"我们要纠正这个行为,让其他像这样的渗透者知道如果他们想模仿这些非法行为,等待他们的将会是什么。也是为了让这些公民学会理性所在,并回归到我们这个伟大的家庭,所以他们将被重新教育!"

可怕的判决使约瑟费硕大的身躯颤抖起来,一股苦涩的味道在他口中沉淀。

最后,不知道从哪里来的两三个警察从胳膊后面抬起了已经戴上手铐的姆贝夫,他几乎顺从地投降了。在他身边,安托内塔感到不舒服,挥舞着她肥胖的双臂,向空中抛出几声刺耳的尖叫。

"站在那里盯着地板出汗也无济于事,约瑟费!"阿明达打断了他糟糕的白日梦魇。这一次,姆贝夫感谢了她。

"那我该怎么做?而我要做什么呢?"他疑惑地问,在与这个老妓女的又一轮无休止的战斗中他再次败下阵来。

"你要做的事情非常清楚,伙计。"她回答,"带上一箱,或者说是两箱啤酒,跑去把它们送到菲利蒙秘书那里,否则就太晚了!"

姆贝夫赶紧照对方的话去做,而他身边的安托内塔也忙点头赞同。

15
塞戈南公司

在隔壁邻居阿尔贝托·佩德罗萨的建议下,泰勒斯·杜亚特·南通博在黎明时分离家出走了。泰勒斯是发展银行的一名科长,他职位晋升像流星一般快,远超普通人,这既是因为他工作能力强,也是因为垦殖者的离开及由此造成的干部断层。

南通博一家是多么光鲜得体。然而,尽管南通博一家与邻居友好相处，但也因为他们非常保守，所以很少主动与人来往。这就是为什么他们愿意接待来到院子里的任何人，但从不邀请他们进屋，因为这样一来就没女人敢向爱丽丝老师寻求帮助，并且除非泰勒斯主动与人交谈，男人也不会找他。对南通博一家来说，生活是一个每天遵循计划最后取得成功的过程。毫无疑问，这是一个奇怪的家庭，如果保守是一种缺点的话，那么他们一家人就是美好品质与明显缺点的混合体。

显然，因为保守而产生的距离，让他们招惹了邻居们的嫉妒。有几次，有些邻居中试图使诡计，如果任由其发展下去，可能会变成耗费心力的谜题，甚至会毁坏南通博一家的名声。这复杂谜题的关键就是一个词：嫉妒。我们太了解如何滋养嫉妒了！这些人里并不包括住在隔壁的约瑟费·姆贝夫，我们知道泰勒斯·杜亚特·南通博有敏锐的耳朵，他也喜欢孟克和克特兰（泰勒斯除了上述品质外，也是一个有音乐涵养的人）。但他也会嫉妒，比如，他对菲利蒙不知疲倦的精英气息感到气愤；他指责爱丽丝老师借口学校有工作而免于清扫街道；他指责泰勒斯身困银行而缺席全体警戒，只因他要管理我们的财富以便完成冲破帝国主义的围困这一不可推卸的任务。但这是一种很难付诸实践的嫉妒，因为，南通博非但没有反对大家，反而默许了所有行为。只是因为他们拿出了无可辩驳的说辞，就像在道歉一样："对不起，秘书同志，为了让孩子未来成长为革命的新生力量，我一直在忙着教育他们。"要么就是："对不起，菲利蒙同志，为了大家能够过上富裕的生活，我一直忙在管理和增加我们的财富。"诸如此类。

要争斗至少需要两个不同的立场，所以这些隐藏在恭维背后表面平静的议论几乎总是没有实际结果。"他们可以看到未来。"约瑟费评论说。而对菲利蒙来说，即将发生的事情必定与那些嫉妒不同，他嘟囔着，表示不理解。

在银行,泰勒斯总是努力工作,表现良好,仿佛把自己家的整洁和纪律带到了工作中。你不能说这样没有回报,因为他赢得了上级的尊重,他的事业得到了发展。他的同事们开玩笑地说,有一天他将成为主管,而且,如果他在政党工作,甚至会成为部长。

泰勒斯露出谦逊的微笑,假装这与他无关,仿佛说的不是他的才干,而是同事的才干。

的确,在这里,在同事之间,有时也会出现惯有的嫉妒,我们会随时准备在任何地方表现出这份嫉妒。例如,有一次泰勒斯向登记处提出请求,把他父亲老南通博的名字要加在他出生时的名字"泰勒斯杜亚特"中。这一行为与当前时代要求并不相符。人们私底下议论纷纷,这件事变得人尽皆知,可怜的泰勒斯因此被大家称为加注的泰勒斯!他最终会在人们的交谈中知道这个绰号,然后感到震惊。那么他怎么应对呢?他只是露出了甜美的笑容,并没有提出反对。总抱着歉意!

但在这样的保守、奉献、谦逊之下,潜藏着一种贪婪,以至于银行所能提供的一切都无法安抚它。虽然泰勒斯没有表现出来,但他总是想要更多。他设法在无人监管的坏账和津贴的灰色泥潭中航行,当时这些问题正从四面八方驶向我们,起初扬起了小风帆,后来就像一艘威风凛凛的快船一样!这个过程很简单:正大光明时,和其他问题航行得一样快,而正如大家公认的那样,偷偷摸摸时,要快得多。有一次,他像往常一样自愿加班,这时突然产生了一个想法,他把自己的名字写在一家渔业公司的账户上,这家公司的老板是他的一个葡萄牙朋友,叫塞萨尔·戈麦斯,因为担忧政治变化,已经离开去了其他地方。泰勒斯开始把他能拿到的每一粒面包屑都扔进这个账户:起初,是些困难商户的小额贷款,他们需要高灵活性,而银行却无法满足他们;然后是渔业部门的国家贷款,可怜的渔民还在努力申请贷款,而他已经几乎没有咀嚼就全部咽下肚子了。资产负债表上出现了完美的秩序,有流入和流出,必须说,前者多于后者。账面上看,这是一家模范公司,它逐渐开始以现代游艇的优雅姿态在众多老旧、漏水的独木舟中脱颖而出,这些独木舟是该行业的其他公司,几乎都在泥泞中挣扎,面临破产的危险。这样的对比不禁让泰勒斯产生了某种虚荣心,一种个人成就感,认为自己已经是一个真正的渔业企业家了,尽管分不清石斑鱼和鲹鱼的区别这一事实仍然让他感到尴尬。但在银行,他们的工作是与文件打交道,而不是与鱼打交道,所以他放弃了学习渔业知识。

泰勒斯有一种期待事情有圆满结局的强迫症。任何半途而废的事情,任何细节不完美的东西都不会吸引到他。这就是为什么他甚至都不玩彩票,仅仅是因为结局的不确定性会让他感到恐惧:他只需要圆满的结局。塞萨尔·戈麦斯对濒临破产的公司撒手不管,而却在他的手下起死回生,他不仅让它起死回生,还向它注入了名副其实的活力,他满意地笑了。就在那时,他决定,一个新生命应该拥有一个新名字(重新命名,加注的泰勒斯!)。朝不保夕的劳伦索·马尔克斯不也是这样吗,如今已经改头换面成了年轻的马普托市?不正如那个城市的许多街道一样吗?最好沿着那条平行的路走下去。

泰勒斯没有意识到,他正在滥用一种技能。公司以塞萨尔·戈麦斯为名,通过加注的方式,将扩展为塞萨尔·戈麦斯与合伙人公司。他很谦虚,把自己长长的三个词的名字隐藏在一个匿名的"合伙人"后面,放在第二位,对正确的时间顺序以示尊重(如果戈麦斯在建立时间、提出想法和付诸实践上是第一位的,那么他是第二位的,应该继续保持下去)。

几个月的时间过去了,随着生意的成功和资金的累积(随着南通博在社会上越来越重要,这是好事),南通博决定给公司名新添一个加注,再次签署文件并正式更名。逻辑简单明了:他取了每个名字的第一个音节,用它们组成了企业名称,谦虚在他身上是个被高估的品质,他并没有压抑加注自己名字的冲动。现在他看到了最终版本,塞萨尔·戈麦斯与合伙人的塞戈南公司,在正式文件的蓝纸上闪闪发光!这就是他的作品。为了确保公正,"塞萨尔·戈麦斯"保留两个音节,"塞"和"戈"。至于泰勒斯,这个谦虚的公司缔造者,他对"南通博"中单音节的"南"感到满意,于是放在最后。塞戈南①公司!

鹳鸟这个名字取得真好,因为它让人联想到像公司一样飞得很高的候鸟,像公司一样啄食鱼。这也让他想起了那个叫戈麦斯的人是如何飞来的,又是如何离开这里的。泰勒斯几乎想念他,几乎希望他在这里谦虚地向他展示自己对濒临破产的公司所做的一切!

塞戈南公司创建的时候,革命正进入决定性的阶段,总统对腐败发起了攻势。

萨莫拉总统侦察兵的警笛声声声入耳,宣告着一支队伍在城市的街道上呼啸而过,就像一条疯狂的蛇,没有人知道它将在哪里停下来咬一口,给人致命一击。各部门忙得不可开交,把旧的文件夹整理好,掸掉早已处理好的文件上的灰尘。没有人确定他们是否能够逃脱,或者何时会轮到他们。正是在这股清理的浪潮中,银行董事发现了一家像钻石一样闪亮的公司,把捕鱼工作做得井井有条,在坏账的泥潭中寻找出路的塞萨尔·戈麦斯和他的合伙人拥有的:塞戈南公司。

为了把这颗钻石呈现给总统时,它能闪耀出所有的光彩,董事

---

① 塞戈南中,塞 Ce,戈 go,南 nha,组成 Cegonha,这个词在葡语中是鹳鸟的意思,译者注。

需要擦亮它,于是他又深入挖掘了一下,发现了一些令他惊讶的细节。在所有来往信件中,有一名莫桑比克籍的男性,名字是泰勒斯杜亚特,加注了南通博,身份证信息显示1949年2月某一天在马希谢①出生,目前居住在马普托513.2号街4号房,与同样加注了配偶为南通博·爱丽丝,有两个孩子,是一名前途光明的银行雇员,也是一名渔业雇员。

迷迷糊糊之间,局长花了一个下午的时间来回翻阅这些文件,眉毛上下飞舞,他比较了贷款和债务,对毫无瑕疵的账目啧啧称赞。支出很少,几乎都是投资;还有银行贷款,严格地用尽了最后一分钱。这甚至是一种享受!

他非常满意,最后决定叫科长南通博来见他。

"坐在那里,南通博。"一走进来董事就说,指了指他面前的椅子,通常那把椅子是留给重要客人的(为了缩短待的时间,也为了避免无聊,普通员工都是站着说话)。"工作进展的怎么样?"

"正常进行着,董事同志。"泰勒斯回答说,对这种亲切受宠若惊。

"我叫你过来是祝贺你的。我不知道你每天在这里展示了这么多能力,做出了这么多奉献之后,你还有时间去研究渔业。

"我一直在研究塞萨尔·戈麦斯与合伙人公司的档案。绝对是家宝藏公司!"

泰勒斯愣住了。手指用力捏着笔,把手中的文件揉成一团。他吸了吸鼻子,做好了最坏的打算。

"你不打算说点儿什么吗? 别谦虚了,伙计!"董事知道他的脾性,"你完全不需要谦虚。你会很富有的,虽然并没有很多人与你一

---

① 马希谢,莫桑比克城市,译者注。

样（你懂的）。"

"谢谢你，董事同志。"泰勒斯说，更加放心了。

"你应该邀请你的合伙人来拜访我，那个塞萨尔·戈麦斯。我希望有幸亲自与他握手。而未来某个周末你也应该邀请我去看看你的船队。我对钓鱼一无所知，但我喜欢船。"

"当然，董事同志。"泰勒斯机械地回答，耳边响起了警报，脑子里一片混乱。

现在葡萄牙人越来越少了，他上哪里去找呢？也许口齿伶俐的邻居科斯塔可以胜任这个角色，但是船怎么解决呢？

荒唐。真是个难题啊。

"现在你可以走了，南通博。"董事打断了他混乱的思绪，"明天我们再谈这个问题。过几天当总统同志来时，我想把这份档案放在桌子上。我相信他一定会很高兴看到这份档案的。"

然后，就在泰勒斯起身离开时，他自言自语说：

"鹳鸟……真是个好名字！我怎么会想不出这样的好主意呢？"

泰勒斯轻轻地关上了身后的门，衬衫的合成纤维在他的腋下和脖子上燃烧。还有半个小时下班，这半个小时他打算细致地整理一遍桌子。然后坐上了他的老欧宝车，像往常一样开回家。他慢慢地开，一边看着大海，嫉妒这条路上的其他车从不需要担心是不是会坏在路上。

他悄悄地走进家门，什么也没说。按照惯例，他的妻子爱丽丝什么也没问。晚饭后（他吃得很少，几乎什么都没吃），他说想独自留在客厅里工作，整理一些文件。他的妻子和孩子乖乖地进里屋了，只留下他一个人。于是泰勒斯开始对他的生活进行大盘算。

他一开始就坚持认为董事对他说的话是认真的，这种可能性很大。毕竟，董事表现得如此友好，几乎可以说是亲密无间，还让他坐在椅子上。也许董事真的很期待向总统展示一个整洁的房子,一颗优秀的信贷政策种子在全国各地开花的果实。他相信了自己这个令人安慰的猜想,于是在房间里跳起了芭蕾。

他想象到在警笛的回声中总统突然走了进来,他身材矮小,穿着完美的迷彩服,一只手放在腰间,另一只手竖起食指。"董事,事情进展如何?"他灵敏的鼻子细嗅空气,他的手像裁切机一样冰冷地挥动,仿佛要裁切任何即兴回答。他只需要了解问题本质。不讲究形式,只讲究事实。"一切都正常吗?我可以看看吗?"而另一个人则恭敬地用手帕擦了擦额头:"是的,总统同志。"总统神奇而狡猾的眼神瞬间吸走了他的一切想法,让他的脑袋空空如也,就像没有纸张的档案盒一样。"是的,总统同志。"这句机械的回答是仅存的一张纸,在空中挥舞着,就像战斗还没发生就举起来投降的白旗;像一艘绝望的救生船。在他仍然短暂的任期内,总统听了几百万句"是的,总统同志",农民用粗犷的声音叫嚷"是的",人民大会上一致陈词"是的",军队阅兵齐声高喊"是的",秘书们恭敬地回答"是的",保安们高呼"是的",老战友们谨慎礼貌的附和"是的",董事们颤抖着手冒着汗允诺"是的",永远只有"是的",从来没有听过"不"。

泰勒斯·南通博在房间里微笑着,享受着思绪游荡的乐趣。

"给我看看这些文件,董事,我来看看你怎么跟我说'是的'。"总统说着,开始翻阅文件,董事的双手无处安放,空气仿佛凝固了,他不知道该如何度过这段时间,他急切地想知道总统在查看哪份文件,但出于对总统的敬意他忍住了。于是他在心里默念:"总统同志,在鹳鸟那里停下吧!"总统聚精会神地翻阅着文件,说:"什么玩意儿,都是些漏水的独木舟!"而他的眼睛在失败的文件堆上扫来扫去,丝毫提不起兴趣。他突然停下来,激起了好奇心。"鹳鸟公司!这是什么?"他仔细研究了那几份文件,并认真计算。最后他说:"同志们,这就是你们的榜样!我想见见这个南通博,我要给他一个拥抱!"他继续说,目光转向由官员、董事、部长和保安组成的小方阵。董事谨慎地向泰勒斯点头示意,而泰勒斯则低着头,耷拉着肩膀,谦虚地向前走了一步,准备好接受总统的评价,准备好感受社会主义光荣奖章刺入他胸膛时的钻心而愉快的疼痛。甜蜜地流血!"任命泰勒斯·杜亚特·南通博为科长。"局长用坚定的声音宣布。"总统同志,我愿为您和革命事业献身。"他宣了誓,刺痛的胸膛因骄傲和自负而膨胀,只是因为他的爱丽丝和孩子们不在那里有点儿悲伤;顺便说一句,街上的所有邻居都知道了(比如菲利蒙惊讶地张开嘴!)。总统继续说:"祝贺你,南通博!或者说,南通博同志!科长南通博!准董事南通博!"然后,他转向其他人:"我们需要更多像南通博这样的同志。我们必须在全国范围内宣传南通博的事迹!未来不仅有渔业南通博,畜牧业南通博,玉米南通博和大米南通博!豆类南通博!工业南通博!甚至是棉花南通博!莫桑比克社会主义的美好明天将会是这些人铸就的!"此刻爆发出一阵雷鸣般的掌声,而谦虚的南通博眼睛总是看着地面。

屋子里的泰勒斯又笑了。即使独处的时候他也在谦虚的微笑。

但不一会儿总统又想到了什么,他总是很细心,也很疑心:"给那个塞萨尔·戈麦斯打电话,我要亲自祝贺他!我总告诉你们,葡萄牙人民中有坏人也有好人,我们的斗争从来都不是针对葡萄牙人民,而是针对法西斯政权。它堵住了我们的嘴,它践踏了我们!我想拥抱那个葡萄牙人!"房间里的人举目四望,试图找到塞萨尔·戈麦斯,那个葡萄牙同志。而南通博像一个被刺破的气球,汗水如水柱般从他的脸上流下来,腋下和背上都浸湿了。万般苦恼中,他急忙向董事寻求帮助,董事已经知道这个伙伴并不存在,或者存在于很远的地方,所以他不可能参加总统就职典礼。所以他能给的不是帮助,而是沉重的眉头,他面对的不再是英雄,而是可怜的加注的泰勒斯。他的心情很沉重,因为在场的人都在盯着,他不知道如何在总统面前逃离困境。最后,除了南通博之外的每个人都转换了态度,现在围着他的是一个审讯的圈子。"塞萨尔·戈麦斯在哪里?那个葡萄牙同志在哪里?"而他无法作答。

房间里的灯熄灭了,外面的灯也熄灭了,整条街的灯都熄灭了。也许整个城市的灯都熄灭了。泰勒斯被黑暗中的一声尖叫惊醒了。又是该死的停电!他摸索着,找出一根蜡烛点亮了。至少他从那可怕的思绪游荡出来了。很明显,这个正面假设没有任何用,他只剩下反面假设了。

回顾他最近所做的事,当时被他忽视的小过失现在变得非常明显,就像在他公司光鲜的表面上留下深深的裂缝一样。他对自己的贪婪感到后悔。董事如此友善,到头来似乎更像是一种强烈的讽刺。他说:"我怎么会想不到这样的好主意呢?"到头来,原来不是一种恭维,甚至不是嫉妒,这只是抓住盗匪的最后一击!南通博咒骂这个虚伪又奸诈的上司,他得出了结论,胡思乱想对他没有任何帮助,现在黎明即将到来,而他仍然在原地打转,找不到出路。该怎么做?

他小心翼翼地打开大门(防止吵醒爱丽丝),走到外面呼吸新鲜空气来消散强烈的眩晕感。必须找到一条出路!

就在这时,黑暗中一支烟头闪烁着,吓了他一跳。

"邻居,你也失眠吗?"是阿尔贝托·佩德罗萨,倚在前面的墙上。我已经吃了一两片安定①(没有什么比进口的安定更能让我们冷静下来的了),我还没清醒。

"安定?"南通博从未听说过。

---

① 安定,治疗失眠的药物,译者注。

"是的,安定。安眠药。你想尝一个?"

"不,谢谢。我不需要睡眠。我需要找到一个方案来解决我的问题,我只有在清醒的情况下才能办到。"

"你遇到什么问题了吗?你得像我这样直面它们,你会发现一切都可以迎刃而解。十个问题中有九个都是可以解决的!"

"也许我的问题就是你所说的第十个问题,这个问题会一直存在。"

"我不相信!"佩德罗萨是个乐观主义者,没有什么能打败他。他走到南通博身边,想一探究竟。

南通博支支吾吾,他看着佩德罗萨,一个几乎完全陌生的人。他不能向一个几乎陌生的人敞开心扉。但是,转念一想,对他的邻居隐瞒一个天一亮就会人尽皆知的故事又有什么意义呢?

"我太难了。"他说,"如果你想听,我就告诉你。"

他向佩德罗萨讲述了总统和鹳鸟的故事。

佩德罗萨默默地听着,一边吸着他的进口万宝路。当南通博说完了,他把烟头向街上奥罗拉女士的相思树那边扔去,清了清嗓子说:

"你太过分了,邻居南通博。你把事情闹大了。你不知道收手嘛。"

"我知道。"

"如果你早些告诉我,也许我还可以帮你。"

"怎么帮我?"南通博觉得他的邻居像是个气很足的救生圈,而自己则是那个落水者。

"首先,从一开始你就错了,"佩德罗萨回忆着南通博所做的事说,"你不应该把你的真实姓名告诉公司,特别是(抱歉但我得告诉你)那个加注南通博的'南'字的事,这种虚荣心听起来像是挑衅。我的朋友,我相信你有很多兄弟和表亲。这不就是他们的用处吗?

叫其中一个人来签上自己的名字,事情就会好办许多。至少他们需要更长的时间来理清这些文件。在国外人们都是这么做的。"

佩德罗萨是一个经常旅行的人。他了解这个世界。

南通博在脑海中列出了他的兄弟和表亲的名单,没有一个人可以扮演这个角色。他不信任他们,但这种想法在某种程度上安慰了他。

佩德罗萨继续说道。

"毕竟,这么完美的东西迟早会有暴露的一天。你以前应该是小额地取过几次款,都是些小开支。比如说,一辆新车,你的欧宝已经不适合在我们的街道上行驶,只适合在苦难的街道上行驶,因为它留下的是带着疑惑,摸索前进的痕迹,而我们都在进步。总而言之呢,也就是些小偷小摸,没什么大碍。请原谅我的坦率,邻居南通博,但是是虚荣心让你迷失了方向。"

"这对我没有帮助。"南通博痛苦地说道,"这一点我知道。"

"既然已经做了,"佩德罗萨继续缓声说着,"何不与你的董事谈一谈,也许还有解决办法。"

南通博对佩德罗萨如有神助般的方案寄予的所有希望现在变成了刺耳的声音在耳边回荡。

"这我已经知道了。"他重复说。

"社会给了你一块肥肉,你不管它是什么就上钩了。你本来可以避开这件事。但是没有,你是虚荣的……"

"我知道!我知道!"南通博大喊,"但我应该怎么做呢?"

"听着,如果是我,我会离开这里,因为我认为他们会来找你麻烦。"

这只不过是一个建议。然而,南通博看着他,看到了一种确定性。一个所有编剧和会计都无法改变的确定性。"他们会来找我麻烦的。"他想,"也许一会儿天亮了就会来抓捕我。"

他背对着佩德罗萨,甚至没有道别,默默地走回屋里。他从壁橱里拿出一叠美元,一分为二,把一半放了回去留给了爱丽丝,这个可怜的人,然后拿着他的老欧宝的钥匙走了出来。他试图启动老欧宝,但无济于事。他只好走下车,走到街上以期能搭上某个早起的人的顺风车。

佩德罗萨仍然倚在墙上,抽着进口万宝路,向他默默道别。

16
空荡荡的商店

随着时间的推移,瓦尔吉商店里能卖的东西变得越来越少,而他却没办法补货。葡萄牙人几乎买走了店里所有的东西:有的买两块锦缎,有的买一百克的丁香,还有的买走了很多卡普拉纳,多么令人怀念的卡普拉卡!店里的商品被人们装在小袋子或小包里带走了,而瓦尔吉却无法填补货架上的空白!商品的进口变得特别复杂,甚至到达崩溃的程度。首先是最遥远和最复杂的,来自中国的丝绸和来自孟买和马德拉斯的锦缎,它们以前总是可以迅速地越过海洋,出现在这里,新鲜得像它们刚刚从神奇的织布机上被拿下来一样,而现在它们到达时已经皱巴巴的甚至还有破损,即使这样,到货的次数也少得可怜。

当瓦尔吉将末端带钩的木棍伸向黑暗的天花板,他摇晃着木棍然后等在那里,而通常状况下会飞下来的柔软布匹上的蝴蝶这次并没有来,掉下来的只是当地的鸽子的简陋的鸽巢和随之而来的一束束灰尘;或是引来一群从睡梦中被吵醒的蝙蝠的震耳欲聋的叫声。只见瓦尔吉恼怒地抖落那弄脏他白色长袍的灰尘,同时痛心地向他满心失望的顾客哀叹:

"去别的地方试试吧,夫人,我们这里无法提供你要找的东西。"

这里已经没有更多的布匹可供展示的了,所以这位夫人也就没什么可看的了。这位夫人的愿望仅仅是一个穿着卡普拉纳,戴着配套的围巾,肩上挎着一篮子稻草的卑微的女人的愿望。她为自己的无礼要求道歉,然后转身离开,出门时她赤裸的双脚踩在商店地板的石头上,留下一片寂静。

店里再次陷于两人的单独交谈,瓦尔吉的眼珠子在眼眶里乱转,他在寻找整件事情的罪魁祸首。

"蒂托斯,这是不可能的!你一直在偷我的东西!"他喊道。

但这是没话找话。瓦尔吉知道事实并非如此,这一切是因为进口变得越来越复杂,船只很难靠岸,火车也很难到达站台,共和国关闭了国门,瓦尔吉想着想着就走了神。他试图逃避真相,因为他无法面对它。

纳雷卢加显然已经感觉到他老板的绝望。

然后,是那些进口路线更简单、更直接的产品,例如来自我们姐妹国家,离这里如此之近的坦桑尼亚的香料,尽管突破了那些不知谁是始作俑者的恶意封锁,但到货的数量如此之少,而且还带来了很多繁杂的文书工作清关单、原产地证明、运单、银行担保,还有很多不知是什么的证明——这些让瓦尔吉头脑混乱,很是反感。

如果我还年轻,你就会知道我会做出什么事!他威胁道。

但今天,并没有一艘走私船能够远离菲利蒙秘书的监视,而在夜深人静时抵达海滩,这样的想象是毫无意义的。现在是另外一番光景,远离了温古贾和彭巴的神秘,也远离了黑暗的芒果树林。此外瓦尔吉叹了口气:他需要的东西并不在基本必需品的范畴内!

香料是奢侈品!他感叹道。布料是奢侈品!一切都是奢侈品!我们什么时候关门?

"冷静点。"老板瓦尔吉说。

而纳雷卢卡本着务实的精神,向他介绍了周围的那些商店为了生存而采取的快速解决方案。他甚至带来了一些等待老板批准的秘诀:咖喱粉实际上只不过是磨碎的玉米粉掺了一些其他的成分,并让其具有跟咖啡近似的颜色;普通的野草被赋予了华丽的名字;柠檬酱菜里面几乎没有任何柠檬。"所有的东西都是国产的,老板!"

"这样掺假,气味从何而来?蒂托斯?"瓦尔吉,这个纯粹的人,张开他不满意的鼻孔咆哮着,"难道你不知道,对香料来说,最重要的是气味,然后是颜色和味道,最后才是它在舌头上溶解的轻盈感吗?"

纳雷卢加当然知道气味是无法造假的,他很是惆怅。他只是想帮忙。而他继续挣扎着寻找替代方案,不遗余力地让一切恢复到过去的样子。他想尽办法,甚至去排那漫长而缓慢的队伍,有时他带着几匹布料凯旋而归,瓦尔吉会闭着眼睛仔细地摸索着检查;有时他带回来一小袋孜然,瓦尔吉的眼睛和鼻子并用,一边摇晃一边权衡着。

纳雷卢卡焦急地站在那里,等待着一个迂回的无声裁决,在一个几乎俏皮地抚摸着布的眼神中,在一个象征着承认一种旧气味的鼻孔中,一个已经被判定为死亡的快乐中。

"这个不错,蒂托斯。这个不错。"

有那么一瞬间,一切似乎又恢复了原样,纳雷卢加感受到了一种令人愉悦的安全感,老板早早地来到了店里,而且心情不错,一小群人在入口的那扇门前挤来挤去,从另一扇门满意而归。

但好景不长,甚至无力阻挡更大的颓势。最后同样的情况终于轮到了卡普拉纳和国产水果,它们也变得稀少或萎缩。

"这是怎么回事,蒂托斯?难道没有人生产它们了吗?"瓦尔吉忿忿不平地说,"还是昆巴纳所有柑橘都被吃光了的,一点儿都没给我们留?"

"似乎是这样。"店员回答说。

"政治!一切都是政治!他们只会用嘴说,只会说但没人去做!"

瓦尔吉从本该用来进店的门冲了出去,他已经不在意遥远的力量了。只留下茫然失措的纳雷卢加,不知道是要关门大吉,还是要继续等待。

当然,瓦尔吉的不幸并没有在513.2号大街上被大家忽视。居民们都看到了他出门和回家时的狼狈样子,他们已经对这个疯子产生了同情,因为他们了解他所做出的努力。当然,每个人也都想买,但没有东西可买,正因为这样,他们感受到了想卖但却没有东西可卖的悲哀。

有一天,佩德罗萨看到他从门前走过,邀请他进来。瓦尔吉很不情愿:他对那个住在他家对面2号房,但他几乎不熟悉的人无话可说。毫无疑问,他住在对面是为了更好地观察他的颓废,并向党报告,或向他的前妻报告。

"佩德罗索只不过是个间谍。"他对任何愿意听他说话的人说了好几次,特别是对可怜的纳雷卢加,他是和瓦尔吉在一起时间最长,也是听他说话最多的人。"不是佩德罗索,老板,是佩德罗萨。""见鬼,蒂托斯!就是佩德罗索。他到底是男人还是女人?佩德罗萨是女人的名字!"

但佩德罗萨坚持让他进来,说有好消息要告诉他,瓦尔吉最终同意了,进入了那个可疑的洞穴。他们走进客厅,坐下来,瓦尔吉环顾着挂在墙上的肖像画。这是他第一次看到这些人,他终于可以证实其他人长久以来一直在宣扬的东西。这是真的:那幢房子里有一群间谍!

佩德罗萨一开始就谈到了困难时期,这并没有打动瓦尔吉。因为他对那段时间的了解无人能及,他只是像牡蛎一样保持着封闭。他已经决定,如果对方想达到什么目的,肯定会先开启对话。而佩德罗萨满脸享受地闻着欧仕派①的味道,这是一种进口古龙水,并不介意先打开话匣子,告诉他这些问题也在困扰着他("不能轻易相信他。"瓦尔吉,这个鼻子很尖的人,一边吸着古龙水的味道一边想。)

佩德罗萨说,如果瓦尔吉注意到,他就会发现,有些人不可能,但另一些人却可以在一潭死水中过得很好。一潭死水?瓦尔吉没有看到任何水。并没有下雨,他一直在进进出出,并没有弄湿脚,他不知道佩德罗萨指的是什么。

"这是真的。"佩德罗萨坚持说。

店主生意不好,顾客也并不好过,因为没有东西可买。但不仅于此:如果瓦尔吉向上游看,在这条商业的河流中,如果他可以注意到(很少有人注意到),他就会看到,即使对生产者来说,当今这个时代也并没有在微笑。佩德罗萨拿自己举例:瓦尔吉想象不到他有多头疼。干旱会使树木萎缩,结出的果实干瘪得好像已经老了,有时甚至根本就不结果;虫子也给他们带来了麻烦,而临时代表也在进口杀虫剂的文书中败下阵来!

瓦尔吉在椅子上显得有些不安。那场进口的战役他比谁都

---

① 欧仕派,美国的男性美容产品品牌,译者注。

熟知。

终于,当一切都似乎很顺利,果实胀满了黄色的汁液在树上闪闪发光,这时问题来了也许是最可怕的,因为最出乎意料——那就是无法卖掉它们。

"我知道让你理解我不容易:因为你不是生产者,但是,让我们想象一个积压了很多货品的生产者。例如,我们的邻居约瑟费(我知道他也不是生产者,但让我们暂时想象他是生产者),你觉得是出于什么原因让他想出这个疯狂的主意,以那种方式分发新年礼物,好像这些货品不值钱一样?"

"出于善意,"瓦尔吉迅速回答,"因为在革命中就应该这样。"

"你错了。我不是说他不善良或是没有革命精神,也许他真这样,但不是因为这个原因。这是因为他积压了很多的啤酒,就像我积压了很多橙子一样。所以他才会陷入疯狂,并把啤酒赶紧送走。"

瓦尔吉内心并不这么觉得。他仍然认为约瑟费这么做是因为他是个革命者。他也仍然不知道佩德罗萨到底想说什么。

佩德罗萨耐心地解释道。他的难题跟姆贝夫的很类似。收成很好,一切都如预期进行着,但橙子多到他无处存放(顺便说一句,瓦尔吉没有忘记把几袋橙子作为礼物带回家)。佩德罗萨把它们放在仓库里,甚至放在办公室和家里,堆满了各个角落。他已经不知道还能把它们放在哪里了。这么多的橙子要如何处理?当然,他曾想过像往常一样把它们交付给商店,但他的一个顾问,更确切地说是他的会计师(他指了指挂在墙上的一幅肖像画)曾告诉他要小心。店主们没有钱支付(又是因为这个糟糕的时代),这样公司的账目肯定会出现亏空(审计部门对这一结果肯定会感到担心)。

瓦尔吉羡慕佩德罗索可以拥有像一个军队那么多的助手。而他只有蒂托斯!

自己单独计划是不够的,那个穿西装的人(佩德罗萨指着另一幅肖像画），提醒过他将会出现更大的风险。计划收成既定吨数的橙子，如果他超过了这个既定的目标，就会有大量的橙子涌入市场，可能是既定数量的三到四倍。如果不按既定数量来执行，就会引发一场后果难以预料的危机。

"这就是为什么我们必须按计划行事。"佩德罗萨总结说。然后，他压低的声音说，"也要小心提防，因为隔墙有耳。"

而当瓦尔吉看着周围的肖像画，惊恐万状，终于意识到什么时，佩德罗萨觉得有必要澄清一下：

"我说的不是这些人的耳朵，而是其他人。"

瓦尔吉看着眼前的这个人然后看看肖像画，看完肖像画又看看眼前的这个人，不知道该说什么。

"所以我和我的同事，"佩德罗萨继续说，又指了指墙上的那些肖像画，"我们决定尝试一个新项目，而且给你提出一个方案。"

"一个方案？"

他解释说他将以独家经营和寄售的方式向瓦尔吉提供橙子。

"寄售？"虽然瓦尔吉是个有经验的商人，但他不知道那是什么。

"如果你不知道，"佩德罗萨解释说，这是一个进口的术语。是他多次去塞维利亚、阿尔加维和圣保罗考察当地橙子生意时学到的。简而言之，寄售意味着瓦尔吉收到了橙子，并随着他一点点卖出橙子时支付橙子的钱。

"如果橙子在这期间腐烂了怎么办？"瓦尔吉长年与水果打交道，尽管这并不是他唯一的生意。他知道，前一天水果还光鲜亮丽，第二天就会毫无征兆地用它们恶臭的气味和憔悴的颜色背叛我们。

如果它们腐烂了，瓦尔吉将支付一半的钱，佩德罗萨支付其余的，从而分担损失。这就是信任的来源，这也是商业的真正灵魂。佩德罗萨信任瓦尔吉，这就是他向他提出这个方案的原因。他认为瓦尔吉也信任他，并会接受这个提议。

瓦尔吉要求考虑一下,在离开前他向佩德罗萨和墙上的肖像画挥手告别,也并没有忘记拖走那两个麻袋的橙子。与其说是出于对吃的渴望,不如说是在决定做这笔交易之前他需要检查产品的质量。

日子一天天过去。商店屋顶上的洞也慢慢地变大,黑暗让位给带有欺骗性的没落的光辉。那上面已经住了许多鸽子,有时它们会发生激烈的争斗,导致羽毛和粪便飞溅,弄脏了柜台。

"你看到柜台已经成什么样子了吗,蒂托斯先生?长脑子是干什么的?"瓦尔吉咆哮着,将这种混乱归咎于店员的粗心。他这样做是为了避免承认一些其他的原因。

有几次下雨时,仅剩的精纺亚麻布被鸟儿震耳欲聋的争吵声惊到了,松动了并像雨一样泻下来。它在高处的黑暗中发酵了几个月,现在,在弥留之际中,它闪耀着,孤独地飘荡,直到它落在站在柜台旁的瓦尔吉面前。亚麻布已经被鸽子的粪便染了色,失去了曾经的颜色,变得暗淡。而瓦尔吉并不拥有一个可以买这件稀有而昂贵的艺术品的顾客,他把它抱在怀里,就像抱起一个垂死的孩子。

一向细心的蒂托·纳雷卢加,甚至注意到眼前这个喜欢挑刺的人脸上流下了眼泪,他也感到很难过。

如果瓦尔吉已经不必为布匹忧心忡忡了,那他肯定开始担心香料了。香料的存在不仅是为了发现味道,也是为了藐视时间。它们渗透到食物中,使其持久,从而回应了我们对永恒的追求。然而,在商店里,我们生活在现在这个时代,香料越来越少,就像顾客也越来越少一样。今天的时间与永恒背道而驰。瓦尔吉用他敏锐的鼻子惊讶地发现,霉菌的绿色渗入了仅剩的孜然,成片的真菌破坏了生姜的柔和色调。

"蒂托斯!"他呼喊着罪魁祸首的名字。

如果没有这些弄脏了似乎是永恒的东西的霉菌或真菌,店里只剩下了一些空箱子,墙落的灰尘和腐朽的气味。现在,就算蒂托想要清理,连可清理的东西都没有。在这个时候,只有瓦尔吉的深刻的记忆能让他看着这些箱子说:"这里有丁香,那里有肉豆蔻。至于顾客,很难猜到商店里过去卖过些什么。"

空的货架,空的箱子。

一个明亮的早晨,蒂托冲进商店:

"瓦尔吉老板!瓦尔吉老板!"

佩德罗萨的橙子到了。毕竟,这个臭烘烘的佩德罗萨已经兑现了他的承诺。瓦尔吉跑到入口处接过货物,就像他以前接过绸缎和精纺亚麻布一样恭敬。

"快点,蒂托斯,把橙子放进去,这么大的阳光晒着会变质的!"

而老板和店员恢复了紧张的工作。他们按大小将橙子分开摆放,擦亮它们,使它们闪闪发光,让它们展现出最好的状态,看上去更加诱人。("快点蒂托斯!小心点,蒂托斯!")

当第一位顾客进来时,瓦尔吉跟上前去,用以往的热情介绍商品。

"看看这些橘子,夫人!你有口福了,它们是从很远的地方运过来的!"

他胡乱编造,追溯这些橙子的历史和经历。在非洲的某个隐蔽的角落,种子在土壤里萌芽了,冒出一个个鲜绿色的嫩芽,变成了一根根茎,必须用现在稀缺的水去浇灌它们,并进行嫁接,持续小心翼翼地照顾,最后果实才会结出来,再慢慢生长。然后,必须要找到正确的收获时机,这时果实仍然是绿色的,但不能太绿,这样才能保证它们可以在路上成熟,到达这里时是它们最好的状态。在采摘的时候,巫师们会为它们祈福,让他们能够在沿着灌木丛小路进行运输的旅途种不受损害。

哦,那些小路!

瓦尔吉又详细描述了在大草原和森林的小路上,人们头顶着一袋袋刚收获的橙子,汗流浃背的小个子男人们冲破到达他们肩膀的象草,这些袋子看起来就像航行在淡绿色海洋上的小船。小个子男人们环绕在一起就像橙子树,他们的大脚埋在泥里,冒着被水流带走的危险渡过了河流,袋子被打开了,橙子散开了,一个个小的闪亮的球体顺着支流的水快速流向一条更大的河流,而这条河流又是一条更大河流的支流,就这样,直到他们到达入海口,永远地迷失在无边的海洋中。

他张开瘦弱的双臂,撑开长袍的袖管,强调悲剧的发生。

如果穿越成功,从这些精疲力竭的英雄的背上卸下来的麻袋将落到不知疲倦的驴子的背上,这些驴子不停地奔跑着,上坡下坡,直到几乎被累垮,它们厚厚的皮毛愤怒的抽搐,让绿头苍蝇不敢靠近。从驴子背上卸下后,橙子又到了牛车上,牛车吱吱作响,载着珍贵的货物沿着潮湿、蜿蜒的沙质小路前行,知道到达专用道路的起点,在那里卡车已经等候它们了,把它们带到小城镇,一列长长的火车从那里出发,一路冒着蒸汽,嘶嘶作响,把橙子运到了这里。

所有这些人、动物和机器对抗自然所做的努力和衔接,都是为了让这些小橙子可以到达将购买它们的少数特权者手中。

当顾客已经感到筋疲力尽,认为旅程已经结束时,瓦尔吉又开始了又一轮的讲说。这才是秘诀和艺术的开始。

"政治。"瓦尔吉说,他睁大眼睛,看起来很神秘。

尽管一路有照顾,有努力,有祈福,但幸存下来的橙子还是太少了,只有极少数的商人能得到几麻袋的橙子用来出售。

"政治和联系。你了解这个过程是因为你有这个机会。没有必要再多说了,我想你已经明白了我的意思了。"

他抓住机会,向这位夫人发起最后一轮进攻。

"要么现在,要么就永远没机会了!"

要么火车出轨,要么卡车抛锚,要么牛因劳累而心脏爆裂而死,或驴子被野兽吞噬,或可怜的小个子男人们被淹死,被水带到一个不知名的地方,可能从一条河冲到另一条河,直到到达大海(难道顾客没有注意到,在某些日子里,海湾的水是橙色的,是因为是橙子造成的吗?);或者果园深处的果树上结的橙子干瘪了,因为发生了甚至会在报纸上公布的干旱。这一系列可怕的事情,不管发生了哪一个,都使这些橙子成为最后的、最珍贵的一批水果。

瓦尔吉拿起一个橙子,在他的袖子上擦了擦,然后把它举到空中,让太阳可以在它的果皮上得到反射,让夫人着迷。她茫然地看着橙子,仿佛不知道这么小的水果会包含这么多可怕的秘密。至于纳雷卢加,他惊讶且自豪地看着他的老板瓦尔吉。

不可避免的,因为人们总是很喜欢传话,瓦尔吉神奇的橙子的消息传开了。而每个人都冲上前去,形成了一个由真人加上石头和篮子(这些物件是用来代替暂时走开的人排队的,那些走开的人还会回来,就好像他们一直都在一样)组成的长长的、蜿蜒的队伍。突然间,有人在不应该的情况下向前插了三个位置,争论开始了。

"蒂托斯,维持一下秩序!我的客户都是有教养的人!"

而这一次,蒂托斯纳雷卢加拥有了巨大的权力来告诉所有的人他们应该如何做。他就像一位真正的领导人一样,虽然没有穿制服,但却用一种专制的姿态,命令那些该前进的人向前走,或者在商店已经满员的情况下叫门口的人停止进入。这样一来,瓦尔吉在接待一个个顾客的同时,又能有适当的空闲像以前那样招揽生意。

直到一天,瓦尔吉的态度十分反常。这天,蒂托从台阶上站起来,像往常一样向老板问好。两人进门的同时,一个打着赤脚、提着空篮的朴素的夫人也走了进来,她的目光四处游移,寻找要买的东西。她把目光锁定在店里仅有的橙子上。但瓦尔吉与其他时候不同,他在柜台后面没有任何反应。

"瓦尔吉老板,瓦尔吉老板,给她讲讲橙子的故事吧!"纳雷卢加低声对他说。他认为这个故事使橙子变得不可抗拒。

但瓦尔吉今天来店里的时候看到(他瘦弱的胸膛里好像被刺了一下)邻近的商店也在卖佩德罗萨的橙子。这个谎话连篇的佩德罗萨,承诺独家经营,但却把这种权限扩大到了整条街!这种场景让他说不出话。纳雷卢卡要求他重复的故事,现在变成了一种虚构,取而代之的是一个真实而普通的故事,在这个故事中,橙子从佩德罗萨离这里很近的温贝卢齐①的果园离开,穿过卡西马的茨桥,沿着非常普通的的马托拉②公路行驶,下到因福兰内③,通过马兰加④进入,越过奥托玛埃⑤的小山,顺利下到下城。下城属于所有人,属于瓦尔吉也属于邻近的商人?瓦尔吉在心里诅咒佩德罗萨,因为他用同样把戏戏弄了自己和其他竞争者。瓦尔吉对橙子发黑猥琐置之不理,他已经对它们和其他的一切都不感兴趣了。随着时间的推移,橙子的季节也过去了,橙子变得越来越少,直到完全消失。而瓦尔吉的商店和邻近的商店又再次陷入了惆怅。

这些商店都空荡荡的。

---

① 温贝卢齐,莫桑比克河流名,译者注。
② 马托拉,莫桑比克城市,归马普托省管辖,译者注。
③ 因福兰内,莫桑比克城市,归马普托省管辖,译者注。
④ 马兰加,莫桑比克城市,归马普托省管辖,译者注。
⑤ 奥托玛埃,莫桑比克城市,归马普托省管辖,译者注。

又是一个晴朗的早晨,瓦尔吉乘坐科斯塔先生的福特卡普里车来到这里。这次是为了与他的店员进行最后的告别。

瓦尔吉拿着钥匙,把它插进锁里,他推开在铰链上吱吱作响的两扇门(一扇是进店的,一扇是出店的)。昨天夜里下过雨,石板上有水坑,和外面的水坑一样大。不管是在这里,还是在513.2号街3号房的家,瓦尔吉都囤积着门前的水,而他的商店则是一个孤岛。

瓦尔吉缓缓走进商店,环顾四周,双手放在臀部。空荡荡的货架,空荡荡的箱子。空荡荡的罐子和一种未被命名的,甚至也不再让人回忆起过去盛况的气味。随着气味散去,记忆也被抹去。现在只有眼前的事重要。残忍、光亮、又沉重。

瓦尔吉仍然双手叉腰,他的旧凉鞋浸泡在一摊水里,说:

"结束了,蒂托斯。"

"什么结束了,老板?"

"所有都结束了。布料、香料和水果都卖光了。我的屋顶也全坏了,甚至佩德罗萨的橙子也都卖光了。"

蒂托知道这一切。他点点头。

"我的耐心也用光了。你的工作也已经结束了,蒂托斯。"

这些话里没有怨恨,也许只有一些苦涩。轻轻说出的话语,给纳雷卢加带来了一种意外的自由感。处理进口文件、乞讨的日子结束了;坐在台阶上等待老板的阳光明媚的早晨不再有了;不再需要猜测老板是否乘坐科斯塔先生的福特卡普里,穿着三件套或他疯狂的长袍前来。所有的这些在此刻已经失去了它的重要性。

"都结束了,是的,瓦尔吉老板。"

瓦尔吉心中泛起一丝惊讶。因为他已经习惯了一个有战斗精神的蒂托斯,他向瓦尔吉挑战,从未放弃过。但事已至此,这种惊讶也随之消失了。已经算过账的瓦尔吉将手伸进他长袍的口袋里,掏出了他欠纳雷卢加的钱,那是一小卷皱巴巴的纸币。

"这是你的梅蒂卡尔①。"

这是一个用来称呼我们的新货币的新词。这是一种在目前状况下不具备流通意义的货币。他把这笔新钱交给了店员,这样一来,他们之间的关系被彻底打破了:蒂托从蒂托斯的身份中解脱出来;而瓦尔吉则又回到了彻头彻尾的疯子的状态中。

两个人离开了商店,店员走在前面,老板走在后面,这是最后一次关店门。

17
两个不同的女人

伊莉莎心不在焉地用牙齿剥着一个又肥又熟的芒果。她慢条斯理地咬着果皮,把它拉成条状。她用力吮吸脱落像花瓣一样散开的果皮,然后把已经干枯无用的果皮扔在地上。她吃芒果的方式一向与众不同,她会用牙齿在尖头处上打一个洞,然后慢慢地按摩水果,使其变软,释放出果汁,然后通过小洞吸食。这是一个有效的方法,因为在这一通操作结束时,除了一个干瘪的外壳,即一袋果皮,大块的果核在里面跳舞,什么都没有留下。但今天有些特别。今天她饿了,照旧拿出了芒果。她用牙齿拉开果皮,待全部果皮被牙剥开后,她手中的果肉裸露出来,可以让她一口一口地吃下去,肥硕的果肉鲜黄又多汁,汁水多到液体顺着她的手臂流到肘部。她满意地

---

① 梅蒂卡尔,莫桑比克流通货币,译者注。

看着它,从她已经吸过的果皮就已经判断出这是一个很甜芒果。她准备咬下第一口。

她坐在街区商店的后院里,那是女裁缝合作社的空间。此刻,她对周围环境的毫不关注,只是集中精力吃芒果。现在是下午一点钟,天气炽热。潮湿和炎热的空气让她感到不舒服,同时也带走了卡普拉纳的刚性,昨天还洗得很干净,熨得很平整的卡普拉纳,今天就已经皱巴巴的了,散发着糅杂着潮湿和她自己身体的味道。她扯过卡普拉纳凑到鼻子前,只见她皱着眉头,很恼火。她想,她必须要再洗一次。

她正坐在缝纫机前,赤着脚。脚上原本穿着的两只橡胶拖鞋已经像懒惰的小壁虎一样慢慢滑到了自己的身边。她用光着的脚摸索着寻找,但没有找到它们。她懒得弯腰用眼睛和手去寻找它们,所以她让自己这样,继续光着脚。她粗暴地拍打着周围嗡嗡作响的被水果的甜味吸引过来的苍蝇。

她躲在院子里的芒果树阴下。巨大的芒果树,甚至不值得去数有多少条树枝,因为它们太多了。厚厚的树阴,在地面上映出一团深灰色,在阳光明媚的日子里,好似一个小小的夜间避难所。伊莉莎继续在树阴下走神儿。

吉列米娜·费拉兹女士从后面轻轻地走过来。不知道她这样做是不是为了给伊莉莎一个惊喜,还是她走路的方式就是如此。她的身体被芒果树粗大的树干挡住了,慢慢靠近。吉列米娜夫人没有听到伊莉莎赤脚踩动缝纫机踏板时所发出的声音,而只听到了苍蝇的锲而不舍的嗡嗡声打破了寂静,除此以外什么都听不到。更别说芒果叶子在微风中不时发出的叹息声了。她耳中只有那嗡嗡声和从远处传来的一个愤怒的声音,那声音像是在责骂一个孩子。

"你又在偷懒,伊莉莎?"

"啊!"伊莉莎喊了一声,显然被吓了一跳。

"你又这样偷懒?"

"我只是在休息的时间吃个芒果。"

"我看得出来!但是,如果现在轮到你当班,休息时间是哪儿来的?你不知道什么是轮班吗?

"是的,吉列米娜夫人。但这只是一个小小的休息。"

"但是,发明轮班的目的正是为了消灭那些所谓的小小的或大大的休息,确保生产可以一直进行!只有那些不当班的人才能休息。"

伊莉莎耐心地听着,等待着训斥结束,这样她就能继续吃自己的芒果。这些话她都很清楚,她已经听过无数次了。她离开工作去休息了,她被抓住了,就是这样。

"这个黄色污点是什么?"吉列米娜夫人继续着。

"在哪里?"

"就在这里!"她指着缝纫机上面的一块即将成为店员外套的卡其布说,"这是芒果汁!你知道吗?这没办法清除掉的!"

伊莉莎用手指蘸了下唾沫,然后反复擦拭,试图让那个印记消失。

"不要再把情况弄得更糟了。放在那吧!我等会儿会试着弄好它。"

"对不起,吉列米娜夫人。我并不是故意的。"

"是的,这就是问题所在,你做什么事都不是故意的!问题是,总有一天我得再次向你的丈夫投诉你。总有一天我和你的丈夫把你解雇掉,伊莉莎。你屡教不改。"

伊莉莎生着闷气,皱着眉头。她将呈琥珀色的芒果果肉放在一张报纸上,果肉在那里慢慢软化并招来了很多苍蝇。她用树叶擦了擦手,又开始光着脚丫子疯狂地蹬着缝纫机。机器的声音惊动了几只像鸡一样在附近啄食的斑鸠,它们尴尬地窜开了。"我会很快给你做出这些女士便服,比你想象的还更快。"伊莉莎在心里喃喃自语,因为机器咕噜咕噜地快速运转,她的每个毛孔都在流汗。

而在她身旁,手拿着剪刀和卷尺的吉列米娜摇着头。

吉列米娜夫人对伊莉莎有很大的支配权,可怜的伊莉莎。例如我们刚才看到的这件事,她有权决定是否告诉菲利蒙秘书这个合作社的女裁缝表现如何,是否应该解雇她;除此以外,吉列米娜夫人也有权把伊莉莎成功地带去教会,而这次是背着秘书的。

为什么伊莉莎同意了?也许是因为我们总要对最亲近的人保守秘密,这样才能继续与他们保持亲近。由于对菲利蒙有所隐瞒,每当看到他走近时,伊莉莎就会感到不安;而不安代表了尊重,也代表了爱。另一个强大的理由,我们可以透过吉列米娜夫人话语的力量中看出来,她具备编织引人入胜的故事情节的能力。正如我们所知道的,伊莉莎很容易受骗,所以,吉列米娜夫人毫不费力地征服了她。而伊莉莎从一开始就接受这种支配。

"当你完成工作后,把门锁好,把钥匙送给我,因为我没有时间来这里取钥匙。"吉列米娜夫人对她说。

"去哪里送?"伊莉莎问道。

"你可以把它送到教堂。我快到晚上的时会去给神父帮忙。"

就这样,伊莉莎第一次踏入教堂。

之后,这一幕反复重演:"你把门锁好,把钥匙送给我。"而伊莉莎不需要问,就已经知道要把钥匙送到哪里去。

有时她在弥撒前就到了,她看到大家都在做着准备工作,看着大家如何准备面粉制作出的宝贵的圣饼和稀有的葡萄酒。还有一些时候,弥撒已经进行了一半,伊莉莎手握钥匙,只能等待着弥撒结束。她这样等待过很多次,以至于她知道了弥撒礼仪的顺序,讲道的内容,神父如何评论当局的意图但却不公开挑战它。也许正是在那个阴凉的避难所的四面墙内悄悄地进行的这种平静的共谋,深深吸引了她。如果她对现有的秩序提出异议,她必然会对这个新秩序代表,也就是她的丈夫菲利蒙秘书提出异议,她自己可能一直和他生着闷气。

但闷气很快就过去了,她与丈夫和好如初,而她去教堂的次数也随之减少了。然后,吉列米娜夫人又再次要求她去送钥匙,又让她继续等待。

在等待的过程中,伊莉莎也了解了吉列米娜夫人在其他地方展现出的实力。她的力量无处不在。在教会,她是那个阴凉地方的负责人。在合作社里,没有她在场的话,什么事都不能决定,甚至在菲利蒙,她的丈夫身上,伊莉莎也注意到他对那个女人的一丝尊敬。

这就是为什么吉列米娜夫人吸引了她,伊莉莎也带着着迷与好奇主动靠近。而当她注意到这一点时,她已经在学习教义要理了,希望自己有一天能接受洗礼。

吉列米娜夫人呢?为什么吉列米娜夫人如此痛苦?会不会是她为过上这种生活所做的巨大努力使她筋疲力尽,让她内心如此冷漠?或者,恰恰相反,她起初是如此冷漠,以至于帮助他人的工作不过是为了抚慰她的良心?这既矛盾又神秘。

吉列米娜夫人是一位平衡主义者,她走在划分她的两个世界的高空钢丝上。她已经成为这两个世界中不可缺少的人,没有人质疑这一点。仿佛在那个保持紧绷状态的躯壳里有两个吉列米娜,而不是只有一个。没有人知道她是如何做到这一点的,因为她把这种共存作为秘密放在心里。她的丈夫泽卡·费拉兹有时会担心,特别是当他有一份耗时的工作,让他的头脑自由游荡的时候。他擦拭着汽化器,思考着。他想知道他的妻子是否会像胖子马尔克斯以前那样,把答案藏在某个黑色封皮的笔记本里。但是并没有。吉列米娜夫人把一切都记在了她的脑子里。裁缝合作社的长袍和便服,教堂的圣饼和捐赠品,除了关于这些的账目以外,她不喜欢记任何东西。她的笔记本就是她的生活,在那里她写下了真实人物的真实的事情,防止自己遗忘。如果马尔克斯写下的是索罗门霍先生,吉列米娜夫人会写的是秘书菲利蒙;如果胖机械师写下了怀特先生曾试图对他说的话,她肯定会写下神父曾要与她说的话。

因此,那位年老而孤独的神父离不开这个女人。时代是如此艰难,而他的声音是如此脆弱,他讲道的话语很难冲破那四面墙。正是吉列米娜夫人把神父的话带到了街上,带到了藏在她身后的芦苇丛中。正是她,这个冷漠的平衡主义者,在两个世界之间穿行,迫使这两个世界共存。当她在商店的队列中发现一个有信仰的灵魂,这个人将得到政治所创造的祝福的回报;自豪地赢得了一个热心的党员激进分子,教他沿着蜿蜒的道路穿过房屋,通向教堂。

吉列米娜夫人的教堂。那是座菲利蒙秘书一直在周围徘徊,但并不决定走进去的教堂。那是一个未知的、封闭的地方,总是阴冷的,它既不反对也不支持公共权力,而是选择了一条平行的道路。有很多次,秘书驻足在教堂门前,犹豫着是否要为民众的警戒工作、为星期天的会议、为挖掘命运多舛的防空洞而召唤神父!他驻足,思考,但始终没有下定决心向前迈一步,总是把会面推迟到下一次,下一个更合适的场合。为什么呢?因为吉列米娜夫人和伊莉莎,为了尊重他所不了解的力量;也因为没有收到政党书面的明确指示。仿佛政党尽管在面对敌人时无所畏惧,无论是什么样的敌人,但还是会尊重它看不到的力量,而且也苦恼于公众对这种未知力量的认可。

秘书继续在教堂的周围徘徊,研究教堂的外部细节并思忖着。

"滕贝秘书先生,你好吗?"神父说。

菲利蒙认为,在这个问题的背后隐藏着一种虚假的谦虚,一种可恶的优越感。他所听到的是"进来吧,进来吧,这也是你的家,这是每个人的家。还是说你害怕你会丧失斗志并皈依宗教"？这种尖锐的讽刺,总是刺痛菲利蒙的内心,就像牙疼一样挥之不去,但秘书忍住了。他还不想开启这场斗争,因为他还没有收到政党的明确指导方针来开展这场斗争。

"改天再聊。"他回答说。

改天吧,因为今天我有急事,神父同志(用同志,是他不想放弃应做的反击)。接着,他转身走开了,同时感觉到神父冰冷的目光在他的背上流淌。

当然,吉列米娜夫人可以把冲突扼杀在萌芽,防止其扩大。她可以告诉神父,秘书虽然是个革命者,但他整天都在努力保护和教育他的追随者;然后对菲利蒙说,如果他可以仔细观察,就会发现神父有明显的社会主义色彩,对每个人都一视同仁。她完全可以对他们两个人这样劝说,一切都会得到解决。但吉列米娜夫人与一个人打交道,好像她不认识另一个人一样,任何关于另一方的暗示都值得她紧张地眨眼,踉跄一下,明智而紧张地撤退。世界是这样安排的,单纯的吉列米娜夫人并不能改变它。在商店,在女裁缝合作社,在公共场所她都代表着政党;但在教堂和属于她自己的私人星期天里,她继续喃喃自语的祈祷。

吉列米娜夫人最后是否仍将信徒带入社会斗争中？或者,与之相反,她会去法蒂玛①,带领一个政党的代表团去完成一个旧梦吗？这些问题的答案只能交给未来。

秘书和吉列米娜夫人关系不错,尽管他们过着平行的生活。吉

---

① 法蒂玛,葡萄牙中部城市,宗教圣地,译者注。

列米娜夫人是在防空洞工程中出力最多的,在商店里她盯着妇女们检查商品,组织居民排队,每天都整理好账目,也是商店里最忙的人。吉列米娜夫人是一个不折不扣的同志。但有一点例外:就是她把伊莉莎带到了教堂,一旦有机会,对这一事件的调查将在某一天进行。

秘书并不担心超自然的物质进入他的房子:虽然他尊重超自然现象,但菲利蒙是一个信念不可动摇的人,对他来说,革命是最重要的。他更担心他的妻子在白天会离家一整天的新习惯(裁缝合作社就算了,但她逐渐独立的去另一个地方)。人们不禁要问,放着家里的家务不做,伊莉莎在外面会做些什么? 他百思不得其解,在心情最糟糕的日子里,这成为一股嫉妒和烦躁侵袭着他,而在其余的日子里,这种困惑仅仅是一种模糊的疲惫。仿佛这一切还不够,有很多时候,当秘书回到家时发现蒙泰罗探长坐在他的扶手椅上,不怀好意地说:

"菲利蒙,你看,你的妻子已经出去一整天了! 做什么我不知道,因为我只能对这所房子的四面墙内发生的事情做出回答!"

伊莉莎这次做出了反应,放弃了她一贯保持的中立,并咒骂了探长。她对丈夫说蒙泰罗只不过是一个反动阴谋家,总是准备在团结的人中挑起分裂。这就是蒙泰罗对在那所房子受到的庇护所作出的感谢吗?

"你终于认同我的看法了,"菲利蒙支持妻子的说法,但是,他无法控制自己,"告诉我,你一整天都在哪里?"

伊莉莎不再理会蒙泰罗,而是向菲利蒙扬起鼻子,以示反抗。"哦,你想知道吗? 你真的想知道吗? 如果你不高兴的话,就应该去问问你的朋友吉列米娜夫人。你通常不是和她交换秘密和阴谋诡计的吗?

"或者跟着我去合作社,如果你这么想要看我去的地方! 顺便说一句,你要帮我工作,因为我工作,而且很努力(她隐去了花在吸吮缝纫机上方树上的芒果的时间)。"

伊莉莎问菲利蒙知道她今天缝了多少件便服吗?他当然不知道!他不知道是因为在伊莉莎工作的时候,有人整天都在搞政治,事实上是整天都在到处走动,去干涉别人的事情。

蒙泰罗很满意地笑了。

菲利蒙,这个可怜的人,此刻不知道该说什么。他让探长闭嘴,因为他已经受够了他的笑声;他让伊莉莎闭嘴,因为他也厌倦了她的不尊重。事态的发展让他难过,他认为世界应该更简单:屋子里,在一个没有旧时代遗迹的客厅内,伊莉莎在整理房间;屋子外,穷人在改善生活,领导人同志们清楚地解释了前进的方向。他在房间里徘徊,假装自己很忙,告诉自己不去在意这些,但事实上他却在意,而且很在意。事实上,他感到一股暖流涌上了脸颊,不知道是出于对探长的憎恨,还是对看到伊莉莎随意出入家里的醋意。他无法分清原因:"姆卜阿①做得不好,卷心菜是生的!"或者"院子里到处都是垃圾",曾对妻子诉说甜言蜜语的口中反复出现了这些指责。而对于伊莉莎而言,她不理解这些话的意义,不理解或者说她不想理解,她只感受到这些话带来的羞辱。

"你很清楚,我一向做饭都不好吃!"她回答道,"你从一开始就知道。如果你这样说话,那是因为你对我感到厌烦了!"

菲利蒙又沉默了,不知道该说什么。他不知道如何告诉她,心中的原因恰恰相反,他并没有感到厌烦而是很想念她在家的那些日子。他爱伊莉莎,这在某种程度上是他身上的软肋,会削弱他的权威。告诉她将是对他自己更大的贬低。这就是为什么伊莉莎总要

---

① 姆卜阿,莫桑比克当地菜肴,译者注。

猜测丈夫的意图。伊莉莎也不说话了,因为她不想讨论教堂的事。

伊莉莎并没有完全觉得自己是无辜的。因为她还没有给菲利蒙生个儿子,这让她有些内疚。她认为是她那不争气的肚皮的错。当然,她的丈夫也在这种漫长的等待中备受煎熬,也许真是因为这一点,他才如此全身心地投入政治,如此投入。在这一点上,伊莉莎无话可说。

因此,两个人都用沉默代替解释。就这样,伊莉莎等着菲利蒙开口,菲利蒙等着伊莉莎说话。与此同时,蒙泰罗探长厌倦了已经凝固的沉默,转身离开了,那幢房子里只留下一片宁静。

但公平地说,菲利蒙并没有因为伊莉莎的肚子而感到绝望。他是天生的政治家,他的内心已经根深蒂固地有了五年的耐心:这一次不行,也许在接下来的五年里,他妻子的肚皮会决定给他一个儿子。他将向他的儿子传授如何挖掘防空洞,如何进行民众警戒。一个小菲利蒙会变得和他一样能干。"小菲利蒙会让小姆贝夫们排成一列。"秘书想着,脸上露出意思苦涩的笑容。

在他身旁的伊莉莎,以她自己的方式理解了那个微笑的含义,而不需要言语说明。她也笑了。"也许在未来五年内。"她满怀希望地想着,已经做好了和好如初的准备。

18

小特权的公正

"不要挤!每个人都有!"吉列米娜·费拉兹夫人紧张地说,她试图控制住激动的人群,人群中的每个人手里都拿着自己的票。

菲利蒙秘书远远地站在一旁,观察着人群。

他们排成一条长长的蜿蜒的队伍,像一条大曼巴蛇,绕了几个大圈,只有在场的人才知道队伍在哪里。蛇的嘴在街区商店的门口,尾巴在远处。

"准备好,同志们!左边是蓝票队伍!右边是白票队伍!"菲利蒙秘书喊道,"如果你没有蓝票,就不要站在左边,否则你就是在浪费时间!"

不管来的人是谁,每个有蓝票的人都有权获得一篮标准的商品,每个月配给的玉米面、糖、豆子、油和肥皂。至于合作社的白票,它可以让人们获得额外的东西:佩德罗萨的黄油或橙子,有些月份比较幸运,就能得到一堆小鱼,有些月份比较不幸,就只剩承诺。我们在空中挥舞那些白色和蓝色的票,就好像我们在欢迎什么重要人物,实际上这样做是为了证明手中票的合法性。

秘书想要有两条曼巴蛇,一蓝、一白。两支队伍,两个目的。而突然这一切又回到了原点,在躁动的人海中,队伍散开了,不是两片海,而是形成了一片拍打着他的脚,怒吼着涌向他的海。

人民抗议是因为饿了想吃东西。我们想知道为什么会有蓝、白两条队伍,而刚刚只有一条,一条饥饿的曼巴蛇准备进攻,咬住任何它能找到的东西。我们想知道为什么我们要失去两个早晨,而不是一个早晨。

吉列米娜·费拉兹夫人善于洞察一切,她对秘书轻声解释他选择的方法有多艰难:"秘书同志,我们排一条队吧,否则会乱糟糟的!"

领导屈服了。所以现在,正如人民期望的那样,只有一条队伍,只有一条排水沟来倾泻这片混乱的大海。

人们平静下来,再次排成了饥饿的曼巴蛇。现在工作可以正常进行了。

体型笨重的安托内塔·姆贝夫是第一个向前走的人。家里两个大一点的孩子陪着她,手中拿着票,共四张:两张白票,两张蓝票。安托内塔总是起得很晚,我们知道她很懒,但她的儿子奇奎尼奥和科斯米托从清晨就等在那里,睡眼惺忪地发着牢骚,守着第一的位置。四张票,两张白的,两张蓝的。

"为什么有四张票?"秘书问道,"如果姆贝夫家算一份的话?最多有两张票。"

原因很简单,安托内塔回答说。她除了像往常一样代表姆贝夫一家,还代表今天没法到场的邻居瓦尔吉。

菲利蒙发火了。如果瓦尔吉不想花费力气来到这排队,他就不配得到他的那份,他失去了属于他的那份。

我们专心地听着秘书的话,表示认同。我们不需要特权者,也不需要他们制造的麻烦,别占着我们的位置。

"秘书同志说得对!滚出去!我们要向前走!"

"秘书同志说得对。"吉列米娜夫人重复了一遍,仿佛是我们的回音。

但安托内塔·姆贝夫双手叉腰,回答说:

"你不要多管闲事,吉列米娜夫人!你又不是领导!"她说得很大声,这样每个人都能听到并参与进来。当安托内塔·姆贝夫认为自己正确的时候,她既不害怕人民,也不害怕权势。

秘书应该放过这个印度商人,因为他从未伤害过任何人。秘书什么都知道,怎么会不知道瓦尔吉是什么样子呢?连孩子们都知道——瓦尔吉是疯子!瓦尔吉是疯子!他一直以来与这个世界脱节,自从他的商店关门后,情况更糟了。从那时起,他花更多的时间躲在家里或坐在屋顶上。秘书怎么会关注这些微不足道的小事?疯子也会饿的,他们也需要吃东西!谁把我们的社会变得如此复杂?获得供应食品是我们的权利!坚持住!

安托内塔发出反击后,人们又有新的看法了,众口难调。支持第二种立场的窃窃私语声越变越大。

"别管这个印度商人了,我们还是继续排队吧!"人群里发出了一阵震耳欲聋的躁动,并很就变成了一种对权势的挑战。

菲利蒙是一位优秀的政治家,他立即明白了事情的发展方向。这一次,他对小小的违法行为视而不见。但为了不让安托内塔认为她胜利了,他继续说:

"好吧,我们理解,我们只是在警告你。安托内塔同志,下一次看看你是否能说服瓦尔吉同志亲自来这里拿回属于他的东西。不管是谁,我们都不接受委托。现在和以前不一样了,现在是平等的时代!"

这件事就这么过去了。安托内塔和奇奎尼奥拿走了属于姆贝夫家的那一份,科斯米托拿走了瓦尔吉的那份。队伍可以继续往前走了。

之后,安托内塔会亲手将每月的配给送到这个可怜的人手中,甚至还借机帮他打扫厨房,当然也不会拒绝瓦尔吉每个月给她面粉和油作为报答。瓦尔吉喜欢用葫芦巴叶子煮饭,他也需要肥皂来清洗长袍,但他不知道该如何处理面粉和油。

"你一定得拿着,安东尼娅夫人。这些东西对我来说也没什么用。"

"我不叫安东尼娅,我叫安托内塔。"她纠正道。

"安托内塔不是名字,是昵称。"固执的瓦尔吉坚持说,"安东尼娅才是人名。你们总是把事情搞得很复杂!"

到底是安东尼娅还是安托内塔,这都不重要。安托内塔表示感谢,又摇摇头以示同情。可怜的邻居瓦尔吉!

安托内塔离开瓦尔吉家时总是带着好奇。首先,这个疯子会把她带去东西的一多半又拿回给她,当然这完全是他的权利。"他靠什么生活呢?"安托内塔每个月都要问自己一次。

"靠祈祷为生。"科斯米托坐在奥罗拉·佩斯塔纳夫人的相思树上抢答,他经常在那里和朋友们一起玩耍,然而安托内塔总是看到他独自一人,对着高处说话。

"安静点,孩子!"安托内塔回答说,"你得知道,祈祷不是自言自语;祈祷是与别人交谈! 你要尊重祷告。"

第二个原因与糖有关。她注意到,每个月瓦尔吉总是留下大米、肥皂和糖。因为她会为他打扫厨房,她知道大米和肥皂用在哪了。糖却不见踪迹。安托内塔是个贪吃鬼,她好几次暗示要瓦尔吉的糖(必须承认,她有些羞愧),但瓦尔吉什么都不知道,也不会知道邻居的欲望。"要糖吗? 我可没有!"

"他拿这些糖做什么?"安托内塔每个月问自己一次。

"给马尼奥了。"科斯米托再次抢答。

孩子们什么都知道。

每个月当安托内塔对她独居的邻居履行了义务转身出门后,瓦尔吉也立马转身去完成他的监视工作,他密切地监视街上的一切,他得知道那逃走的妻子或政党是否派来了间谍躲在相思树后面监视他。但大多数情况下,他只看到孩子们,他们经过时大喊:"瓦尔吉是疯子! 瓦尔吉是疯子!"

瓦尔吉不再做任何反应,因为他知道自己永远也抓不住他们。他们跑向海滩,小马尼奥·纳雷卢加跟在他们后面跑过,他总是落在后面:"瓦吉疯!"他小声喊,他没有那些大孩子的肺活量,但也在努力跑。然而,他就算跑得再努力还是不快,因为他的步子很小,马尼奥喊叫不单是为了像其他孩子一样,也是为了给自己壮胆,因为他感到身后有危险在越靠越近。他边喊边跑,几乎还在原地踏步。

"瓦吉疯!"

大孩子们已经在沙丘上玩得不亦乐乎,而马尼奥还在奔跑,慢慢地从瓦尔吉的门前跑过,并小声喊:"瓦吉疯!瓦吉疯!"就在这时,印度商人的影子在孩子身后越变越大,他的长手迅速伸出来抓住了他。

第一次发生这种情况时,马尼奥被吓坏了。他觉得自己的短暂生命会在这一天结束,如果孩子们能想到未来的话。气喘吁吁的他被带进了那间鬼屋却没人知道,因为每个孩子都各自冲向海滩,从不回头看。在屋子里,瓦尔吉眼神癫狂,一只长长的手握住孩子的小臂,另一只长长的食指在他嘴前比画,让他闭嘴。然后,他在厨房水槽周围摸索着,找到了安东尼娅或安托内塔带来的但还未拿走的棕色糖盒,默默递到马尼奥的小手上。只是那双眼睛在愤怒地转动,急着要从眼眶里跳出来。瓦尔吉放开马尼奥,就像有人放开了一只鸟,也像有人把一个上了发条的玩具放在地上,看着它跑。而马尼奥害怕这种癫狂,头也不回地攥着糖盒就跑了出去。直到跑到大门附近奥罗拉女士的相思树的树阴中,马尼奥才松了口气。他停下来环顾四周,没有看到瓦尔吉。于是打开糖盒尝了一口,几颗糖落在地上也没管。然后,他慢慢地走进家门,把剩下的糖拿给他的母亲茱蒂特,马尼奥每每找到东西都会交给她。

每个月当安托内塔·姆贝夫的团结之手送来物资时,这一幕都会上演。仿佛一切都是游戏:"瓦尔吉是疯子!瓦尔吉是疯子!"孩子们跑向海滩上的沙丘:"瓦尔吉疯!瓦吉疯!"瓦尔吉粗大的手追着抓住了马尼奥,直到听到马尼奥和往常一样紧张的笑声,才会把让安托内塔如此感兴趣的棕色糖盒递到他手中。

茱蒂特知道了马尼奥和瓦尔吉之间的这个协议,她需要公正地对待这件事,到了月末,其他像纳雷卢加一样的家庭喝的茶已经很苦了,她却给孩子的茶加了点糖。在发现秘密协议的同时,她也发现瓦尔吉在商店关门之后,还是设法找到了延续自己与纳雷卢加家联系的微妙方式。

队伍还在继续。每个人的蓝票、白票上都敲了证明交易合法性的印章:钱入商品出,蓝票是肥皂、油、面粉、大米和豆子;白票是小鱼和佩德罗萨橙子。但是,三四个人买好后,队伍再次停了下来。这次又会发生什么呢?

爱丽丝·南通博老师来了,她有两张票,钱被她藏在卡普拉娜里,但是记录显示她没有参加上星期天的集会。这个可怕的秘密让她神色不安,她想蒙混过关。

队伍停下了。

"你们还好吗,同志们?"又传来菲利蒙式警戒的声音。

当我们在这块坚硬的土地上挖掘能使我们免受敌人攻击的防空洞时(如果不是因为水淹没了它),这位女士肯定在家里休息,不是吗?而现在她却假装参与过挖掘并来这里收获果实?同志们,这样做对吗?

这些问题人们都无法回答,答案有待确认。爱丽丝·南通博夫人低着头,眼睛盯着地面,等待着民众的决定。

秘书的愤慨是建立在她不遵守规则的事实上的,因为这样会弱化和混淆了他在工作和组织上的成果。蓝票加上白票加上星期天的工作,再加上钱,全部加在一起等于食物。而懒惰的爱丽丝·南通博缺了一部分。没有钱,也许你还可以赊账,因为我们知道贫穷可以折磨任何人;没有票,也许你甚至可以拿出一张票,一式两份,由菲利蒙秘书签字生效,第一份当作蓝票,第二份当作白票。但是,如果没有星期天的工作,在敌人到来时本应团结的队伍中被撕开一个大口子会怎么样?有谁能说说会是什么样子吗?

民众知道答案。我们想到了敌人带来的风暴,燃烧的干草堆,嚎叫的狗,火上被打翻的锅,到来的世界末日。队伍中议论纷纷。一方支持秘书和他的严谨与公正。那些当别人在挖掘时却怡然自得的人,则继续保持他们的立场。不得不说,这倒是让队列前进少了一个阻碍因素。太阳升得很高了,再这样拖延下去,浪费的时间谁都无法计算。

"出去!"

但是,像往常一样,另一半人倾向于推诿工作的可怜人一方,尤其是,现在她的丈夫已经逃到了一个未知的地方,她不得不花费同样的努力来换取一半的结果,或者为了同样的结果花费双倍的努力。此外,许多个星期天就这样过去了,许多的水也已经流进了防空洞,所宣告的威胁正在失去它的力量,变成了一张纸,被归档在抽屉里越来越旧。饥饿来临时,我们几乎不会考虑这个问题。这部分人一边思考一边看着菲利蒙,认为他最应该做的是忘掉这个洞,人们在这里白白浪费力气,蚊子在这里滋生,如果不走运的话,我们的孩子还有可能会在这里摔断腿。另外,谁知道以后我们是否也会在星期天缺席集会呢?秘书同志明白,缺席的原因可以是一场疾病,一个紧急情况,或是从一个地方被召唤到另一个地方,都是不可抗力。而问题又摆在了秘书面前:秘书同志,这次该怎么处理呢?

沉默。

现在轮到爱丽丝老师发言了。她的故事很简单,没有什么可解释的。她在菲利蒙秘书所说的那个星期天早早起床。她并没有像人们想象的那样熬夜,也没有躺在垫子上熬夜喝茶,甚至没有编辫子。她是一位老师,她得一份一份批改学生的作业,每个孩子都有权得到特别的关注。有些人写得很好,字迹工整,句子清晰,符合要求,老师知道他们所表达的意思。另一些人则不然:他们挤出曲折而冗长的废话,丝毫看不到标准答案的痕迹,他们走的是与标准路径截然不同的捷径。几乎所有这些来之不易的歧途都是为了说明几乎从来没有纯粹的错误。爱丽丝老师解释说,秘诀就在于理解和发现这些捷径是什么,以及它们打算通往何处。在这里也完全一样,或者几乎一样。这一行人就像学校,曼巴蛇的每个弯都代表一个学生,每条路都会写出不同的作业。有些人早起是因为有他们的父母和祖父母做出了榜样,他们背着锄头经历了寒冷的黎明。对其他人来说,他们要花费更多力气。第一批参与挖掘的人花费的力气小,挖掘防空洞就像给农田松土一样,不过是日常工作的延续。对第二批参与挖掘的人来说,未知的东西让他们付出了更大的代价。他们不知道如何使用锄头,他们没有在泥土和清晨的特殊气味中长大,没有呼吸过泥土带来的芳香。他们必须要学习,但需要时间。

爱丽丝老师全神贯注地说着在每个孩子身上发现不同的原因。她花了很长时间试图弄清楚每个人到底要说什么,他们想达到什么目的,以便最后对他们进行公正的打分。这个学生学得很好,能得到奖励;另一个学生学得很糟糕,但也因为他的努力而获得了奖励;最后,还有一个学生根本没有学习,他最多只能得到一个低分,甚至可能还有惩罚。为什么菲利蒙部长不这样做呢?这只是一个建议。

当她从工作中抬起眼睛时,天色已经很晚了,人们正从那个露天矿区、那个未来的潟湖中疲惫地走回家。这就是所有经过。

又一次停顿。又一次拖延。

菲利蒙秘书对她上的这一课感到惊讶:虽然事实不是这样,他从不害怕学习。他以前认为爱丽丝老师很懒,当其他人在挖掘的时候,她还在打鼾!现在他明白了,她想做桥梁,他甚至注意到他们两位面对的人群之间有某些相似之处:她的学生有成年人的复杂,他的民众有孩子的单纯。

"这条队伍到底走不走啊?"有人从后面喊。

"走。"他最后作出了决定,"但是下次,老师同志,一定要另找时间修改作业。"

队伍向前走。茱蒂特走上前去,她的票被小心地保管在一个旧塑料袋里,她用当天卖鹰嘴豆饼赚的钱支付。50 个鹰嘴豆饼赚的钱可以换一袋做 60 个饼的面粉,因此,10 个 10 个的积攒,这个女人继续着这耐心的工作,用鹰嘴豆饼淹没了整个街道。

现任代表佩德罗萨的仆人穿着新员工的制服向前走,人们都很惊诧,甚至为他让路。因为这种穿制服的旧潮流,已不再与过去有任何关系;它是一种未来的潮流,显示了我们想要实现的目标,我们想要成为什么。

科斯塔先生从过去走来,现在轮到他了。外面是他现感受到的具象的谦卑,里面是过去一直存在的模糊的羞辱。他向前走了一步,票是平整的,他也参与了星期天的工作,钱也不是问题。

"往前走,科斯塔同志,轮到你了!"

这些天来,附近的商店散发出一种分销工厂般忙碌的气息。早晨,当人们缓慢地挪动,前进再停止,停止再前进,低声抱怨的时候,有两个汗涔涔、亮闪闪的男人头顶大麻袋,快速地在队伍和卡车间不停往返,麻袋里有大米、面粉、糖和豆子。他们的样子让大家丝毫看不出他们仅带来了为数不多的商品。伴着抱怨和歌声,商品在他们头上有节奏地不停穿梭。在他们体内,每次往返奔波结束时干涸的肾脏伤口累累,他们把麻袋堆成金字塔,这些麻袋是财富的海市蜃楼,是一种几乎具象的富足。

太遗憾了,我们有那么多的人,太多的人了!如果只有几个人,每个人就都能分到东西!

随后,柜台后面两个几乎和安托内塔·姆贝夫一样胖的女人大汗淋漓,她们的乳房在伊莉莎缝制的紧身长袍中半露着,闪闪发光,伊莉莎吮吸着芒果,听着吉列米娜发出命令"你们打开金字塔,称出每个人应得的配给,再把这些小份装进排在地上的小袋子里"。空气中,各种气味与这些妇女刺鼻的汗味在竞争拼抢:鱼在篮子里变软(白票),面粉洒在地上让人无法呼吸,潮湿的糖有种令人恶心的气味,还有坚硬的肥皂条(蓝票)。在以极快的速度装满一个又一个小袋的同时,这些妇女交换了一个短暂的眼神,转瞬即逝的眼神。这个眼神是什么意思?也许这意味着他们家里有很多人要养活。原则上,他们将享有免排队的特权,甚至可能免于星期天的集体工作(他们将完成其他符合大众利益的工作)。但考虑到工作时长,和她们在这个漫长而复杂的过程付出的精力,这些还不够。于是,她们抓住了机会,利用了搬运工人穿梭长长队伍造成的混乱,也利用了外面饥饿等待着的巨大曼巴蛇。

就在刚才,当菲利蒙询问大家都关心的瓦尔吉的情况时,安托内塔就趁乱让她的一个孩子拿了两公斤糖回家。不合法的糖,端着它的手冰冷而颤抖,但糖仍然能够把食物变甜。不久,在菲利蒙责骂老师,所有人默默听着的时候,又有一个人从一堆肥皂中拿出一块,明智地将它插在卡普拉纳腰间的褶皱里。误入歧途的罪恶的肥皂,但仍然能够起泡。所有这些伎俩与主流的平均分配相伴,通过这些伎俩,法律的盲目与不公正得到了补偿,世界恢复了平衡。

再往前走,在柜台前,在秘书菲利蒙的注视下,吉列米娜·费拉兹夫人在指挥业务。是她满足了我们的要求:星期天的工作加上票加上钱,再加上缓慢移动了一上午的队列,我们每个人才能得到公正的对待,每个人有权得到半公斤的任何商品。一对夫妇有四个孩子,外加一个表妹和一个侄女,总共四公斤;一个寡居的祖母有两个孙子,总共一公斤半。科斯塔同志或瓦尔吉同志,各半公斤。

吉列米娜夫人根据每家的情况打响指,一公斤半打三个,半公斤只打一个,两个女人喘着粗气,满头大汗地把小袋产品放在柜台上。

我们知道吉列米娜夫人之所以能担任这个职务是由于她总能把人和事都安排得井井有条。她在教堂时就已经如此了,她给慕道班的孩子们编排队列,组织他们唱歌,保管神父的法衣,登记贡品。在此之前,她在自己家里也是如此,这不仅是性情使然,还因为她丈夫不务正业,总是待在车库里摆弄曲轴和汽缸,或者翻阅一本里面全是秘密但无用的笔记本。还有一个事实不得不提,现在,她的绝对权威只在菲利蒙秘书的最高权威之下。

作为这些工作的回报,吉列米娜夫人和秘书菲利蒙也有权享受他们的小特权。但是他们的特权因为有第三方机智地介入也更公开更合法了。"这位同志,把这个袋子送到秘书同志家去!"吉列米娜夫人大声说,这样就显得例行公事,有法可依,无人质疑。"那位同志,把这些包裹送到吉列米娜同志家去!"秘书大声命令,回应了她。他们互相用自己认为对方应得的好处,温柔地向对方发起进攻。

虽然在一起工作,他们每个人获得的具体好处也不同。菲利蒙秘书对伊莉莎如何处理这些产品知之甚少。至于吉列米娜夫人,大部分东西都被她带回了教堂。在特殊月份,面粉、糖甚至鸡蛋都是用来制作她星期六给慕道班孩子们分发的蛋糕。不要忘记了,圣饼就是用面粉和再普通不过的水混合而成的。

菲利蒙秘书沉迷于思考发生的每一件事,甚至没有注意到队伍一直在往前走。队伍的这些不经意的小变化,无疑为整条队伍减轻了许多负担,现在已经成了一条瘦身的"曼巴蛇"了,商店门口的排水沟快速地倾泻人流,人们基本上都很满意。只剩下不满的居民的孤岛,因为他们没有获得他们认为应得的数量:最近刚从乡村来的表弟没有登记在白票簿和蓝票簿中,因此没有得到相应的半公斤;或是面粉和肥皂在饥饿的曼巴蛇跑出来之前就断货了。细心的岛民们,不知道这种情况是由于部门的技术缺陷,还是由于那些工作中的细小错误,不管如何都造成了这种情况,正如人们预料的那样,有些人受到关照,有些人则没有。但他们是孤岛,他们的声音很弱,没有能力动员人群达到更广泛的共识。秘书很娴熟地在这些孤岛中行走,混合温和与严厉,援引逻辑和正义,而这些逻辑和正义是那些受到委屈、讨求赔偿的人,那些无视普遍的公正及其难处的人所不能理解的。

秘书在吉列米娜夫人清点账目时,一点一点地解开这些问题的症结,让他们了解状况,直到最后只剩整日的战斗留下的支离破碎的痕迹。洒落的面粉和肥皂屑,几颗糖和豆子,毫无生机的空麻袋和零散的果皮。

然而,并没有结束。晚些时候来的是那些没有被任何一个安东尼娅·安托内塔照顾的衣衫褴褛的老人,他们几乎都是疯子,是没有白票或蓝票可以挥舞的人,但吉列米娜夫人的人性并没有让她忘记照拂他们。他们在二次分配中默默地捡拾,毕竟在这里,地上还有一些食物残渣,这些对于他们来说都是生活的必需品。

这部每个月都上演的重头大戏中的演员菲利蒙秘书和吉列米娜夫人,拿着小袋子的胖女人,金字塔的堆积者终于可以离开舞台,关上幕布,回到家里心安理得地休息。他们会把自己的所得与付出的力气做比较,在即将结束的下午露出满意的笑容或陷入悲伤。

最后,当夜幕降临时,狗和猫会来,昆虫和蚂蚁也会来,最后是小到无法看见、无法命名的生物体。因此,这个地方非常干净,很难有人会说这里事实上发生了一切。

19
瓶子的碰撞声

警察在傍晚时分来到了6号房。这是姆贝夫的侄女第一次看到警察。起初有四个人,三个穿制服的,一个穿便衣的,那肯定是督察。后来,当他们意识到任务的规模时,他们用无线电叫来了一辆卡车和更多的警察。随着警察的到来,邻居们也开始赶来,在街道的另一边,属于奥罗拉·佩斯塔纳夫人的老相思树下,聚成了一堆。他们感觉到将有大事发生。

督察对着大门用手猛拍,无视一个仍在正常工作的门铃。这是个无礼的、相当不必要的姿态,因为约瑟费·姆贝夫已经来了,他紧了紧裤子,脸颊微微颤抖,如他紧张时一贯的神情。

"同志们,你们好吗?我能为你做什么?"姆贝夫说。

"你是约瑟费·姆贝夫?"探长冷冷地问道。

"是的。"

"你因侵占国家财产罪被捕了!"

一旦宣布了罪名,解释了动机,确定了被告,就有必要找到证据来指控他,从而证明整个行动的合理性。督察是一个法律学家,他不喜欢案宗中缺乏必要证据的情况下就草草结案。即使有时,他被迫改变案宗内证据的顺序,就像本案一样,这样最后一切都必须无懈可击,他也不会被后来的检查或历史的颠簸所困扰。他开始在院子里转圈,似乎在等待某种直觉从天而降。约瑟费紧跟着他,好奇地想知道这种直觉可能是什么。他光着膀子,嘴里念叨着一串充满借口的毫无意义的话。探长最后停了下来,若有所思地突然向车库走去,后面跟着的约瑟费越来越惊慌,一股寒意在他的腹部蔓延。

车库门被打开了,残存的太阳光让他看到里面堆放着几十箱、几十箱的熟悉的啤酒。箱子有些是满的,大多数是空的。

约瑟费脑袋飞快地运转。我想让你明白这里到底发生了什么,免得一切发展到我无法回头的地步。我想让你知道,我从来没有伤害过任何人。我在新汉巴宁老家的母亲可以证明这一点:她从小就了解我,就像所有母亲了解自己的孩子一样,即使他们长大后会发生一些变化(但总有一些东西是不变的,所有的母亲都有一种知道那是什么的本领)。而她,是我的安托内塔,她一直在我身边。等我的安托内塔下楼来,你可以和她谈谈,她明白这是个让我陷入尴尬的耻辱,而我却不知道如何洗清冤屈。如果有必要,甚至阿明达也会为我辩护,尽管她对警察很反感。甚至还有秘书菲利蒙,他的证词会有最大的价值,不仅因为他所处的地位,还因为我们有时会发生争吵,所以从原则上讲,他不会跟我站在同一边。请求你不要大声说出来,督察,此刻我已经无法面对我内心的屈辱,当整条街都知道后,我会面临更大的屈辱。说话前请先想一想,说话要小声点,不要让任何人听到。

在督察听着姆贝夫迟到的解释时,他到这里后一直保持的严肃表情消失了,取而代之的是一个胜利的微笑。姆贝夫不否认可能误拿了一两箱啤酒,但大多数啤酒箱子出现在他的车库里是因为工厂的仓库没有足够的空间存放它们了。现在生产正在经历一场危机,因为没有人去灌装这些啤酒,也没有人去分发它们,工厂仓库里堆满了啤酒箱。现在的情形只是很多巧合叠加在一起造成的。他甚至还说,在某种意义上讲,他在向工厂免费提供服务,无偿提供了一个仓库,一切都是出于善意,但他自己也认为这么做太冒险了,他不知道会发生什么。

"你最好闭嘴,姆贝夫。"督察也这样想过,他早已猜到了他的想法,同时他命令警察开始把啤酒箱,也就是犯罪的具体证据,搬到早已在门外等待的卡车上。"你听说过经济破坏吗?""听说过侵犯财产吗?"

"但是,督察……"

"安静点,姆贝夫。偷一次是犯罪,偷两次是两次犯罪,偷三次是三次,以此类推,所有都会列入罪名的清单。我还不知道哪种罪名更糟糕,你可能会被指控犯有破坏经济的大罪,还是犯有偷这么多满瓶的啤酒的数百个小罪。法官会做出裁决!"

约瑟费打了个寒颤。这些话很重,预示着很多不好的事情要发生,比他想的要糟糕得多。他本来只是想自己喝几瓶,然后再送给他的邻居们几瓶,因为他们可以为自己做证——但他还是失策了。仅此而已。他知道自己有不当行为;但他不知道,甚至他自己现在也很惊讶,怎么能达到这样的数量和体量。当然是因为他没有频繁地去车库看,如果早知是这样的话,他就会更早地被吓到,从而有更长的时间用来找到一个解决的办法。如果督察能理解他,对每个线索都逐一考虑,逐瓶检查或是逐箱检查,会发现这都是些小小的挪用。问题是,随着时间的推移,这些小小的挪用累积得越来越大,甚至他自己,约瑟费,现在站在他人的角度上看待眼前的事,也会感到惊讶。他不能否认这一点。

"闭嘴,就认罪吧,姆贝夫,"探长在调查的间隙说道,"你需要向法官解释,而不是向我解释。你不听广播吗?难道你没有听到萨莫拉总统反复强调过像你这样的腐败分子的下场吗?依附在国营企业的水蛭,吸食人民的财富!这是不可能的。这就是为什么我们现在的经济如此差,这就是为什么它不能向前发展的原因!"

约瑟费甚至想去屋里的冰箱里拿一瓶冰啤酒,来减缓督察的怒火;他甚至想开口请求督察允许他这样做,但最后他还是保持了沉默。他明白,他所说或所做的任何事情都只能在自己身上找到谅解。在督察眼中看来,这只会使事情变得更加糟糕。

然后他开始对督察的斥责进行凄惨的反驳,反过来,对话者强调为了避免误解,这些斥责与随之而来的判决并不相同。而约瑟费轻轻地呻吟着,他的眼睛盯着地面,巨大的身躯下垂,仿佛失去了以前的活力。

另一边,胖胖的安托内塔被阿明达的激动从沉睡中唤醒,用比以往更加高亢的声音哀号着,即使没有完全压倒,但至少也干扰了督察的讲话:

"还记得在新汉巴宁的时候,祖母曾经说过,'不要和安东尼奥打交道。'她语重心长地说,并且,模仿老妇人的声音:'这个安东尼奥从小就是个流氓,他现在也好不到哪儿去!'"

祖母的这些智慧之言,在最该受重视的时候却没有人重视,因为他们被新房子冲昏了头脑。这些话本应被视为警告,特别是对约瑟费来说,这个可怜的家伙,做了这么多却很少反思。另外,安东尼奥的出现为他身上的危险热情提供了支持:"如果你不能独自完成,约瑟费,就找人帮助你,选择合适的手段。"他这么告诉约瑟费,解决问题的方法就像是阴谋诡计,就好似一把双刃剑。而这些手段看起来像约瑟费的啤酒,但最终不是,至少不完全是。而现在他们根本就不会了。就像祖母在新汉巴宁的时候常说的那样!

安托内塔想用她那混乱的言语向督察解释的是,家中出现啤酒虽然不应该,但这些啤酒满足了当部长的表弟的恶习,而且间接地促成了姆贝夫一家能够搬入那所房子和那条街。啤酒也为邻居们解了渴,而没有得到任何回报。阿明达曾警告过约瑟费,想靠一己之力解决整条街道的饥渴是非常自负和冒险的。

"我的约瑟费看着他们,看到他们如此饥渴,可怜的人们。我的约瑟费就是这样的人。"探长:"他不过脑子,不征求意见,只按自己的心思做决定。"

在结束了这段对可怜的约瑟费毫无帮助的陈述后,安托内塔再次发出尖锐的尖叫声,就像是她绝望的解释的副歌一样。

"让你的妻子闭嘴,姆贝夫。事情已经够糟了。"督察恼怒地咆哮道。

"祖母在新汉巴宁的时候曾经说过!她警告我们要小心与安东尼奥打交道!"安托内塔再次哭了起来。

"如果你的妻子不闭嘴,我就把她一起带到监狱去!"。

"闭嘴,安托内塔,别把事情弄得更糟!"约瑟费说。

"听着,姆贝夫,她说了那么多次的那个安东尼奥是谁啊?"

"没谁,督察同志,"约瑟费急忙回答,"只是需要被通知的家人。"

万幸的是,督察对这个案件的这一分支并不感兴趣,否则这个案件就会有更广泛和更严重的影响。

将近午夜时分,警察清空了约瑟费的车库并把东西都装上了卡车。啤酒瓶子还在叮叮当当地响,几乎看不见哪些人在抬着它们。而每一个叮当声都在邻居们的耳边响起,就像某种不祥的钟声,就像是在宣告约瑟费被捕的消息。每一个叮当声都被约瑟费当作是在他肥胖的胸膛上刺了一刀,所以到了半夜,当听到最后一个叮当声时,这个可怜的人躺在地上,胸口鲜血淋漓,就像一个又黑又胖的基督,他说他只是想做好事,但却做错了。

与此同时,街道上大家的集会正在消退。看到没有出现更戏剧性的结果,邻居们一个接一个地回家了,被这件事件所吸引的小团体间的谈话也平息了下来。之后,在各自房子里每个居民,听着拉啤酒的卡车发出的叮当声(仿佛玻璃在为发动机提供动力)和安托内塔·姆贝夫刺耳的尖叫声,都意识到风波即将平息。安托内塔因丈夫的离开而痛苦不已,她蹲在地上低着头像被人无情地拔掉了牙齿的犯人。仿佛她已经是个寡妇。

一段时间后,骚动平息了下来,菲利蒙秘书回来了。事情发生那天,他去政党总部递交了一份报告,在城里待了一天,为此他错过了在逮捕约瑟夫姆贝夫的行动中发挥更大作用的机会。而他对此感到十分遗憾。他觉得很奇怪,警察在地方当局不知情的情况下进入了街道。当他思考这一点的时候,他对那两箱迟到的啤酒(已经收下并喝掉了)的记忆给他的嘴带来了苦涩的味道,并给他的胃带来了令人不快的寒意。如果监狱里的约瑟费说出了些无趣的事情,也就是说,不是他如何得到啤酒的事,而是向谁分发的事呢?那会是什么样子?然而,菲利蒙还是没有克制住自己,他不合时宜地叫来安托内塔,进行了独立于督察的调查的另一次调查,似乎是为了让人觉得他得到了进一步调查此事的中央授权。安托内塔非常勇敢地拒绝了他。菲利蒙不应该来找她,而是应该去了解她丈夫被抓走后在监狱里发生了什么。

"算了吧,安托内塔。"阿明达事后在她的房间里对她说:

"你需要振作起来,你还有孩子要照顾。你需要反击。"

安托内塔是一个有脾气的女人。她会突然开始尖叫,也会突然陷入沉默。当不幸似乎已经彻底地降临在她身上时,她可以很快地甩掉。阿明达是对的。她冷静了下来,深吸一口气,准备投入战斗。

第二天早上,冷静下来的安托内塔回了一趟新汉巴宁的老房子,把这件事告诉了约瑟费的母亲。老妇人默默地听着这一连串的不幸。一个点一个点,听完了所有的细节。她很坚强,她没有让自己被击垮。毫无疑问,她一边静静地听着安托内塔的消息,一边在思考,因为安托内塔一说完,她就断言:

"这是安东尼奥的错!"

安托内塔对祖母的确信感到惊讶:

"为什么是安东尼奥的错?"

"我的约瑟费从小就这样。"

她解释说:当他想要什么的时候,他并不在意用什么手段得到,但他有一颗善良的心。当他还是个孩子的时候,就是安东尼奥把他带离了正确的道路。她还记得当他们还是孩子的时候,安东尼奥就利用当时已经很胖而且食欲旺盛约瑟费,他用偷邻居的水果诱惑他,这些水果已经成熟,挂在树上很有食欲。出了事,你知道谁巧妙地逃脱了,谁留在后面被抓住了?

"他们小时候就是这样的,现在也是一样。"她总结说,"只有年龄发生了变化。"

接着,老妇人收拾起一套卡普拉纳和一个配套的手帕,然后把一袋草挂在肩上,命令安托内塔:

"我们走吧!"

"我们要去哪里?"

"给我带路,孩子。我们去找安东尼奥吧!"

"但是,妈妈? 他是部长,我们不能就这样走。我们必须安排好一切。"

但老妇人无法被说服。

"我对这些事一无所知。我已经老了,我从来没有学过。我只是想和他谈谈。这就是我打算做的事!"

而最后这也正是他们所实际做的。他们到达了俯瞰卡腾贝①的大楼,上了楼,坐下来,等了很久。

当知道是谁来访时,部长吓了一跳。这次来访只能意味着麻

---

① 卡腾贝,马普托南岸郊区。

烦,也许是新房子的问题;也许有人在没有告知他的情况下驱逐了他的表哥,那就糟糕了。他让秘书告诉她们继续等待一会儿,让他可以有时间编造一些借口,而他也试图给能为他澄清此事的人打电话。

"真是荒唐!"他想,然后他用一只手颤抖的食指拨号码,另一只手蘸了下舌头,以便他能更好地翻阅电话簿,寻找其他的号码。"真是荒唐,我,一个地位巩固的部长,竟然害怕一个我甚至都不知道的问题,害怕两个可怜的女人,谁都不能伤害到我!"

但是,他给自己强加的这种逻辑根本无法消除他的恐惧,这种恐惧不再是对这两个可怜的女人的恐惧,而是对一个糟糕的人情产生的意外结果的恐惧。"腐败和裙带关系""住所分配不当""滥用权力",他认为这些都是他被免职、被以合理理由解雇、由此失业或面临更糟糕的再教育的原因。与此同时,他不断地翻阅电话簿,却没有找到他要找的人:"彭玛尔,彭巴尔,彭贝,彭得卡,彭得加,彭得扎,彭古内,彭伯斯卡,见鬼!见鬼!真见鬼!"每个人都没在各自的办公室里,所有人都出去了。"这些人本应该老老实实工作。然后他们还来告诉我,这个国家没有向前发展。有了这样的生产力,国家怎么可能发展得起来?此刻应该是他们,而不是我在这里着急。"所有的人要么在开会,在吃宵夜,在医院,要么就是在亲戚的葬礼上,在国外出差,在度假,只留下一些态度傲慢的女秘书在办公室里反复斟酌自己的回答。她们说自己什么都不知道,安东尼奥需要等一下或留下信息。如果是私事,怎么留下信息呢?如果是这样,秘书会让他稍后再打过来,留下电话号码以便可以联系他,秘书对于这一套话术早已驾轻就熟,当然在她们说这些话的时候,一定是坐在老板的扶手椅上,咀嚼着中午的三明治,对着杯子吹气让茶水尽快凉下来,谁知道还有什么呢!"我们正走在一条光明的道路上!这难道不是应该打击但没有打击的事嘛,这难道不是应该打击但却没有打击的内部敌人嘛!"

为了赚取时间,避开这两个女人,他编造了一千零一个手头上正忙的工作或是要签署的文件,直到自己可以从某个地方得到答案,得到些能让他放心的信息和灵感。而那些该死的人还是没有回来办公室,这延长了他的焦虑,他只能听任那些女秘书们的摆布。这简直太痛苦了,毫无疑问。

与此同时,两个女人还在外边等待着。她们等了整整一个上午。安托内塔硕大的身躯不耐烦地来回走动:时而走到可以看到卡腾贝的窗前,时而走到墙边,墙上挂着的萨莫拉总统的肖像画正带着神秘的微笑看着她们,等待着适当的时机出其不意地介入车队不祥的汽笛声宣告的危机中。至于祖母,她皱着眉头,脸上似乎带着由于年龄增长而产生的抽搐,她的眼睛盯着那扇门,她被告知部长等一下会从那里出来。表弟安东尼奥。

他出现的时候已经接近了午餐时间,所以他没办法避开她们,只能让自己试图看起来很自然,他故作惊讶:

"姨妈!弟妹!我太惊喜了!没有人告诉我是你们在等我。如果我知道,我早就放下我手中的工作了,却让你们等了这么久!我的这个女秘书很不称职,她没有告诉我你们的名字。好吧,告诉我,你们来找我有什么事?"

安托内塔解释了所发生的事情,尽管是以她自己的方式。那天约瑟费就像往常一样老实地待在家里(表弟安东尼奥知道他的性格),现在萨克斯也坏掉了,除了工作,他再也不用离开家了,就更老实了;约瑟费就像她说的那样,很老实,这时警察突然赶来要逮捕他。起初,她认为这是一场误会,督察只是获得了一些错误的信息,误打误撞地去了他家,寻找住在附近的某个恶棍,某个与约瑟费相似的人,甚至可能是同名同姓的人:现在有很多人姓姆贝夫(好像姓姆贝夫的人一下子多了起来)。但事实证明并非如此,因为那个该死的督察叫出了他的全名,而不是其他人的名字,正是约瑟费·姆贝夫,甚至他想要知道约瑟费把啤酒放在了哪里。毫无疑问,这肯定是某个嫉妒他的人要故意陷害他。至少,阿明达是这么想的。

"阿明达是谁?"安东尼奥问道,他对介入此事的人的增多感到不安。

毫无疑问,有人要把他已经拥有的复杂生活变得更加复杂。人越多,问题越大。

安托内塔差点要做出解释,说出阿明达是谁,但最后她还是摇了摇头,放弃了解释,觉得表弟和祖母都不了解他们家的情况,更不可能再理解一个更复杂的情况了。她继续着她的推理:

"肯定是出于嫉妒!难道安东尼奥表弟不了解莫桑比克的昌加人①吗?他们来到这里统治我们。他们不能忍受尚加纳人②的成功!"

安东尼奥知道。他也理解。

在旁边的女秘书一直在听,她对这个故事展示出浓厚的兴趣,她怀疑部长迟早会卷入这个故事。"部落主义者!那群人是没有听到总统的讲话吗?难道他们不知道部落主义已经结束了,莫桑比克的昌加人和莫桑比克的尚加纳人是一体的吗?"

祖母则坐在角落里,盯着安东尼奥默不作声。她不想知道关于这些战争的事。她只在等待他的反应。

部长终于放下心。这件事与姆贝夫表哥的新房子无关,也就与他无关。只是,有时人情做得不好,非但没有成为好事,反而造成了麻烦。有那么一瞬间,他真的被吓坏了,但现在很明显,这件事与他无关。"我怎么会被吓成那样?我必须学会控制自己!"他已经摆出

---

① 昌加人,非洲南部莫桑比克民族之一,译者注。
② 尚加纳人,非洲南部莫桑比克民族之一,译者注。

了部长的姿态,居高临下地靠在椅子上,他甚至对听这两个女人讲述的不幸遭遇又有了耐心。

"约瑟费表哥太可怜了。"他继续说着,探究着故事的其余部分,但已经更加疏远和不感兴趣了。

就仅仅是这样吗?这就是他要说的全部吗?轮到祖母了,她深深地吸了一口气:

"你从小就知道约瑟费是什么样的人,他很贪玩也总是容易受骗。你做了多少次调皮的事,都是约瑟费买单的!你还记得吗?你们去偷别人家的鸡下的蛋,你们还去偷了水果(总是能想到水果!),但当被发现时,你已经逃走了。而被抓住的总是约瑟费,可怜的孩子(老妇人好像露出了一种怀念那些时光的微笑)。过去是这样的,现在又是这样的。"

"怎么?你想解决这样的旧账吗?"

"等等,孩子,让我说完!"老妇人已经忘记了安东尼奥部长的身份。

就好像这一次:是谁喝了约瑟费侵吞的几乎所有的啤酒,嗯?不是警察在车库里抓到的那个人,而是另一个,是组织部长家聚会的人?谁是那个当时不在场,但警方还在寻找的人?是谁呢,嗯?

几乎所有的啤酒显然是夸张的,更何况安东尼奥所喝的啤酒不可能在姆贝夫车库里留下痕迹。然而,老妇人的这番话起了作用。毕竟,警察会不会不满足于找到的那些啤酒?他们是否还想要找到更多?安东尼奥松了松领带,他感觉热的喘不过气来。

"办公室的空调开着吗?"他喊道。

"开着呢。"秘书回答说。

最终,该来的还是来了。他咽了咽唾沫,虽然觉得不可理喻,但他已经开始害怕老夫人说这番话的目的了。

但这不是老夫人的目的。她这次来不是要关于啤酒的说法的。

毕竟，这不关她的事，这是她儿子的事，他已经是成年人了，到了可以从经验中吸取教训的年纪了。她只是记起这些事了，而且她知道约瑟费很胆小，确实非常胆小，她认为当警察开始审问她的儿子时，他会交代出一切。"安东尼奥，你还记得当你们还是孩子的时候，约瑟费偷水果被抓到后是如何交代的吗？那个你在逃跑前也咬过的那个水果？约瑟费交代了一切，真的是一切。而现在，在警察局，只要他们一审问他，就又会像过去那样。姓名，某某；出生地，曾经的路易莎镇，现在的马拉夸内，出生日期，殖民时期的某某年，殖民时期的某某日；某某的儿子，父亲现已去世，可怜的家伙；职业，目前在啤酒厂工作。'啊，啤酒。'督察将打断他的话，利用这个线索，'这正是我们想知道的！'然后他们就会开始谈论啤酒。这里指的不是一般意义上的啤酒，而是他们一直在找的啤酒。一场私人交易里的啤酒，为他提供了现在房子的钥匙的啤酒。这些啤酒是哪里来的？当然，约瑟费也不是傻瓜，他首先会兜圈子。督察会坚持审问，儿子也会继续兜圈子，但几个回合下来，他终于招出了车库里的啤酒。'那一点我已经知道了，我们已经掌握了证据，但在那之前发生了什么呢？'督察会进一步询问，'除了车库那些，之前还少的那些啤酒去哪了？'

"就这样，直到他无法再抵抗，安东尼奥。他很胆小，他会把你交代出来。"老妇人忧郁地总结道，仿佛在做出预言。他会把你的名字交代出来！

部长不禁打了个寒颤。

安东尼奥。"安东尼奥是谁？"督察会问犯人，"说吧，老实交代。"而约瑟费会开始开口。然后，他们会一点一点地发起围攻，他们会更慢慢接近事件的核心。他们会和女秘书（"那个非常好奇的人，从来没有停止听我们之间的对话！"）交谈，可能是在办公室外，也可能在她回家的路上。当然，秘书会有一笔账要算，可能是一些并不严重的每天都可能发生的来自于领导的无礼和怠慢,因为在这个世界上,没有一个领导总是和颜悦色地对待他的秘书。

安东尼奥看向了一边。秘书就站在房间的门口,显示着对这个谈话越来越浓厚的兴趣。

"你除了在这听上级的谈话,就没有别的事可做吗?"他怒吼着,带着领导的威严。这就是为什么工作加班总是那么晚!

"对不起,部长同志。我只是想看看你是否有什么需要,茶或是咖啡……"她说着,身体往退后了一步。

"有人要什么吗?并没有。"

"离开这,让我们单独待一会!"

秘书似笑非笑地离开了。她已经喜欢上了这个老妇人。

随着故事给他带来的压迫感,安东尼奥再次松了松领带的结,他已经满头大汗了。

"就这样吧。"他最后说,"别担心,我看看能做什么。毕竟,我们是一家人,我们必须相互支持。你们先回家吧,我后面会找你们再说这件事的。"

说什么,没人知道。没人知道他会对她们说些什么。也没人知道他将计划做些什么。

两个女人告辞后各自离开了;祖母回到了新汉巴宁,安托内塔回到了她的房子,两人都在继续等待。什么都做不了,只有等待。等待着安东尼奥和他做出的虚假的承诺。等候着警察对这个案子感到厌倦。等待着约瑟费,即使变瘦了,但可以毫发无伤地回家。

家里的日子开始拮据起来,所以安托内塔在随后的几个月里努力工作。她丈夫的工资在案件审理期间被停发;啤酒厂的收入没有了。吹萨克斯的收入就更是别提了,如今的约瑟费只能在监狱里吹牛扯谎来试图回避探长的问题。

在另一边,安东尼奥必须承认的是正忙着解决他表哥的问题,归根结底也是他自己的一点问题。

20
蒂托·纳雷卢加的伟大旅程

有一天,蒂托·纳雷卢加没有回家。他在正午时分离开,茱蒂特不知道他去做什么了。她只知道,她的丈夫曾经这样悄悄地离开,不说他要去哪里,也不说是什么原因把他带去了那些未知的地方,正如她跟菲利蒙秘书所说的那样。茱蒂特两三天后才向秘书告知他的离开,在这两三天里蒂托甚至没有回家吃饭。除非有很充足的理由,否则没有人会两三天不吃饭。

秘书想知道是否有这样的理由。

"怎么回事?你们吵架了吗?"

不,那一次,他们没有吵架。

"他会不会喝醉了找不到回家的路了?"

不,蒂托不是一个会这样喝酒的人,除非有人拿着一打啤酒来敲门,当然这个现象不常见。

因此,对于菲利蒙的百般审问,茱蒂特没有做出任何有用的澄清。因此,作为申述人,她觉得自己已经有罪了,所以她对秘书的审问采取了沉默的态度。

"你什么都不知道吗?"他恼火地坚持说,"这样我怎么帮你?"

"我不知道,秘书同志。"她轻声回答,急于摆脱他。

"我不知道!我不知道!我不知道!"秘书气呼呼地模仿她的

语气。

"我不知道"当然是恰当的表达,如果我们每个人都有一个在别人眼中的形象的话,那么对于茱蒂特来说,这是最恰当不过的形象了。茱蒂特很少对什么事情有透彻的了解(除了鹰嘴豆饼),她几乎对所有事情都一无所知。因此,她的表情很平静:丈夫的下落只是她不了解的许多事情中的一件。

她不敢说,因为看起来秘书也不会找到她丈夫的踪迹。"他会让我等待。"她想。

"回家等着吧。"菲利蒙对她说。

茱蒂特站起身来,伸手去牵她的孩子们,她带着孩子来,似乎是为了证明不光只有她一个人想知道丈夫的下落,或者是因为她不可以把孩子丢在别的地方。然后,她悄无声息地离开了,就像她进来时那样。她愿意等待。

然而,这个女人的平静却被一种预感导致的狂风卷走了。茱蒂特知道一些事情。她知道,自从蒂托被瓦尔吉解雇后,就变了。之前还有一种平衡,他在家里的不耐烦可以被他在印度商人的店里被迫拥有的耐心所抵消。但因为没有商品可卖和随之而来的被解雇,这种对不耐烦的约束就消失了,蒂托心中充斥着多年来折磨他的不满情绪,这种情绪只要有一点借口就会浮现,甚至海滩也已不能驯服他了。

为了给不在家找理由,蒂托开始说他在找工作,但由于他从未找到过(除了两三次背着几袋东西去市中心的商店,不过是一时兴起的小本生意),茱蒂特认为这也是他情绪的问题,情绪从内部啃噬着他。而她相信时间,她相信等待,她相信问题会消失。

纳雷卢加经常会带着一些小东西回家,她很担心。想知道他从哪里搞到那些东西。有一次是一整袋米。

"不关你的事。"蒂托闷闷不乐地回答,"你到底要不要吃米饭?"

她说要吃。她要喂养孩子们,甚至自己也想吃。她只是不想让他再陷入任何麻烦。

"所以,如果你不想再有任何麻烦,就别来烦我!"

是的,纳雷卢加经常不在家,但很少会对她如此严厉。所以尽管茱蒂特继续关注她丈夫匪夷所思的举动,她认为最好还是保持安静。他时不时透露一些信息,旁若无人、充满热情地说起他做过的工作,做过的承诺,这在他妻子看来是个坏兆头。而她仍然专心聆听、保持沉默、自顾自地担心,在还有面粉的时候,她一边揉制鹰嘴豆饼的面团,一边反思或逃避思考,同时进行着。

家里的情况大致如此。在外面,并没有人怀疑纳雷卢加,因为他带回家的是食物,而且每次只有一点点,大口咀嚼后便消失得无影无踪。

与此同时,纳雷卢加在城市的大道上徘徊。他在寻找一些理由,这样就能对他的行为做出辩解。他被一种从未实现的承诺组成的怀疑主义所淹没,他和承诺之间的遥远距离让他沉溺于一些行为,对于置身事外的人来说这些行为预示着可怕的结果。而他是局内人,他无法做出预示。而正如他无法做出预示一样,他也没有做出选择:如果他注意到集市摊主心不在焉,就从摊位上挑两个小橘子;他带着满满的口袋和一脸坦然离开市中心的商店。有两三次他引起了人们的怀疑,但他很年轻,身材也很好,能以迅速逃跑来解决这些麻烦,他跃过围墙,穿过别墅,身后留下一片犬吠声,鸡群惊恐地四处扑扇着翅膀,铁皮屋子叮当作响,灌木丛中发出沙沙声,此起彼伏的回声让跑去追赶的人跟丢了。人们围在一起议论纷纷。久坐不动、习惯于等待顾客而不是追赶顾客的店主们,跑不快;或者,即使他们跑得快,也追不上纳雷卢加的坚定。

在乡村长大的纳雷卢加没有这些麻烦。他像一个在棕榈树林的暮色中奔跑的人一样,灵活地在迷宫中蜿蜒前进。他忘记了茱蒂特教给他的东西:这里是城市。

当茱蒂特断定丈夫有可能永远不回来时,她才去找瓦尔吉老板。自从她的丈夫在那里工作以来,纳雷卢加一家人一直把这个商人视为保护者。此外,众所周知,茱蒂特保管着她的儿子马尼奥与印度商人间的秘密糖盒协议。

"打扰一下,瓦尔吉老板。"

"什么事,茱蒂特?"

"你看到蒂托斯了吗?"

"你看到蒂托斯了吗!你看到蒂托斯了吗!如果蒂托斯住在你的房子里,我怎么可能看到他?"瓦尔吉没好气地说。"难道你不知道我的店已经关门了吗?那里只有老鼠和鸽子,下雨的时候也会漏雨。没有商店,我怎么会与蒂托斯有联系?"

茱蒂特知道这些。她只是为了问而问。

瓦尔吉也为了回答而回答。他这样说也是因为纳雷卢加一家的事困扰着他。他责备政府关闭了他的商店,他也责备自己关闭了蒂托斯的未来之门。另外,他喜欢蒂托斯的孩子们,看到他们在街上拖拽着生火的柴禾走过,他报以同情。

"我没有看到!也许他偷了东西就跑了!"他最后说,这次几乎说对了。

茱蒂特道歉后离开了,而身后的瓦尔吉,敞开着门,用乌尔都语嘟囔着难以察觉的单音节。谁知道呢,也许是为了给这侮辱人的态度辩解,为了不暴露弱点。

而在这次对话后,茱蒂特认为瓦尔吉可能是对的,她到政党办公处告诉了菲利蒙秘书。

几天前的一个下午,纳雷卢加正穿过马思南大道(我们得向路人询问才能知道,为什么叫这个名字?马桑诺改名了吗?)。他像所有小贼一样到处张望,但他的注意力中有一丝无知,他只关注眼前的小世界,让周围更广阔的世界从眼前溜走。因此,当他意识到这一次会有所不同时,已经晚了,没有围墙或别墅可以挡在他和危险之间,一种他没有看到的但会马上出现的危险。一个、两个、几个穿着制服的人零散地站在人行道上,盘问过往的每一个人,对于纳雷卢加来说,他们仿佛已经在谈论他了:"你认识一个叫纳雷卢加的人吗?你在这附近见过纳雷卢加吗?一个瘦小、话不多、喜欢制服的年轻人?"被盘问的人中,似乎没有人认识他。他们最多听说有一个人影跃上围墙,穿过别墅,但没有更具体的消息了。这就是为什么巡逻队继续问:"你有没有看到一个农民像在灌木丛中奔跑一样在城市的街道上奔跑?有没有看到他像爬上主人的椰子树摘椰子一样把东西从商店货架上拿下来?有没有看到他努力缩短他和自己梦想间遥远距离?"巡逻队盘问了所有人,当然也得盘问他。

纳雷卢加没有什么可回答的,他甚至不能按要求出示文件(事实上,即使在商店售卖各种布匹、香料和水果的黄金时代,瓦尔吉也从未给过他文件)。他在口袋里翻找,他知道口袋是空的,他这么做只是因为其他人都这么做,他突然非常想和别人一样。而巡逻队也厌倦了等待,结束了这次盘问,因为他们都知道这么做是没有用的。而正是在士兵们暂时分心,不耐烦地寻找下一个盘问对象时,纳雷卢加想着机不可失,就趁现在。于是他试图模仿一只逃跑的羚羊,迅速跃起,但可怜的他,只能像他家乡的的小毛猪一样,吱吱叫着,晃动着身体,却跑得那么慢!他还没有成功跳过第一道围墙,还没从第一个别墅里钻出来,手枪托就将他打倒在地。这么一来,情况变得有些微妙,他反而没法解释他的行为了。

没有人问他是否偷了东西(而且他这次会急忙展示他的口袋是空的)。相反,他们用粗暴的手势命令他爬上一辆卡车,车上坐满了像他一样的纳雷卢加,他们是城市里沉默的乡村入侵者,他们的眼睛明亮得像小镜子一样,从中看不出纯真,似乎也没有任何罪行。没有人告诉他是否至少可以回家与茱蒂特和孩子们告别。纳雷卢加甚至也没有问。因此,当太阳下山时,满载的卡车向北出发,留下一长串刺鼻的浓烟,掩盖了雨季的甜美气味。

他们连夜赶路,也许是为了不让途径村庄里的人打听出他们是谁,他们要去哪里。在他们身后是大城市马普托,在那里马尼奥和辛迪娜围在茱蒂特身边,只能默默打探消息。

纳雷卢加不知道该对他们说什么。

黑暗掩盖了马拉夸内和因科马蒂河①的雄伟景观;马尼萨②和它谦逊的凯旋门,迫使卡车在通过前弯腰;帕尔梅拉③上的老椰子树,仍然矗立高耸,与广袤的平原交谈。黑暗中视野不好,车队只能靠气味判断路线,在一个十字路口,被生长在希纳瓦内④的甘蔗的甜味所吸引,几乎迷失了方向。但它继续朝着马西亚⑤烤腰果的气味前进,农民们模糊不清的身影把烤好了的腰果撒向卡车,就像人们在婚礼上撒大米⑥一样,就像在葬礼上撒大米一样。

再往前走,他们开下辛谷班⑦的缓坡,便闻到了粪便的味道,感受到了来自赛赛南边的林波波⑧宽阔如海的微风;他们经过桥,穿过一条羊肠小路,来到一个安静的小镇,当时大家都在睡觉。他们

---

① 因科马蒂河,莫桑比克河流,译者注。
② 马尼萨,莫桑比克因科马蒂河边城镇,译者注。
③ 帕尔梅拉,莫桑比克城镇,译者注。
④ 希纳瓦内,莫桑比克因科马蒂河边城镇,译者注。
⑤ 马西亚,莫桑比克城镇,译者注。
⑥ 撒大米,是婚礼的一种习俗,代表多子多福,译者注。
⑦ 辛谷班,莫桑比克城镇,属赛赛市,译者注。
⑧ 林波波省,南非九省之一,译者注。

经过纳马维拉①和奇扎瓦内②,在希登盖莱③,俯瞰道路的教堂单调地敲响了钟声,告诉人们他们经过那里,而没有人知道他们要去哪里。他们开过无尽的直线,到达马登代尔④,越过边界。在另一边,在赞达梅拉⑤,百年芒果树矗立着,玫瑰色的黎明终于开始在无声的光芒中亮起。

他们在经过的所有地方,发抖着低声念出它们的名字,纳雷卢加点头表示同意,似乎在说他记住这些地方的名字了,这样以后可以找到回家的路。

过了希西布卡⑥,当他们到达基西科⑦时,纳雷卢加闻到了大海的味道,听到了远处椰树的呢喃声,这片平原就像一张被潟湖渍过的旧皮。因为海风,他知道已经踏上了自己的土地了,所以他回忆着这条路上的平缓的弯道。宁静、面带微笑的海伦⑧;在伊尼雅利梅⑨陆地与海洋的交织处,一家老旅馆摇摇欲坠,也没有邀请他们进去;纳孔戈⑩,面朝公路;昆巴纳⑪,水果之乡,诗人橘子的隐秘来自于此;林代拉⑫的岔路口,右侧的道路带给他强烈的家的味道,他父亲的味道。

---

① 纳马维拉,莫桑比克城镇,译者注。
② 奇扎瓦内,莫桑比克城镇,译者注。
③ 希登盖莱,莫桑比克城镇,以美丽的海滩闻名,译者注。
④ 马登代尔,莫桑比克城镇,译者注。
⑤ 赞达梅拉,莫桑比克城镇,译者注。
⑥ 希西布卡,莫桑比克城镇,译者注。
⑦ 基西科,莫桑比克东南沿海城市,市内有多个潟湖,译者注。
⑧ 海伦,莫桑比克城镇,译者注。
⑨ 伊尼雅利梅,莫桑比克的城镇,译者注。
⑩ 纳孔戈,莫桑比克城镇,译者注。
⑪ 昆巴纳,莫桑比克城镇,译者注。
⑫ 林代拉,莫桑比克城镇,译者注。

缩在卡车上的纳雷卢加几乎是朝着黑暗，朝着然加莫①的模糊方向大喊："父亲！我在这里！是我，蒂托，你的儿子！在这里，我踏上了这个我不知道目的地也不知道目的的旅程（我，一直想通过旅行来寻找自己、了解自己，而我这趟旅行的目的却是让我在未知中失去自己！）。不要再去马普托找我了，父亲，因为我已经离开了。不要让老师给我写信，信的开头写着'孩子，是我，你的父亲，向你问好'，然后像这样继续写着：'我们这里几乎都很好，只有你母亲腰疼，这就是她没有去农场的原因。她说是木杵的问题，但我认为是干旱的问题。如果下雨，空气就会降温，她的背部就会恢复到以前的样子。如果下雨，我们的生活将以另一种方式继续前行。不要去请老师帮忙，因为这些信没有目的，没有目的地的信就是一张纸，上面的字对任何人都毫无意义。你会以为我已经收到了这些信，我也会相信你不再请求老师给我写信，或者你可能已经死去。这样就再没人给我带来消息了！"

但这支纵队对最后一次父爱的呼唤与回忆的召唤充耳不闻，继续往左侧开，盲目地向前逃窜。到了马希谢，纳雷卢加的困惑觉醒了，已知的道路走到尽头了。他们经过的地方，现在只剩下寂静的声音传到纳雷卢加的耳朵里。只是听说过莫伦贝内②、马洛瓦③、马辛加④这些名字，一切都是未知。纳雷卢加家族的其他人会知道这些名字，他们几乎去过这条路上的每一块土地，都去过马普托碰运气，现在又都回来了。

再往前走，树木发生了变化，灌木丛干枯了。渐渐地，黑暗中出

---

① 然加莫，莫桑比克伊尼扬巴内省的行政大区，译者注。
② 莫伦贝内，莫桑比克伊尼扬巴内省的行政大区，译者注。
③ 马洛瓦，莫桑比克城镇，译者注。
④ 马辛加，莫桑比克伊尼扬巴内省的行政大区，译者注。

现了被烧毁的小村庄,先是被烟雾熏黑,然后是灰烬和死亡的白色。所有这些都组成了新地图的一部分,是战争的地图。石河村①,翁瓜纳②,尼亚申盖③,马万扎④。俘虏被吓坏了,士兵的眼睛也麻木了。发动机转速很慢,以免吵醒那些最好是处于熟睡状态的部队,武器发出金属的反射光,照亮道路。慢慢地,敌人的气味变淡了,甜腻腻的,已经和我们的气味混在一起,两种命运也交织在一起了。谢利内⑤,马皮尼亚内⑥,迈梅拉内⑦,马科瓦内⑧,马兰戈内⑨。这些地方继续向旅人低声诉说它们的名字或是旅人留下记忆,但对纳雷卢加来说,这已经是无所谓了。他不熟悉它们,也不会保留这份记忆。

他们经过维兰库卢什⑩岔道,经过伊尼亚索罗⑪岔道,经过戈武罗⑫岔道,纵队本可以去寻找防空洞,却一直在愚蠢地前进。最后,来到伟大的萨韦河⑬,清凉的水在这片已经干涸的土地上格外显眼。

---

① 石河村,莫桑比克城镇,译者注。
② 翁瓜纳,莫桑比克城镇,译者注。
③ 尼亚申盖,莫桑比克城镇,译者注。
④ 马万扎,莫桑比克城镇,译者注。
⑤ 谢利内,莫桑比克城镇,译者注。
⑥ 马皮尼亚内,莫桑比克城镇,译者注。
⑦ 迈梅拉内,莫桑比克城市,译者注。
⑧ 马科瓦内,莫桑比克城镇,译者注。
⑨ 马兰戈内,莫桑比克城镇,译者注。
⑩ 维兰库卢什,莫桑比克城镇,译者注。
⑪ 伊尼亚索罗,莫桑比克城镇,译者注。
⑫ 戈武罗,莫桑比克城镇,译者注。
⑬ 萨韦河,莫桑比克河流,译者注。

纵队在一棵巨大的猴面包树旁的空地停了下来,这棵树就像岩浆从地下喷发出来时猛然被冻结住了一般,就如一个自然界的肿瘤。到处都是士兵,他们奔跑着,大声说话,执行命令。纳雷卢加和他的同伴们走下车,被带到了那棵奇怪的树下,不知道要等多久。虽然没有人告诉他们,但他们知道,这还不是他们旅程的终点。他们只是在继续前进之前停了一会儿。因为旅程没有终点。

在空地四周,一些农民出售着不太新鲜的水果和任何你能吃的东西。俘虏中那些有钱的人,会去买;没钱的人,就垂涎三尺,只好幻想。过了很久,才有士兵来到他们身边。他们站起来,以一种他们感知到的、几乎是军事化的方式列队(反过来,士兵们看起来越来越像俘虏)。笔直且僵硬,双臂垂放,双脚并拢,直视前方,这是俘虏的姿态。

指挥官圣地亚哥·穆安加双手背在身后,缓缓地漫步在一排排被捕的旅人中。他随意捕捉每个人身上的小细节,试图从中推断出他们每个人的经历。这个人的鞋子与他的身材不相称;那个人戴着小小的近视眼镜,这无疑是因为他无数次的阅读,然而今天却无法选择要读什么;第三个人没有任何突出的标志,这使他独一无二。他们,像雕像一样一动不动,等着被探查,供出他们携带的个人传记。天色已晚,旅途漫长,俘虏和士兵们都很疲惫。

突然,有情况发生了,穆安加指挥官中断了缓慢的探查。有东西引起了他的注意,他认出了什么。他看着一个俘虏,似乎是一个认识的人。他站在俘虏面前。对他说:

"你是谁?"他几乎知道答案。

"伊尼扬巴内省蒂托·纳雷卢加,来自康吉亚纳①街区,也叫巴

---

① 康吉亚纳,Conguiana,伊尼扬巴内省伊尼扬巴内市的一个街区。

哈区。"

以前是一个渔夫,也为贪婪之火收集木材。是那个人人都知道或应该知道的做鹰嘴豆饼的茱蒂特的丈夫。是辛迪娜和马尼奥两个孩子的父亲,以前住在马普托市 513.2 号街,满脑子都是失去的梦想,被日子磨灭的梦想。一路上,他从卡车上丢掉梦想,散落在漫长的路上,在还未走完的道路上已经没有剩余的梦想可以播种了。是一个想要旅行的人,但不是以这样的方式,虽然想要的东西很少,但不是想要这样的结局。

指挥官听烦了,打断了他对生活的讲述:

"我知道,我知道你是谁。走出队列,到那边的树阴下面去。我之后再和你谈。"

纳雷卢加服从命令,离开他的同伴,到树阴下等待。肯定需要等些时间。他想知道这位邻居指挥官,这位前邻居军官,想从他身上得到什么;想从他这位不再有任何秘密的人身上得到什么秘密。他会提出什么建议?这不是属于他自己的旅程,与其他俘虏的旅程有什么不同?他仍然不知道这些盘问代表了希望还是恐惧。

探查结束后,指挥官圣地亚哥走了过来。他慢慢地走过来,也许他在思考要说什么,但没有得出任何结论。

"你现在住在几乎与菲利蒙秘书的房子相对的那幢房子里,是吗?"

"是的,"纳雷卢加回答说,他与指挥官在动词时态使用上有分歧,"我以前住在那里。从昨天起,不再住那里了。"

"你是如何卷进这个问题里的?"

纳雷卢加无法回答,因为他不知道指挥官在谈论什么问题。所以他保持沉默。

至于圣地亚哥来说,他没有什么可问的了。被派来的人权力都比他大,虽然在这片灌木丛中的自己的权力是最大的。因此,他无法挽回已经发生的事。然而,他可以在小事上帮忙。例如,他可以给茱蒂特带个口信,这样她终于可以知道她的丈夫去干什么了,就可以给秘书一个令人满意的答案,她甚至可以试图模糊地找出他去了哪里,这样如果惩罚结束后,他想要找到回家的路就不会那么困难了。

对于这一切,纳雷卢加的回答是肯定的,遥远的,仿佛他知道他们强加给他命运的力量,仿佛这种命运已经在他体内。

至于指挥官,当他想要提供帮助时,不仅是在与纳雷卢加对话。他也在和自己对话,他提高嗓门说着,而这两个平行的对话在同时进行。毫无疑问,如果纳雷卢加再待一会儿就会感到困惑,因为他不知道指挥官在与谁对话。指挥官总是点头说是的,他一会儿把纳雷卢当作俘虏,一会儿把他当作自己作为军人的良知。

而这种内心的对话夹杂着疑问和沮丧,在圣地亚哥的身上继续滋长。他不明白为什么需要付出这么多努力,组织这么大的行动。既然那些地方有那么多死人,他们不安分的灵魂在活人头上游荡,为什么还要有更多的活死人?是因为指挥官知道随着时间推移和向前行进,他将看到他们一点一点地死去吗?

双方的对话很快结束了。圣地亚哥没什么要问了,无论是对纳雷卢加还是对自己的良知。

"你可以离开了,邻居。"他说的是"邻居"而不是"前邻居",他没有把对方归为过去,因为纳雷卢加似乎没有过去,这里可以作为他的现在,甚至是未来,没有明确的划分。

"你可以离开了,祝你好运。"

纳雷卢加鞠了一躬。然后走向已经爬上卡车的同伴们。

"等等!"指挥官说,他陷入了优柔寡断,或者说他需要再跟俘虏说明些什么。

纳雷卢加转过身来。

"让我看看我能为你做什么。"他说。摸着他的良知说话。

纳雷卢加出于礼貌地点点头。

"走吧,你可以走了。"

纵队离开了。伴着引擎的轰鸣声,越过了桥,进入了另一边。从现在起,甚至不再有地方低声诉说着它们不为人知的名字,不再有人可以证实俘虏的纵队从那里经过。只有石头单调地排成队列,和像石头一样干燥的植物。灌木丛和前进的恐惧,像在黑暗中一双双探出来的眼睛。纳雷卢加后来也说不出旅程的这一新阶段持续了多久。他和其他人一样达到了体力的极限,他只能睡觉,让现实和梦境平行流动,就像指挥官圣地亚哥·穆安加的两段对话一样。而正当他在现实和梦境之间徜徉时,伏击发生了。经过一个弯道时,伏击撞上了满载俘虏的卡车。

剧烈的爆炸同时从地面和空中响起,在俘虏的梦中,爆炸声仿佛是精纺亚麻布从高空抛下,轻轻地落在瓦尔吉老板身边,一声接着一声。重型、轻型武器粗粝低沉的声音潦草地缝合在一起,听起来像老板的手指在柜台上敲打。四处都是求救的哭声和咒骂声,瓦尔吉带着咒骂声怒气冲冲地冲了出来,摔碎了出口或入口的两扇门,身后的店铺在黑暗中越陷越深。

异常的混乱,到处都是烟雾,没有了俘虏和士兵,纳雷卢加不知道自己在哪里醒来的,是在梦里的现实中还是在这个如此现实的梦里。卡车就像被锲而不舍的猎人追逐的大象。有些人伤痕累累,躺在路上一动不动,无法继续前进;另一些人则离开道路,盲目地钻进灌木丛中,在发动机的烟尘和嘶嘶作响中,开始了没有目的地的新旅程。

从这时候开始,纳雷卢加的传奇故事就有了两个版本。在513.2号街的一边,坚信其中一个版本,而在另一边,发誓说其实是另一个版本。因此,两个版本被一条长513.2米、宽5.132米的强大边界分裂。

在第一个简单版本中,从给永不熄灭的贪婪之火添加柴火开始,这个几乎仍然年轻的人沿着海滩走,海滩上的风总是用力拍打着鸟儿,他同时也沿着那里的商店走,在那鸟儿像俘虏一样是空中飘动着的布匹;他从一个穿着金银丝带装饰的华服的女人身旁经过,由此爱上了她,并收养了她的两个孩子,就这样消失在遥远的道路的转弯处,故事就这么以最简单的方式结束了。

第二个版本比较长。载着纳雷卢加的卡车离开了充满烟雾和尖叫的道路,仿佛是为了发明一条只属于自己的新路。他肆无忌惮地开过沟渠和干草堆,开过布满荆棘和石头的干燥小路,直到它累得停了下来,倚靠在一座丘陵上,周围满是车轮掀起的灰尘。就在这时,敌人来了。那些留下来讲述这段故事的人中,有些人不确定他们是否在那些被带走的人中看到过纳雷卢加,至于去了哪里就不知道了;其他人则保证说,是的,他在那些人中。而无论他在或不在,人们都说他完全变了样子,变得很危险。他和一些同伴加入了一条长长的印度人队伍,第二次被俘。他们翻山越岭,趟过河流,深入森林,挑战恶劣的地理环境,以至于圣地亚哥·穆安加司令的部队都无法找到他们。部队只能在远离马普托的萨韦河畔烧焦的残骸上搜寻,那是早已设置好的死亡陷阱,只等他们到那里。

圣地亚哥看着这些骨头,是否回忆起了他的邻居? 一段带着自己的良知的冰冷的回忆? 他是否探查过散落在那里的头骨,以期找到纳雷卢加活着时目光和热切所在? 也许吧。既然没有找到他们,他应该会沿着错综复杂的路线出发去追寻这支纵队,直到最后放弃了。不知道他将如何对菲利蒙秘书说;不知道他将如何对制作鹰嘴豆饼的茱蒂特说。

纳雷卢加终于到了那个连穆安加都无法找到的地方。在我们看来,是一个像地狱一样的地方;但在他们看来,它是一个防空洞。第一天,他希望,徒劳地希望,即使没有其他理由,但至少是以一个老邻居的名义,圣地亚哥·穆安加指挥官会来这里接他,因为他已经习惯了以前的命令,他很难适应现在的新的命令。第二天,他想起了茱蒂特(是她把他从乡下救出来,带到城里来的)。然而,一个个夜晚过去,日子和希望都变得疲惫不堪,一切都褪色了,变得黯淡无光。几个月来,只要有人叫他打水、打柴、做饭,纳雷卢加都会照做。服从新的权威,他忘记了他的旧主人瓦尔吉,这一次,他不再是蒂托斯了。

有几次,当一切都平静的时候,却爆发了动荡:有人注意到俘房中有人挂着不同的表情,一种无法忍受的蛮横。那是什么表情?他想发起什么挑战吗?于是一声枪响,这一声枪响使本来就不多的俘房队伍人更少了。纳雷卢加学会了在这种时候大笑,甚至学会了主动把这些没有生命的同伴,这些没有任何用处的躯壳从院子里挪走。那些人愉快地笑了,他们注意到了纳雷卢加身上的这种新活力。纳雷卢加哄他们高兴,他已经忘记了那些他曾经哄过的人,街上的邻居,茱蒂特和孩子们。他不再是蒂托了。

他不再是蒂托斯,他甚至不再是蒂托。到底谁是纳雷卢加?

据说,他现在对待俘房的女人就像吃生肉一样兴奋,且习以为常。据说他不再说话是因为他没有什么可说的。他也不再睡觉,始终保持着警惕。

"蒂托·纳雷卢加死了!"第一个版本说。"蒂托·纳雷卢加重生了!"第二个版本回答说。

21
爱与经济分歧

除了偶尔有大量从这里经过的游行队伍外,513.2号街上的车辆变得越来越少:外面的人根据纸上写明的地址找来这里,送货车给商店送来物资,圣地亚哥指挥官的军用吉普车在夜深人静时抵达这里或从这里驶离,科斯塔先生的福特卡普里车出乎意料的还在维持着老样子,除此以外基本没有什么车出现在这条街上了。更别提泰勒斯·南通博的欧宝汽车,它早就在费拉兹的车库里奄奄一息了,已经失去了能给它鼓励并让它重新跑起来的主人。渐渐的,一切都被在街道尽头驶过的公交车所取代,老式的佰士登微笑在街道上消失了。只剩下了深刻的严肃性。

因此,在这个被称之为城市交通的背景下,我们再也听不到发动机的此起彼伏发动的声音。现在,在我们漫长的生活中听到的每台发动机的声音,从头到尾都是孤零零的,仿佛是一首从远方传来的并向远方出发的哀歌。就这样,在那种单调中:仿佛它费了好大的劲才到达,然后以极大的强度现身,最后拖着时间和痛苦慢慢离开。

也因此,费拉兹的工作连同他的好脾气一样,都变成十分稀有的了。

费拉兹把刚读完的报纸合了起来,他担心地看向车库。他刚刚在报纸中读到,燃料配给制开始生效。燃料票就跟男人们赖以维生的票一样,分成了白色和蓝色。燃料少了意味着能跑在路上的汽车也会变少;需要维修的车就更少了。

车库里空无一人,除了逃走的南通博的欧宝汽车在那里获得了像树根一样坚固的蜘蛛网;还有一本无关紧要的黑皮笔记本,在黑暗中跳动着。这是最重要的一招。

费拉兹把报纸扔到一个角落里,拿起一本他需要仔细研究的化油器手册(他还没有放弃研究南通博的欧宝汽车是否是化油器出现了问题),然后向屋子里走去。他需要好好洗个澡,吃个晚饭,睡上一觉。不能为了眼前的事而忘记自己的正常生活。他走进厨房,揭开正在沸腾的锅盖,向锅里瞥了一眼,看一下晚餐要吃的是什么。然后,他走进客厅,那里正在进行这一场激烈的争论。

"现在就去穿衣服,贝特丽丝!"吉列米娜夫人喊着,"难道你不知道这样走路是一种罪吗?"

跟女儿喊话的同时,她也注意到了坐在角落里的胖子马尔克斯,他垂着胳膊,上嘴唇挂满了汗水,苍老的心脏发出的声音仿佛是索罗门霍先生的斯图贝克车的发动机在试图爬坡。一旁的夫人正在织着毛衣,她偷偷地看向她的丈夫,无奈地摇摇头:"没办法,这是她生的。"

吉列米娜夫人责骂她的女儿,是因为她很担心。她不知道她女儿天生的美貌从何而来,这种美貌与罪恶混在了一起。她看着她的丈夫,秃头,肚子突出,两条短腿弯曲;她看着自己,镜中的自己与一生中无数次照镜子时看到的并无不同:过小的头,两只突出的眼睛,鹰钩鼻子下面是两片薄嘴唇。她想不出女儿身上究竟融合了她和她丈夫身上的什么优点,但她的贝特丽丝却美得如此夺目。为此,她与天上的神诉说了很多次,请求神可以让女儿嫁给一个好人,因为美貌就像一个诅咒,是靠不住的。她与神之间的这种对话具有独特的形式:吉列米娜夫人从不直接祈求,而是先制定合同。"如果神给我这个,我就给神那个。"诸如此类。这是一种直接合同,并没有中间人,因为对她来说,教堂的神父也只不过是一个跟大家一样的人,神父只有资格掌握一些小秘密,而不是最深层次的秘密。

"去穿上衣服,贝特丽丝!"她说。

"别管孩子了,吉列米娜。你也别烦我了,因为我需要研究点东西。"费拉兹说着,戴上了眼镜,打开了他的手册。

"爸爸,帮帮我。"贝特丽丝说。

"我可以帮忙。"胖子马尔克斯立马说道,斯图贝克车还在路上喘着气,而尤拉里娅夫人则摇了摇头,继续织毛衣。

大家都停下了手头的事,一齐转向了马尔克斯,而马尔克斯感到十分尴尬,不得不解释:

"我指的是泽卡手里的化油器手册。在我的时代,我对化油器很了解。"

与其说是指责女儿,或是责备胖马尔克斯,吉列米娜夫人现在更想指责的是她的丈夫。这就是为什么费拉兹夫妇的争吵总是从贝特丽丝开始,接着是马尔克斯,最后以最实质的问题结束,那就是泽卡·费拉兹没有能力筑起一道堤坝来保护这个家免于没落。吉列米娜夫人指责她的丈夫整天在车库里忙东忙西,反复读某个笔记本,甚至不断研究南通博的欧宝车,而没有人会为这辆车的修理付给他报酬,除此之外,在家里就知道进出厨房。而她则在教会和菲利蒙的支持下,努力使这个家运转起来。她感到法蒂玛的圣地离她越来越遥远。继续这样下去,连纳马沙①的圣地都到不了!

与此同时,年轻的贝特丽丝利用这个喘息的机会向海滩的方向溜走了。佩德罗萨家是她去海滩的必经之路,她从2号房的门前走过。佩德罗萨站在阳台上看着她优雅的身影,叹了口气。在她的眼睛里,他看到了两颗宝石的光芒;在她的胸前,他看到了一对坚挺的

---

① 纳马沙,莫桑比克城镇,译者注。

橙子。

佩德罗萨的橙子（总是如此多汁和明亮，似乎是进口）和其他人的橙子一样，只持续了短暂的辉煌。橙子跟他密不可分，但让人印象深刻的还有他昂贵的西装、除了他没人用过的须后水和来自远方的啤酒。我们看着他，并不嫉妒他，我们只是在他身上看到了有一天属于我们的未来。这个活生生的参照物持续存在（这是我们想成为的具体的形象），而那些鲜艳的橙子却被出口了或被送到我们的商店。它们穿越了海洋和茂密的森林，穿越了急躁的河流或最普通的马托拉公路。

然而，有一天，这一切都结束了。或者说，在没有人知道原因的情况下结束了。这是许多种原因共用导致的，所以很难指出罪魁祸首。佩德罗萨竭力为自己辩护。他首先回答了官方关于战略品生意亏损的问题，他给出的原因是干旱。"怎么会是干旱？"监督部门问道。确实有一定程度的干旱，但这种干旱只可以说明，比如说，产量百分之三十或四十的亏损是合理的，而不能解释所有的亏损。

然后，佩德罗萨召集了他所有的肖像画，为答案构建论据，并写出答案。任何人从外面看就像齐奎尼奥和科斯米托经常做的那样都只会看到这个代表，匆匆忙忙地在这个墙上挂满了小人的房间里走来走去。在房子里面，经过一系列的讨论，这些小人同意百分之三十的亏损很可能来自于正在摧毁我们的干旱。他们严厉地指责，在剩下的百分之七十中，有很大一部分原因，是由于代表的昂贵品位，由于他对进口商品的狂热，由于他习惯于用香水和穿着打扮来吸引他的邻居们。是吸引贝特丽丝吗？

"这只是为了培养他们的品位……"佩德罗萨装傻充愣地辩解。

不管是不是这样，这一部分里，比方说，百分之十是礼仪开销的合理费用（一个代表试图向人们展示未来的情况这也是可以接受的），至少还剩百分之五十或六十，它们的原因既不在干旱，也不在奢侈的花费。那在哪里？

在工会的抗议下，会计部认为工人的工作效率低下，他们有为缺勤编造理由的恶习，或者他们在下午的工作中表现倦怠，这都是原因。他说，化肥进口的复杂方式以及购买农药的迷宫般的方法都应被考虑到计划中去，尽管很难确定这些原因所应达到的百分比。几乎所有人都对此表示同意。

最后，还有一个复杂的政党需求的问题。因为有一连串的工作会议（有很多事情要决定，关于革命进展的问题，关于如何消除阻碍革命的障碍的问题），人们在开会时难免感到口渴，由于是在工作时间，啤酒不仅短缺而且有酒精也不合适，他们通常想要喝橙汁来维持生命。而说到橙汁实际上说的就是佩德罗萨的橙子。一封封公函到达位于温贝卢齐的 CCC EE，几乎用着同样的语调。"佩德罗萨同志，在召开某某会议之际，我们特此要求你供应三百公斤橙子。"除此还对佩德罗萨致以问候。他无从逃避，更没有胆量开发票。

因此，正是干旱、代表昂贵的生活习惯、工人的怠工、纠缠不清的官僚机构以及最后的官方征用，这些复杂的原因造成了公司正在经历的危机。从字面上看，CCC EE 已经濒临枯竭。尽管佩德罗萨可以指责干旱，但他不敢提及其他原因。因此，当被问及时，他给出的解释是不完整的，而公司和监督部门之间的关系也因此变得僵硬。在监督部门和佩德罗萨之间也是如此。

随后进入了艰苦的谈判阶段，不停地接到审计和简易的传票，总之，当有一天等待已久的解雇信到来时，这场噩梦才结束。在很短的时间内，佩德罗萨从临时代表变成了事实上的代表，又从事实上的代表变成了前代表。

然而，他成功地挽回了损失，因为随着他的离开，CCC EE 因为破产和解散也不复存在，2号房直接落入国家手中，并由后者落入前房客手中，前房客作为失业公民继续住在那里。秘书菲利蒙对于这个结果感到很奇怪，他怀疑是部长安东尼奥所为，尽管这次没有敢于调查。

如果说以前的费拉兹总是通过车库自保，来躲避吉列米娜夫人的坏情绪，那么现在他逐渐学会了反击。

"你怎么能指责我？这是属于整个国家的危机。"他问道，"没有车可修是我的错吗？怎么不说是没有足够的燃料让汽车在行驶过程中发生故障造成的呢？"

这时，贝特丽丝已经逃到了海滩上，她就像是一颗彗星，身后带着由邻居们的叹息组成的空灵的尾巴。这其中一个是进口的、带有香味的叹息。

对务实的吉列米娜夫人来说，找理由是没有什么意义的。如果泽卡愿意放下某本笔记本和某辆车（都是无用的、无用的）看看周围的世界，如果他下决心像其他人一样上街，他就会看到，除了危机，也有摆脱危机的可能性。

"什么可能性？"

吉列米娜夫人举了其中一个例子：听菲利蒙秘书说，国家愿意为那些想捕鱼的人提供渔船。泽卡至少应该试试。

"怎么试？"费拉兹小心翼翼地问道。

他来自绍奎，来自内陆城镇。他练就的收放自如的本领只能在陆地上施展。他对海面的湿滑，和大不可捉摸的脾气感到担忧。

"试着去试！"她恼怒地反驳道。

买一艘这样的船，然后雇佣渔民，谁知道呢！她唯一知道的是，她看到他四处游荡，而她自己却把每天的时间都用在工作上，或者说，用在两到三份工作上。

就这样，机械师费拉兹在被拖出车库后，被推到了渔场。

菲利蒙秘书特别关注吉列米娜夫人，因为她是他在很多任务中的伙伴。他为费拉兹指了条路，把费拉兹在小规模捕鱼活动的受益者名单中的排名提前，也给他提供了必要的许可证和证书。在短短一个月的时间里，费拉兹夫妇藏在正在腐烂的床垫中的仅有的积蓄被翻出，用来支付一艘5.132米长的全新玻璃纤维船的首付款。在那一个月的短暂时间里，这艘船确实停在了街道的尽头，被海湾潮水的轻柔波浪摇晃着，毫不遮掩地暴露在好奇的邻居们面前。这是费拉兹家新的骄傲。同时，吉列米娜夫人还雇用了一名水手长和几个渔民，顺便说一下，考虑到当时在这条踮起脚尖就能看到大海的街道上失业现象很普遍，雇佣几个人并不困难。

渔船的首航是一件大事。船只缓慢地转弯，然后向前行进，寻找一个可以发现鱼的合适的深度。费拉兹在船头挥舞着，随着船的前进和摇晃，渐渐地失去了势头。他晕船了，只听他咒骂着大海的臭味和让他踏上这场冒险的主意。"还不如失业在家无所事事呢。"他想着，在那一刻晕船让他想要不惜一切地去任何有陆地的地方。即使被双手捆着扔到一个充满机油味的车库里也好。水手们嘲笑着新老板的柔弱，同时向散落在海湾周围的西塔塔鲁①挥手，阳光下的海湾水面平静，上面生活着很多的人，让海湾看起来也更安全。

在水手长认为有鱼的地方，他们就把网扔到水中。那是一张全新的细网，用来捕捉每年在这个时候还很小的马昆巴②。他们一边等待着，一边聊着天来消磨时间。当然谈话更常发生在水手之间，因为费拉兹没有什么海上的经历可以讲述，只能保持沉默。因为这个原因，也因为晕船和当上老板的新感觉。

---

① 西塔塔鲁，用棕榈树干制成的小渔船，马普托海湾特色船只，译者注。
② 马昆巴，莫桑比克海域鱼类品种，类似于沙丁鱼，译者注。

最后他们发现那里没有鱼,水手长认为他们应该去别的地方试试。他们启动发动机,发动机加速转动,但船仍然一动不动,好像在嘟囔着人们妄想移动它。即使在海上,费拉兹仍然是个机械师,他探出头来,尽管发动机的噪音很大,但他看到螺旋桨没有动静。他立即怀疑问题可能出在哪里。但是,离开了他留在车库里的工具,他怎么解决这个问题呢?他只能跟其他人一样边摆弄东西边咒骂,而水手们则从合理的期望(毕竟费拉兹是个机械师也是老板)变成了无声的失望。所有的努力都失败了,费拉兹下令用船桨把船驶离大海,但没有人会想到把船桨带进一艘有全新发动机的新船。这下轮到费拉兹失望了,他羞辱了水手们,尤其羞辱了水手长的无能。天色已晚,西塔塔鲁们都已经回家了,在他们目光所及的地方没有人可以帮助他们。他们别无选择,只能让自己陷入焦虑的漂流中,用目光追随着海岸线,希望不要离它太远。这时,费拉兹第二次晕船,他认为他的生命要就此终结了。他想到了成为孤儿的贝特丽丝,也看到了可怜的吉列米娜成了寡妇。天色渐渐暗了下来,他们的船还在漂着。但幸运的是,涨潮带来一股արਸ的水流,带着他们在谢菲娜岛①后面慢慢向蒙丹哈尼地区滑行,此时已经过了午夜。他们搁浅了。他们下船后开始行走,脚陷进芒果树林的淤泥中,水没过了膝盖。他们朝一束光走了很远,原来那是一个渔民营地里燃烧的火光,那里欢迎这些濒临失事的人。其中一个渔民对这群不幸的人表现出了深深的同情,并对费拉兹表示尊重,甚至抓住了他养的一只鸡(他叫它们的名字,好像宠物一样),这样,疲惫不堪的主人就可以有东西吃了。这个渔民被称为"半边脸",因为在很久以前,有一次烛台翻倒了,并点燃了他睡觉的茅草屋里的芦苇。这场事故

---

① 谢菲娜岛,莫桑比克岛屿,译者注。

毁了他的半边脸,虽然他活了下来,但却毁了容:虽然右边能够表达他灵魂中的东西,并对费拉兹表示尊敬,但另一边,总是没有活力,皱巴巴的,甚至不能做出任何表情。他们一边吃东西,一边努力驱赶蚊子;之后,他们试图入睡。黎明时分,他们向海滩出发,费拉兹急着回家安抚他的家人,其他人在后面,背着渔船的发送机。和他们一起回去的还有"半边脸",他被费拉兹雇佣了,而费拉兹为自己能再次回到陆地上欣喜万分。

贝特丽丝反复往返于海滩,因为她奉吉列米娜夫人之命去看她父亲的船是否到达,这期间她多次经过佩德罗萨的门前。而佩德罗萨抽着他最后的进口万宝路,跟随着那个美妙的身影走了神。两颗宝石在地面上闪烁着,带着关切。两个坚挺的橙子。

就在此刻,前代表把他最近的麻烦事抛之脑后,把他的注意力放在那个走过的身影上。他寻找着地面上女孩的目光,并想要把自己的目光与之交汇。也是在这个时候,她注意到了这些举止,并开始注意自己的举止,她以一种新的方式扭动臀部,在奥罗拉女士的相思树下停下来和朋友聊天,与其说是聊天,不如说是为了让人看到她。

佩德罗萨笑了笑,感觉好笑也感觉开心。

这并不意味着他是控制者而她是被控制者。这位经验丰富的前代表多次在客厅里,在墙上挂着的令人困惑的追随者肖像画的面前,孤独地排练他的第一句话(例如,有你父亲的任何消息吗?),还是没有鼓足勇气走出去说出这句话。"现在还不是时候。"他总结道,"等时机再成熟一些。"

他们两个人都享受在这种装模作样的游戏中,比起贝特丽丝装出的不易发觉的自然状态,佩德罗萨则装出不易发觉的淡定。这种装模作样,是延长这一刻的方式,好像他们都知道这是他们生命中最美好的时刻;在这一刻,他们每个人都想要更进一步。佩德罗萨,这个更聪明的人,以他在国外的见识,预测到接下来不可避免会发生的事,这就是为什么他有耐心在阳台上等待,无论花多长时间。至于贝特丽丝,她认为这既新鲜又有趣,是她对家里单调的讨论的一种逃避,是一种闻所未闻的温暖。正是因为她对预测未来不感兴趣这是她这个年龄段的特点才让她延长了此刻。

一团没人发觉的火苗在燃烧。

船被修好了,费拉兹也从惊吓中恢复了过来,在吉列米娜夫人的强烈敦促下,他恢复了捕鱼活动,尽管没有再次出海。他改用拖网捕鱼,这样他可以待在海滩上观察渔船在驶出离岸不远的地方然后拐个弯返回。但是,当唱着歌并使劲把网拉回来之后,里面仅仅有一些大小不一的小鱼,一些虾和大量的水母、海草和垃圾。没有多少好东西。"我们这样做不行。"他总结道,"我们必须克服恐惧。"

船只不得不再次出海,这次带着新的水手长"半边脸",他是一个值得信赖的人。他们在退潮时离开,在涨潮时返回。他们给予潮汐的尊重比给予时间还大。

贝特丽丝也来帮父亲的忙,她会在黎明时分把渔民的茶水送到海滩上,或者去那里看看船是否在夜幕降临时返回。几乎每次她都要等上很长的时间,因为在公海上,在海湾的入口处,渔民们也在等待鱼儿落入网中。在等待的时间里,他们一般抽着草烟,聊着天,大笑或保持长时间的沉默。他们制定周密的计划,也会有所回报。与此同时,贝特丽丝坐在沙丘上等待,或者来回走动。无论怎样,她总是会在2号房的阳台前经过,而佩德罗萨也总在那里抽着烟。

在糟糕的日子里,渔船会收获一箱马昆巴,有时甚至连一箱都不到;在好一点的日子里,会收获三四箱。除了业务停滞不前,费拉兹也远远不满足。因为不管是多是少,所有的马昆巴都被直接送到了渔业国有公司。

"这不是利润,只是一点零钱!"费拉兹哀叹道,而吉列米娜夫人则陷入反思。

事实上,与其说是利润不如说是嘲讽,对于那些像他一样冒着生命危险在海上航行的人(一种说法),对于那些至少拿自己的船和设备冒险的人来说,这是一种嘲讽的。对于以"半边脸"为首的渔民们来说,他们每个人都冒着生命危险。

有一段时间,费拉兹认为解决方案是增加收获量。他引入了新的方法,要求他的船员们在返回时将渔网留在公海上。也许在晚上设置陷阱,被黑暗蒙蔽的鱼会落入陷阱。但在没有主人的渔网被西塔塔鲁的渔民捡走了,他们或少或多地偷走了渔网里的东西。拖网、公海上的渔网,一切都失败了。而渔船正常的收获量也在继续缩水!

吉列米娜夫人总是比费拉兹更有头脑和智慧,有一天她开始怀疑缩水的原因,这不仅仅是大海的吝啬或渔业国有公司的贪婪。肯定有鬼!她想出了一个计划。

这天下午,像往常一样,贝特丽丝发现船回来了,就跑去通知她的父亲去海滩做渔船返回后的工作。一边费拉兹检查着运来的鱼还是那个小小的箱子,一边水手们抛锚卸船。他向他们告别,看着他们一个个离开回家休息。但他没有回家,而是被在此期间到来的吉列米娜夫人强迫留在那里。夜幕降临。费拉兹夫妇看起来就像沙丘后面的两个鬼鬼祟祟的恋人,躲在木麻黄的一片黑暗中。

"我们在等什么,夫人?"

"我们在等的东西,我知道是什么。"她回答,"让我们看看我是对的还是错的。"

阳台上,佩德罗萨抽着烟看到了这两个人,他感到很好奇。

天色越来越暗,费拉兹夫妇一直在等待,泽卡不停发问而吉列米娜夫人让他耐心点。时间接近午夜,他们看到几个黑影小心翼翼接近停泊的小船(他们身上几乎是干的,水甚至没有到他们的膝盖),并开始在船舷上搅动,拉着什么东西。就在这时,精明无畏的吉列米娜夫人发出一声惊呼,快步向前扑去,这种态度与她的年龄和外表毫不相符。费拉兹别无选择,只能跟在她身后,却并没意识到正在发生什么事情。在楼上的阳台上的佩德罗萨惊讶地张大了嘴,扔下手中的香烟,冲到海滩上看个究竟。

吉列米娜夫人是第一个冲出去的人,也是第一个到船边的人,她抓住了看到的第一个人,一直没有松手。不久之后,气喘吁吁的费拉兹走了过来,他试图用他带来的手电筒照向妻子的战利品的脸。或者更准确地说是"半边脸",因为那个人是有血有肉的"半边脸",一半脸对正在发生的事情无动于衷,另一半脸则表达着被揭开真实面目的恐惧。费拉兹也很惊讶,甚至佩德罗萨也感到很惊讶,虽然已经晚了,但他还是赶来帮助抓获其他的小偷,但他们跑得飞快,很快就消失在夜色中。其实,渔民们捕到的鱼比他们申报的要多,只是他们把鱼装在用绳子绑着的麻袋里,浸在水里带回来,这样就不用向老板报告了!

他们把这袋被藏起来的鱼和"半边脸"带到了政党总部,并在那里待了一整晚:那袋鱼慢慢腐烂,"半边脸"前半夜一直呻吟着自己的不幸,后半夜一直睡着。第二天早上,被审问的"半边脸"说出了大家已经知道的事情,那就是剩下的小偷就是其他的水手。当局到他们的小屋去抓他们,一个一个地抓,每个人都受到了应有的惩罚。

在这个插曲之后,一切恢复了正常。在那个时代,尽管人们为了前进做出了种种努力,但生活从未有什么实质改变。费拉兹与吉列米娜夫人讨论过,也和自己的良心讨论过这个问题,最后他选择原谅"半张脸"。毕竟,还是要想到这个可怜人的好的一面,费拉兹对渔船失事的事件还记忆犹新。至于他坏的一面,无疑是被饥饿逼出来的。这之后的每次出海捕鱼的收货有了一点点改善。但仅仅是一点点。数量上不会有太大的差别。毕竟，盗贼拿走的东西不多，在那个什么都少的年代，只有饥饿才是最多的。

"我们这样不行。"有一天，费拉兹在看完账本后阴沉着脸预言。他的眼镜架在了鼻尖上。

就在这时，总是有独到见解的吉列米娜夫人带着一个新想法回来了。

"如果其他人都这样做，你也可以这样做！"她对她丈夫说。

"我可以做什么？"

这很简单。如果有三个箱子要交给渔业国有公司，费拉兹可以只送一个，还要夹杂着鳄鱼的眼泪，和对命运的重量、大海的吝啬的哀叹。

"至于剩下的两箱，我们拿去平民区，谁愿意出比那个国有公司出的价格更高，我们就把它们卖给谁！"她说。

费拉兹惊叹于这个女人敢于承担风险的勇气。经过这么多年的共同生活，她还有很多东西需要他去发现！

"如果菲利蒙秘书抓到我们怎么办？"

"他不会的，只要你知道怎么做事情。"

吉列米娜夫人生活在她那不可混合的两个世界里，在每个世界里都在做应该做的事情。至于菲利蒙秘书，她想，从属于他的政治世界跨越到这个严酷的经济世界之前，他会三思而行。泽卡相信她平衡的能力：为教会提供一些利润以安抚信仰；为商店提供一些鱼以抚慰政治。而且，也是为了让伊莉莎·滕贝为菲利蒙准备的晚餐里有东西可炸。

经过最近发生的事，佩德罗萨失去了很多个人魅力和来自他人的景仰，但对他来说，秘书仍秘密地对他抱有希望。约瑟费·姆贝夫一直说的都是有道理的:现在的前代表并不像表面看起来那样。然而,幸运的是,这些私人感情并没有被不信任和阴谋所取代。这是因为,有一天,在阳台吸烟的佩德罗萨看到了菲利蒙,并邀请他进来。

"进来吧,秘书同志,来喝杯啤酒。"

菲利蒙更谨慎地进了门。佩德罗萨不太可能还能为他提供奇怪的进口美味佳肴。他们进入房间。

"好啤酒,佩德罗萨同志。"菲利蒙说。只是喝起来有点不一样了。

"是的,秘书同志。时代变了。我只能招待你国产的了,已经没有进口啤酒了。"

"确实如此。我现在也只抽帕尔马了,国产烟。"

在听他说话的时候,秘书环顾了一下房间四周,现在这里已经很邋遢了。一些肖像画散落在地上或被随意堆放在一起。那些仍然被挂在墙上的人已经失去了以往的庄重和严谨:黑眼圈,敞开的领口,凌乱的头发。时代真的变了!

"是的,秘书同志。如你所见,我正在摆脱我的中央委员会。我不想再和这些人有任何瓜葛了!"佩德罗萨说。

菲利蒙惊呆了。佩德罗萨同志已经不再是一名代表,因此也不再是一名同志,但这并不意味着他已经舍弃了这边而完全站到了另一边。"他处于危机之中,可怜的家伙!"菲利蒙想。他不禁为他的邻居感到遗憾。

当今的时代不允许他们继续这样喝下去,仿佛啤酒的储备是取之不尽的。菲利蒙表达感谢后与佩德罗萨告辞,这是第一次也是唯一一次。佩德罗萨陪他走到门口,面无表情地点燃了一支国产烟,站在那里沉思。

当他看到有个人正在穿过街道向他走来时,几乎把它从嘴里扔了出去,没有再多说什么。是贝特丽丝·费拉兹。

他们第一次看向对方的眼睛。佩德罗萨第一次近距离看到两颗宝石的光芒,感受那两个坚挺的橙子的频率和香味。女孩鼓起巨大的勇气,这种勇气只属于天真无邪的人或是无礼的人,她说:

"谢谢你,佩德罗萨先生。"

"叫我阿尔贝托。"他结结巴巴地说,"你为什么要感谢我?"

"因为在海滩上你从小偷手中救了我的父母。"

聪明的女孩。她找了个借口,就像拽着一根脱线的线头,然后轻轻一拉,解开了全部。

"我没帮上什么忙。"佩德罗萨说,他的一只眼睛被香烟的烟雾熏得半闭着。

但在她的勇气里还有更多的内容,这是一种建立在绝望之上的勇气。贝特丽丝双手捂着耳朵跑出了家门,她再也受不了父母的争吵了。她的父亲前一天晚上和"半边脸"一起出去卖那两箱没有交付给国有公司的鱼——不在正路上的两箱鱼。他们被平民区的警察吓跑了,泽卡匆匆忙忙地翻过栅栏,荆棘树划破了他的衬衫,回到家时带着满身的伤痕。他发誓,再也不会在夜深人静的时候这样出去了,弄得自己好像是贼一样。她的母亲对他大喊大叫,说不入虎穴焉得虎子,她说他是个懦夫。而父亲从早上开始就把自己关在车库里,拒绝说话,甚至不想午饭。贝特丽丝为此感到苦恼。

佩德罗萨从头到尾都在认真听着。思考片刻后,他说:

"我们去你家吧。我会和他谈谈。"

他们两人就这样非常亲密地走向费拉兹家,在所有人惊讶的目光中穿过了513.2号街。他们就像一对令人羡慕的情侣。

他们一到家,已经恢复好心情的贝特丽丝就开口说:

"妈妈!阿尔贝托是来见爸爸的!"

阿尔贝托?吉列米娜夫人敏锐的直觉一闪而过,但她只是说:

"请进,佩德罗萨先生。如果你真的想和那个泄了气的渔夫谈话,你最好去车库找他。他拒绝从车库出来。"

就这样,在车库里,佩德罗萨与费拉兹开始了一段交谈。起初这段交谈进展的并不顺利,因为费拉兹是持不同政见的人,他对于无处不在的菲利蒙感到害怕。但佩德罗萨巧妙地化解了他的情绪。

"别担心,费拉兹同志。我也有问题,而且是很严重的问题。我也是一个在经济上持不同政见者!"

他用了一个形象的比喻向费拉兹解释了当前的状况,这个比喻很经典,他称之为橙子理论。

"想象一下,费拉兹同志,一辆满载橙子的手推车,停在了我从未谋面的奥罗拉夫人的相思树的树阴下。树阴下堆满了数以千计的橙子。费拉兹同志,让我们看看堆在上面的那些橙子:饱满圆润,有光泽,也许非常甜美。让我们来买一些:'同志,给我三公斤橙子!'"

费拉兹盯着佩德罗萨,不明白他在说什么。佩德罗萨继续说道:

"推销员费拉兹同志一边把他的手伸进那堆橙子里,一边说着友好的话('我看到您老人家非常喜欢橙子……')对产品进行虚假的恭维,分散我们的注意力(是要三公斤吗? ……)他的手埋在那堆橙子里,如果他的话成功的带走了我们的注意力,他就会拿堆在下面的橙子,而那些橙子要么发育不良,要么被压在它们上面的橙子阻挡住了阳光,失去了漂亮的颜色和新鲜度,变得皱巴巴的。这就是我们秩序的混乱之处,一切都堆砌在一起,只有空话和政治才有地位,而经济完全没有立足之地!"

"然后呢?"费拉兹问。他开始有点似懂非懂。

"现在让我们来看这棵长出这堆橙子的橙子树,这是一棵生长在温贝卢奇下游的美丽的橙子树,上面挂满了果实,每一颗都闪闪发光,在大自然为它精心挑选的地方充盈汁液。"他最后说:"你还不明白我在说什么吗,费拉兹同志?"

费拉兹又不懂了。

"这很简单,我直奔主题。我们必须捍卫我们自己的位置,不管它伤害了谁。我们不想被上面堆积的东西压到窒息,不是吗?我们当然不想!相反,我们要在我们应有的位置上发光!费拉兹同志捕捞马昆巴,因为你想成为一名渔民,换句话说,想要获得产品。而我,是一个没有橙子可卖的推销员,我会把你收获的马昆巴卖出去。我们是上面的那些的好橙子,同志!你不再需要冒风险在晚上偷偷摸摸行动了。至于我,我又开始有事做了!"

最后,费拉兹终于明白了!

过了一会儿,他们拥抱后从车库里走了出来,贝特丽丝面带微笑,确信一段期待已久的爱情终于可以正式开始了。而对于吉列米娜夫人而言,她对这两件事都很满意。

22
努鲁维孤魂①

今天早上,孩子们没有跑过门前。马尼奥也没有来。瓦尔吉从窗口探出头来,只看到碎玻璃后面太阳炙烤着的街道在燃烧。就像一条白沙带。他再次探出头来焦急地张望,仍然没有看到孩子们的身影。也许在今天这个惩罚我们的太阳火轮下,他们已经吐着舌头跑过,到海滩了,甚至没有力气像往常一样喊:"瓦尔吉是疯子!瓦尔吉是疯子!"

---

① 努鲁维,在莫桑比克南部的信仰中,努鲁维孤魂为了复仇,游荡在人间,译者注。

瓦尔吉无法控制自己到屋外继续张望,他甚至走到海滩去看他们是否在玩耍。这个疯老头总是威胁他们,但他不能没有他们。也许如果他们看到他,游戏可以重新开始。昨天是分发商品的日子,棕色的糖盒还在厨房的台子上等着马尼奥。

他爬上沙丘,看着海滩,左看右看:没有孩子的踪迹。只有被风吹走的乌鸦和木麻黄树的凉爽树阴。远处,隐约看上去是茱蒂特。一个孤独的身影弯着腰,捡些蛤蜊做晚餐。这个月很不幸,昨天的白票没买到鱼;甚至连鹰嘴豆饼都少了,因为没有面粉可以用来揉制面团。慢慢地,我们会忘记茱蒂特的鹰嘴豆饼。空空如也的篮子。失去香味的托盘。

瓦尔吉急匆匆地从沙丘上走下来,明亮的长袍像是被横风吞没的风帆。他迈着大步,向那个女人走去。

自从悲惨的事发生后,他们几乎不说话。她想不到要对他说些什么,他不知道要怎么回答她。现在他们终于对话了。

"茱蒂特夫人,马尼奥在哪里?"

"他应该在家里,瓦尔吉老板。"

而瓦尔吉就站在旁边,看着那个女人,他没有理由离开,也不知道如何留下来。只好观察着藏在沙子里面的食物快速而精准地逃开以免被人捉走。

茱蒂特对他站在身边感到不自在,或者说因为她已经有足够的食物了,做晚餐时她会把蛤蜊浸在水里,让它们活跃起来。然后,她把篮子放在头上,开始往家走,甚至没有说再见。只是傲慢地微微点了点头。仿佛纳雷卢加失踪带来的脆弱无助已经使她不屑于以前建立和尊重的等级制度了。或者说,好像她已经找到了方法,那就是将她的不幸归咎于瓦尔吉。寡妇的身份使她变得更加坚毅。

瓦尔吉独自站着,耸着肩膀,吸着下午的空气。仍然看不到任何孩子们的踪影。头顶上的天空正在迅速变暗,不仅因为一天即将结束,还因为南方来的乌云。一场瓢泼大雨来袭,掀起白沙,弄皱海面。印度商人仍然无动于衷,他的双腿微微分开,仿佛雨水并没有惊扰到他。虽然雨水的丝线顺着他身体瘦削的边缘流下,他鼻子尖尖的,下巴突出,尖利的手肘弯曲,这样手才可以放在腰间。被水浇透的眼睛,仿佛在监视着大自然。浸湿的细织棉长袍粘在他瘦削的躯干上,使他的肋骨线条清晰异常,仿佛是张乐谱,凄凉且困惑的音符越写越多。

雨点的拍打声暂时停止了,雷声来了,震耳欲聋。听到这个声音,瓦尔吉抬头看了看天空,那里有一块巨大的精纺亚麻布,上面的图案是诡谲的云层变幻,巨大的手正狂怒地撕扯着,发出可怕的声音。在他看来,这块精纺亚麻布是覆盖我们所有人的裹尸布。

但事实并非如此。这只是纳雷卢加,也就是努鲁维,在说话前咳了一声清清嗓子。

"瓦尔吉老板!瓦尔吉老板!"

这是一种厚重的呼唤,一种雷鸣般的声音,将印度商人的名字传遍整个大自然。瓦尔吉吓坏了,跪倒在地,好像在向白人的上帝祈祷。他很惊讶,但很快从沙子上站了起来,四处张望,生怕有人看到他这个姿势;当然他也想立马搞清楚这个声音是从哪里发出来的。

天空中继续打着雷。雨水甚至也要折返回来。

"瓦尔吉老板!"声音又绕回来了,"别害怕,是我,蒂托斯!"

"你在哪里?"瓦尔吉回答,"你为什么要吓我?我没有伤害过你!"

"淡定,瓦尔吉老板!我不是来复仇的!"

努鲁维向瓦尔吉解释他为什么来,以及他想要什么。他离开凡人的躯壳后就搬家了,现在住在那片海滩上,这很可能是513.2号街从未有过的不寻常1号房(现在看来,也许从一开始就是为他保留的)。他住在那个既可能是第一个也可能是最后一个的数字里,没有屋顶来保护他。考虑到他的新身份,他甚至不需要屋顶。

瓦尔吉被这种新奇的事情吓到战栗:他一直独居,在他的房子里,没有姆贝夫,也没有滕贝的身影。没有像佩德罗萨那样,挂着从桑给巴尔带来的生意顾问的肖像画。瓦尔吉只有内心的恶魔。而且,他已经习惯了像从前在市中心商店时那样把蒂托斯看成雇员。现在看到他在发号施令,感到很奇怪。

因为纳雷卢加希望瓦尔吉履行命令。

"首先,我希望你能好好地保守这个秘密,对所有人保密,永远不要跟别人说你和努鲁维说过话。"

"对你的妻子茱蒂特夫人也不能说吗,蒂托斯先生?"瓦尔吉很惊讶,他想知道。

"尤其是茱蒂特。还有,不要叫我先生,瓦尔吉老板,因为我根本就不是活人。"

纳雷卢加解释说,他有任务要完成,一个与家庭的承诺不相符、需要轻装上阵的任务。

瓦尔吉思念着那个消失的南非女人,他不确定没有家庭是轻装,还是沉重的负担。

第一个命令是保守秘密,努鲁维下达了第二个命令。

"我想让你当我的躯体,替我去我无法去的地方。在我需要监视的时候,你是我的眼睛;在我需要行动的时候,你是我的手臂;当我需要惩罚别人的时候,你是我的拳头。"

"我要做什么?"

"我要你监视圣地亚哥指挥官:他什么时候进出家门,他和谁说话,他有什么习惯。"

在内心深处,努鲁维想知道指挥官是否还在寻找他在猴面包树的树阴下曾经交谈过的一位前邻居,这棵树就像从熔浆从地下喷发出来时被猛然冻结住了。在萨韦河畔的一个自然界的肿瘤。他想知道圣地亚哥是否还在他们告别的这个地方寻找这位曾经的邻居,还是一转身就把他忘了,只祝他好运。他想知道指挥官祝他拥有什么样的好运,是不是他现在拥有的这个变成努鲁维的巨大厄运般的好运。

"我想知道圣地亚哥指挥官是否还在寻找那个前邻居,那个几乎是朋友的人、那个该死的人是不是已经忘记我了!

"下一场今天这种暴风雨来临时,瓦尔吉老板你再来这片将要被遗弃的海滩,告诉我你的发现。"

当瓦尔吉好奇地想知道这个奇怪请求的原因时,只有雷鸣无声地回答了他,这些声音撕裂了天空中覆盖我们所有人的、也为努鲁维御寒的精纺亚麻布。只有下次雷声和暴雨一起在沙滩掀起时,他才会听到回答。

在之后的日子里,村民们注意到了瓦尔吉的巨大变化。只要他看见茱蒂特在街上卖一些更薄、如今更少见,因此也更贵的鹰嘴豆饼,他就会在那个女人面前停下来,好像他想买两张饼,他开始颤抖,紧紧咬住嘴唇,他要强迫自己憋住别说漏嘴。每次他看到她时都会这样:他停下来,尽可能地紧闭着嘴,话在嘴里打转,急切地想跑出来,仿佛它们是肉被吃掉的骨头,而他不知道该吐在哪里。茱蒂特开始回避他,虽然不知道这个印度商人的意图是什么,但这种行为也足以让人感到害怕。

瓦尔吉已经失去了疯子特有的那种空洞,思绪飘到别处的神情。他现在的神情更为专注。特别是在晚上,他经常走出家门,在513.2号大街上走来走去,在指挥官圣地亚哥的房子附近打转。

"瓦尔吉同志的行为很奇怪。"秘书菲利蒙有一次说,他看到瓦尔吉匆匆走过奥罗拉夫人的相思树,双手背在身后,尖尖的鼻子直指地面,"你不这么认为吗,佩德罗萨同志?"

他们两人站在相思树的树阴下交谈。

"有可能,秘书同志。"佩德罗萨抽着烟回答说。

"我想知道他有什么目的……"秘书总是疑神疑鬼地喃喃自语,"有人说他是冲着纳雷卢加的寡妇来的……一定是因为鹰嘴豆饼的关系……"

多疑且妒忌。

"我不这么认为,秘书同志。我不认为这有什么目的。可能只是他的癫狂进入了一个新阶段。"

但菲利蒙有敏锐的直觉。他认为疯狂是没有阶段的,而是一团稳定的、粘腻的物质。再说,他已经习惯在瓦尔吉做生意时,看到他走出家门,向下走去市中心。他从未见过他这样逆向行走,走向街道的起点。所以这很奇怪。

"他肯定有什么目的,佩德罗萨同志。你可以相信我。"

确实,他是有目的的。根据努鲁维的命令,监视圣地亚哥指挥官的情况。瓦尔吉来到10号房门前,环顾四周确保没有人注意他。他蹲在木槿花丛里,窥视指挥官的院子,甚至看向窗内。每当瓦尔吉跟着目标人物变换位置时,路过的人只看到风吹动着木槿花在摆动,便毫不怀疑地继续往前走。至于那个监视者,虽然经常只能窥视到一个空房子,但有时候,他看到指挥官走进走出,与他的士兵粗鲁地谈话,要么在房间的黑暗中踱步,好像在思忖什么。然而,他从没有表现出那段与已故的纳雷卢加有关的回忆在啃噬着他的良知的样子。

至少在瓦尔吉看来是这样的,这也是他在下一次暴风雨来临的时候将向纳雷卢加传达的意思。圣地亚哥并不想念纳雷卢加,似乎没有任何负罪感。

对于努鲁维,这种神和虚无之间的存在来说,复仇的冲动会转变成巨大的威力。因此,为了控制它,纳雷卢加奋力用愤怒撕毁了天空中的精纺亚麻布,制造了新的雷声,损坏了如此珍贵的布,以前的布商瓦尔吉十分心痛。努鲁维眼睛里闪出火花,试图控制自己,在爆裂的光影和声音中,天空中留下了干涸的伤口的颜色,玻璃窗格剧烈摇晃,居民们蜷缩在他们的房子里。风暴席卷而来。

只有瓦尔吉,像疯子一样勇敢地待在海滩上一动不动,等待着下一个命令。这个命令似乎不难。而这时,努鲁维也终于平静下来了。

他让瓦尔吉老板去找茱蒂特,告诉她,她已故丈夫的身体正在经历转变。因为有很多事情要谈,所以需要召唤她到海边。仅此而已,但这足以瓦尔吉知道,纳雷卢加已经改变了对他妻子的看法,这让他非常高兴。长久以来,印度商人一直在苦苦保守那个秘密,每当他看到那个总是悲伤孤独的鹰嘴豆饼女人时,这个秘密就会浮现出来。说出来对他来说是一种解脱。当然,对她来说也是。

瓦尔吉几乎等不及告别就走了,留下努鲁维一个人在那里吵吵嚷嚷,发出隆隆声,降下大雨。他跑到 7 号房门前,爬到奥罗拉女士的相思树的高处,低声呼唤:

"茱蒂特夫人!茱蒂特夫人!"

现在已经很晚了,他不想引起任何无关的人的注意。不过,他确实吸引了马尼奥,他睡在前厅,也就是直接对着相思树的那间。当他看到相思树终于开口说话,还发出了人的声音时,吓了一跳。

"妈妈!妈妈!"他叫了起来。

"茱蒂特夫人!茱蒂特夫人!"印度商人在外面继续呼唤。

茱蒂特吓了一跳,她拿起火柴,点亮了灯,起身走过来。

"谁在那里?"

"是我,茱蒂特夫人,瓦尔吉!"

他告诉她这个秘密。他笨拙地解释他曾对暴风雨说过话,而暴风雨听到圣地亚哥指挥官的行为,几乎变得愤怒,撕裂了天空中覆盖我们所有人的精纺亚麻布来压抑自己的复仇冲动;这种撕裂刚才给整条街道带来了巨大的雷声。

"撕裂了精纺亚麻布?"茱蒂特为瓦尔吉老板感到遗憾,她还在想他失去的那家商店,可怜的家伙;正是因为失去了那家商店,失去了他以前在那里的布,才使他的精神更加涣散。

但渐渐地,瓦尔吉所说的开始不那么虚幻。就在刚才亡者曾用风暴的声音对他说话,而且也想尽快找她谈谈。

"来吧,茱蒂特夫人!"瓦尔吉催促道,"和我一起去海滩吧,暴风雨又要来了!是蒂托斯,他很想找你谈谈!"

茱蒂特很纠结,她要想一想。

一方面,出于对瓦尔吉老板的尊重和怜悯,以及他讲述的方式,她愿意相信并跟随他去;另一方面,她最近对印度商人产生了恐惧,特别是当他走近她,在她面前颤抖,像啃咬已经没有肉的骨头一样啃咬坚硬的秘密时,这一切使她怀疑跟他去海滩是否是个好主意;另外,在暴风雨的夜晚,我们都会自然地产生怀疑,因为我们习惯于把暴风雨看成是来自天空的愤怒,它让人着迷,但也可能造成伤害。她的纳雷卢加回来了?真的吗?

即使瓦尔吉老板的幻想是真的,茱蒂特怎么可能就这样跟他去?她了解亡者以前的脾气和不耐烦,她想象着现在他是否因为拥有的新力量而变本加厉了。于是,她回到屋里去思考。

与此同时,在外面,瓦尔吉倚靠在相思树上等待着,毫不掩饰自己越来越强烈的不耐烦,而震耳欲聋的雷声也越来越大,是努鲁维不耐烦的表现,他也在等待。

茱蒂特也没有磨蹭很久。虽然为了避免后悔,她总是不会急于求成,但相较于追寻命运,她更想要知道结果。于是她又走了出去,急匆匆地从瓦尔吉身边走过,让他再等一会儿,就一会儿,她马上回来。而她穿过了街道,敲开了菲利蒙秘书的门。

这是一个奇怪的夜晚,尽管大雨滂沱,雷声轰鸣,但有一帮身影在 513.2 号街上四处游荡;交换口信和秘密。

菲利蒙穿着睡衣来开门。就在门口,在闪电的照耀下,在撕裂天空的声音的驱使下,他听到茱蒂特说她在十字路口,不得不立马做出决定。是否要去见呼唤她的努鲁维。菲利蒙认真地听着。如此难缠的魔鬼,况且是在这个时间。政党秘书觉得什么事都可能发生!然后他让她等着,他进去穿衣服,再思考一会儿。由于他只能大声思考,伊莉莎和蒙泰罗探长也听说了这件事。伊莉莎从她的房间里走出来,试图搞清楚状况;探长则从他的旧扶手椅上站起来,这个消息把他从一如往常舒适的打盹中吵醒了。

"似乎海滩上有个努鲁维。"菲利蒙对伊莉莎激动地模仿刚才第一次听说时的心情。

伊莉莎对魂灵有一种厌恶感,对暴风雨更是如此。至于蒙泰罗,他连忙高声问什么是努鲁维。他有一个老习惯,只要有一点迹象,他就想立即开始工作。

没有人回答他。

看来这个努鲁维是鹰嘴豆饼茱蒂特的丈夫,今天想找她去海滩上谈谈。菲利蒙解答了伊莉莎的疑惑,同时扣上了衬衫。

这时,天空中响起一声雷鸣,仿佛是发出一种确认。这正是努鲁维想要的:茱蒂特。

伊莉莎颤抖着。

"叫茱蒂特别去。"伊莉莎轻声说,"而你,也待在这哪也别去。"

"什么?"探长打断了她,"你最好去看看这些乱七八糟的是怎么回事,然后回来告诉我。这些巫术都是不存在的,都是人们杜撰出来的!"

探长这样说是因为出于警探强烈的好奇心,他喜欢下达命令再听取报告。但这还不是全部。也是出于某种嫉妒心,似乎只有殖民时期的巫术是合法的,而现在的不过是可疑的阴谋。在内心深处,他担心有其他人要来霸占老扶手椅了,万一菲利蒙因为害怕或觉得对不起这个努鲁维而决定把它从雨中带回家。

但菲利蒙还在挣扎。到底谁是对的?伊莉莎,凭她的谨慎和她的恐惧?还是那个该死的探长?他知道自己不能把问题推给政党:他已经有过一次不愉快的经历,同志们只相信真实可见的东西;他不想被告知要重读方针,确认自己的信仰。他想听从伊莉莎的建议放弃,又想走到门口,让茱蒂特回家等明天早上再更仔细地讨论这个问题。努鲁维脾气暴躁,是不尊重权威的朋友(他用愤恨的眼光看了看探长,强调了这个事实,探长耸了耸肩,努鲁维没造成什么伤害啊)。他甚至解开了衬衫的纽扣,想再次脱掉它。

"你害怕啦,滕贝?!"探长再次说,"你想要夹着尾巴做人,如果那个骗子出现在门口,你得请他进来,让他坐在扶手椅上!"

秘书的责任感又回来了,随之而来的还有些羞愧。就像以前我们与各种形式的占领者斗争一样,而且在某种意义上我们还在继续与他们作战(说着看了一眼蒙泰罗)。我们现在要与内部敌人斗争,无论他以何种形式出现,都不要逃避他,把他带进屋里,让他坐在我们国有化的扶手椅上。门铃又响了。得去海滩了解情况。这才是应该做的!

他走了出去,对伊莉莎的恳求充耳不闻("别去,菲利蒙!留下来,我的丈夫!"),茱蒂特在门口等着,于是示意她跟着自己。

他们两人穿过街道,几乎什么都看不见,每当一道闪电照亮天空,相应的雷声撕裂黑暗时,才会亮起来。几乎看不见的两个身影眨眼间就来到了奥罗拉·佩斯塔纳女士的相思树附近。

瓦尔吉从树影中走了出来,他对长时间的等待感到恼火,对秘书的出现感到更加恼火。他来干什么?茱蒂特到底去不去?她为什么不自己来呢?

是菲利蒙回答了他心中的疑惑。

"她和政党一起来的!来吧,瓦尔吉同志,给我们带路。没有时间了!"

但瓦尔吉不迈腿。他不看秘书的眼睛,好像这样就能把他从剧情中移除。他坚持对努鲁维的承诺。

"那么,瓦尔吉老板,我们到底走不走?"茱蒂特问。

"努鲁维说的是一个人,不是两个人。"瓦尔吉坚持说。

"没有什么对话是政党不能见证的。"菲利蒙说,"还是你们想在背着政党做什么?"

瓦尔吉耸耸肩,他所能做的只是向海滩走去。另外两个人跟着他。雷雨越来越大。马尼奥透过窗户一直看着这三个人,直到他们消失在沙丘后面的灌木丛中。黑色的木麻黄树,黑色的沙丘。

而每次雷声劈开天空之前,白色的沙丘被闪电照亮。

终于走到了约定的地方,菲利蒙秘书决定不再拖延,是时候展现自己的权威了。

"瓦尔吉同志,叫你朋友出来!"

"努鲁维,蒂托斯!努鲁维,蒂托斯!"瓦尔吉很顺从,"我们已经到了!你看不到我们吗?努鲁维,蒂托斯!"

沉默。

"嗯?"菲利蒙问道。

"我们最好等一等。他要找个合适的时机才会说话。"

他们三人在万籁俱静中等待了很长时间。因为雷声轰鸣,两个男人只能有一搭没一搭地对话。即使没有雷声,茱蒂特在默默地等待。自从她成为寡妇以来,她已经改变了很多,比如现在很多疑,可能之后还会改变。他们三个人就那样待着,而天空反刍着它的声音:有些很远,几乎只是回声,有些则更近,更猛烈,似乎想吓唬他们。他们一直这样,直到菲利蒙认为太过分了。

"纳雷卢加同志!"他在黑暗中喊道,勇敢地质疑努鲁维。

沉默。

"最好等一等……"谨慎的瓦尔吉反复说。

但秘书已经忍无可忍了。

"纳雷卢加同志!我最后一次命令你,以弗累利莫党的名义!"

尽管态度强硬,但又是沉默。

"那一定是因为来了三个人,而他只叫了一个人……"

"哪三个?哪一个?他要召见谁?政党才能召见人!"

"最好等一等……"

但政党不再等待了。

"我们走吧,茱蒂特!"菲利蒙说,然后转向瓦尔吉,"如果你想等待,就独自等待吧,瓦尔吉同志。"

他拖着努鲁维的妻子走了,两个人爬上黑白分明闪烁的沙丘,向家走去。沙丘几乎总是黑色的,只有每次努鲁维传达发光的信号时才会变亮,一般伴随着天空中暴烈的咒骂声。

风敲打着铁皮屋,现在发出悲伤的群嚎声。它撼动了雨。但是,瓦尔吉不管周遭的愤怒,这个顽固而忠实的人并没有松懈。幸运的是,他不用等很久,因为其他人一转身,他就听到了召唤。

"喂!瓦尔吉老板!瓦尔吉老板!"

"我在这里,蒂托斯。我们呼唤你的时候,你为什么不早点出现?很多事情需要你来证实……"

精纺亚麻布的颤抖让我们猜到努鲁维在那里皱眉头。没有什么需要证实的。

"我告诉过你,我想和我的妻子说话,而不是和秘书说话!"纳雷卢加亮出一两个闪电来显示他的坏心情。

"这不是我的错,是秘书的错,他总是到处插手。这也是茱蒂特的错,她去找他了。"

"我预料到了。"努鲁维大声地说,咳出几句雷声。茱蒂特一直很固执,她只做自己心里想做的事。显然,她没变。

最糟糕的是,努鲁维不得不再次改变他的计划。他一开始试图找到圣地亚哥指挥官对他的歉意,这样才能唤回自己的人性。这条路走不通,他就尝试另一条路,召唤可能会软化他超自然的心的茱蒂特。也许他的妻子,随着她呼吸出的温暖低语,随着她的皮肤隐约可闻到鹰嘴豆饼的麝香味,会唤醒他身上几乎被遗忘的迫切感,迫切地想要回来。但是,因为秘书的紧张、权威和政治气味,还是失败了。一切都失败了,努鲁维现在考虑的是第三条更直接、更不祥的道路。

"你可以走了。瓦尔吉老板。"他说,"我不再需要你了。"

顺从的瓦尔吉回家了。佩德罗萨在房子外面吸烟,烟头闪动着,仿佛是暴风雨后的第一颗在云层中闪耀的星星。

伊莉莎知道所发生的事情后,安托内塔也就知道了,一起知道的还有阿明达·德·索萨。而安托内塔知道后,爱丽丝·南通博老师也就知道了。佩德罗萨在黑暗中一口接一口地抽着烟,他也知道了,他的新伙伴泽卡·费拉兹一家也就知道了,尤其是他的妻子吉列米娜夫人。指挥官圣地亚哥·穆安加总是来去匆匆,他是最后一个知道纳雷卢加来报仇的人。

23

后记:高墙

在这些日子里,吉列米娜夫人过着她所有的生活中最美好的时光(因为当她在她的高空钢丝上小心地平衡着,从上面看下面的街道时,她过着好几种生活)。去商店几乎是例行公事,处理大家的不满是秘书要做的工作,只有他才拥有进行多方面的论证的智慧和耐心,而且也只有他才熟悉用来消除这些令人不满的法律和法规;在很多情况下,他做的事甚至有些威胁的意味。在秘书处理这一切的同时,她检查了销售账目,并在脑中仔细思考她其他的生活中要做的事情,在离开商店之前这些都要计划好。

她带着完成任务的满足感离开了商店,向教堂走去;途中经过女裁缝的合作社,伊莉莎肚子里藏着一个她还不知道的小秘密,只见她猛地启动了缝纫机的踏板,再也不用担心黄色污点会落在小贝特丽丝的婚纱上。因为,已经没有芒果了,属于它们的季节已经过去了。吉列米娜夫人认真地检查工作的进展,甚至允许自己对伊莉莎笑一下,这是她今天收获的第二份满足。

"明天我会把花边给你带来,你可以缝在衣服的领口上。"她告诉伊莉莎,"我家里的花边就快做好了。"

她想到了在尤拉里娅·马尔克斯夫人那双神奇的手下,花边马上要织好了,脸上再次露出了微笑。

当神父把婚礼的准备情况告诉吉列米娜夫人时,她将收获了今天的第三份满足:慕道班的孩子们,未来的种子,将在婚礼的哪个位置组成唱诗班;客人们将坐在哪个位置,特别是菲利蒙·滕贝,如果上帝赐予我们说服他来的力量。

"他一定会来的!"吉列米娜女士说。"他会来的,而且他将是教父!"

之后他们会走到房子后面的两棵枝繁叶茂的桃金娘树下,因为到时将在那里举行宴会。他们这样做是为了敲定所有的细节,谁来做什么,如何摆放座椅并安排客人的座位。他们会一边安排,一边并肩漫步,就像在进行忏悔一样,她在教导,而神父在忏悔。他们将谈论婚礼上的菜肴,谈论现在虽然仍可以弄到啤酒,但如果约瑟费·姆贝夫还在,以他众所周知的慷慨,啤酒的问题将更容易解决。他们会谈论这一切,他们会细致地准备,因为没有什么比一个好的仪式更能让我们有抓住时间的感觉。吉列米娜夫人有这种感觉。这就是为什么,她想通过这些工作,进一步了解等待着她的未来,同时也可以收获了她的第三个满足。

在她的这些进展的都很顺利的生活中,还有很多满足感可以让吉列米娜夫人收获。即使,身在教堂,她也只能猜测着在远离教堂的地方发生着的好事。她猜测的是,泽卡·费拉兹将会有更多的收获和收入,尤其是现在渔业国有公司已经出了与CCC EE 相同的状况。也许是鱼变少了,也许是大海变吝啬了,也许是渔民变倦怠了,也许是管理层变得更加虚荣和挥霍了,也许是渔网和捕鱼工具更加难以进口了。或者是这一切再加上政党内部不可避免的征用,现在在会议间隙喝果汁的时候也要找鱼吃。可以肯定的是,通过"半边脸"运走的,实际上更慷慨的大海赠予的几箱鱼,她的泽卡会变得兴旺发达。而"半边脸"在半知半解的情况下去2号房将这些鱼交给阿尔贝托·佩德罗萨,而佩德罗萨或是在亲吻女友或是在阳台上抽烟(万宝路又回来了)接受了他们。

在亲吻、抽烟和收货之余,佩德罗萨通常仍抽出天黑以后的一点时间,招待来访的新的代表、老的代表、医生和工程师、商人和政治家,还有那些做海产品、肉制品和进口商品的贪婪而富裕的商人,而这些商品恰恰是大家要去那间四面墙壁光秃秃的客厅里寻找的。客厅墙壁上已经没有了肖像画，他们一个接一个地被摘下去，为了不让他们参与到这个属于未来的生意。

但让吉列米娜夫人没有想到的是，看到重要人物的汽车到达和离开，费拉兹早已垂涎三尺，他希望他们中的某个人感冒或跛脚，希望一块尖锐的石头刺穿他们的脚（见鬼!）。现在，他的内心充满了对密封圈和曲轴、对火花塞和化油器的深切渴望，甚至也充满了对那本在废弃车库里的旧笔记本的渴望，而那本笔记本，胖子马尔克斯、碧芭和碧姬·巴铎肯定会偷偷地翻阅。

阿明达被吓了一跳。从窗户向外偷看的她，看到"半边脸"头顶着几个空箱子，他刚刚从佩德罗萨家送货回来。她看着这个分裂的男人，在他身上看到了卡普里斯塔诺，他的一半脸暴露了他的不幸，另一半脸总是在笑，笑出了烛台的火，笑出了革命的火。她看着他，就好像看到了在生命中最后阶段的老卡普里斯塔诺的糟糕状态。她打了个哆嗦，好像感觉到了一股寒意。这无疑是一个警告，预示着一切即将再次发生。她将不得不再次离开，像星星一样离开，现在甚至不如一颗流星：只是一颗暗淡的踽踽独行的星星。去哪里，阿明达也不知道。当她可以在安托内塔与丈夫进行的家庭战争中站在安托内塔一边的时候，她还有自己存在的价值。但约瑟费·姆贝夫从监狱回来后，仿佛是命运的安排，他又去偷了水果，在马拉夸内的树林里逃跑，但他一如既往跑在了最后，被抓住了。他像干涸的马昆巴一样瘦弱和悲伤，处于一种冷漠的状态，这让房子内的两个女人感到不安。阿明达在这场停战中很无助，而安托内塔像所有女人一样，承受着男人带给家庭的渺茫的未来。

约瑟费现在很冷漠，因为当他回到这个世界时，不再是一个会想到向邻居分发啤酒的人,即使他在车库里还有啤酒;也不是一个吹奏无意义的老旋律,即使他有一个全新的萨克斯,铜锌合金的哨片还在闪闪发着光。约瑟费完全变了个人,甚至连趴墙头去看邻居家的习惯也没有了,这也因为邻居泰勒斯很少回家,就算是回家,但为了躲避当局,总是选择在晚上,他鬼鬼祟祟的把自己裹在一件卡普拉纳里,仿佛是个没人认识的妇女,让孩子们高兴坏了。"南通博是玛玛娜!南通博是玛玛娜①!"他们像以前唱疯子瓦尔吉那样唱,这让爱丽丝老师感到尴尬。

安托内塔忧心忡忡,现在她的生活要么就是默默地瞪着沉默寡言的丈夫,要么就是命令孩子们不要吵。她花在这上面的时间比花在与一个退休老妓女交谈的时间要多得多。因此,阿明达也越来越少出现,并开始失去活力。她的皱纹变得更加柔软,她开始看起来像一个光滑而均匀的沙漠,而皮肤就像一个非常白而没有表情的婴儿的皮肤一样。她就像房子里的乌龟一样,只是非常少地从院子里的洞里出来,她总在那里躲避奇奎尼奥和科斯米托。阿明达也慢慢消失了,逐渐成为一种记忆,一种半透明的面纱,就像曾经在瓦尔吉的商店里出售的那些。成了姆贝夫一家现在很少会提及的人。

随着时间流逝。存在于人们心中的记忆、仇恨和欢乐都会消逝。只有政党会觉得这些是有价值的信息。而政党,在513.2号街上的代表,就是菲利蒙。这就是为什么住在隔壁房子里的秘书对蒙泰罗的怨恨仍未消除。但是蒙泰罗探长,就像老阿明达一样,也在失去活力。的确,当他得知努鲁维的存在和阴谋时,他开始狂怒;他认为我们每个人在街道上和社会上都应该处在属于自己的正确位

---

① 玛玛娜,此处为音译,"Mamana"在葡萄牙语中意为已婚妇女或上年纪的女性,译者注。

置上,他对努鲁维试图占据他的位置感到愤慨。但没有人能够用他们的双手停止时间,即使是像蒙泰罗那样的锋利爪子也不能。渐渐地,探长失去了他的颜色,呈现出他的老式麦芽糖的乳白色色调,以至于今天,突然看到他的人会觉得他好像在赤身裸体。

同样,他的言行举止也不再那么咄咄逼人,他不再侮辱人,也几乎不发表意见。他不再与菲利蒙争夺那把旧椅子,而是坐在角落的地板上,不再抗议椅子被占用了。过不了多久,他就会变成一个牛奶色的影子,带着淡淡的臭味,带着一种陈旧的味道,而这些味道渐渐会被更活跃、更具国有特色的努鲁维的味道所驱除。

没有了与蒙泰罗的争论,秘书就有更多的时间去发挥他的作用了。因此,他插手干涉别人的生活,并通过写信的方式实现他的干涉。当巴西利奥·科斯塔先生的妻子在远方收到一封安慰信时就是如此,这封信的笔迹颤抖而生硬,这种笔迹多年来一直让探长感到非常恼火。一封盖着印章和签名的信,让科斯塔夫人不能像往常一样把信放在一边一周后再读了。因为死亡,作为结束,不可以被放在一边,甚至也不会要求在日出的地平线上找到一个回应。

对茱蒂特来说日子也不好过,可怜的茱蒂特,瓦尔吉开始经常质问她,每次都带着一些不同的问题。努鲁维是一个新生的神性,仍然处于过渡期,他任凭自己沾染半神半人的恶习,比如嫉妒,他想让茱蒂特有所改变,同时想要她保持圣母般的贞洁。而瓦尔吉是他的手臂,伸向他无法到达的地方。有一天茱蒂特离开了这,她逃跑了。她在某个寂静的、满天繁星的夜晚出发了,因为,在这个夜晚,努鲁维会休息。我们透过她留在奥罗拉夫人的相思树旁的两张票(一张白色和一张蓝色的)知道她离开了,而且走得很匆忙,也透过这两张票,我们可以重构出她以往的生活轨迹。她买了多少袋面粉,是在哪几个月买的;她用这些面粉炸了多少的鹰嘴豆饼。她只带走了一点儿财产,一口老锅和她的两个孩子,此外还有奥罗拉·

佩斯塔纳夫人惯常的感叹("那么,没有人会给这个女孩一个机会吗?")和她口中的忠实朋友——永远不知疲倦的秘书签发给她的行路指南。指南用颤抖而生硬的笔迹写道:"敬启者,一位名叫茱蒂特·达斯·米拉库洛萨·巴贾斯①的同志(菲利蒙,一个有原则的人,会给她一个能突出她本质的姓氏)现从513.2号街出发,走向一个未知的未来。请接待她的人给她提供几袋面粉,让她可以继续她无与伦比的揉捏和煎炸艺术。阁下将会得到秘密的回报,而我们将在这里对鹰嘴豆饼翘首期盼。"团结、斗争和警戒几个大字,上面盖着锄头和卡拉什尼科夫自动步枪图案的印章,以及一个难以辨认的签名,意思是弗朗西斯科·菲利蒙·滕贝秘书。

由于茱蒂特的离开,努鲁维被迫放下他的嫉妒,再次选择复仇,这是所有神性和所有近似神性最喜欢的消遣方式。

一些人走了,另一些人又来了。努鲁维越来越频繁地出现在他通过瓦尔吉发出的神秘信息中,或者更直接地出现在这个12月份频繁的电闪雷鸣和暴雨中。雨水咆哮着落下,513.2号街是一个泥泞的地方,居民在那里挣扎和绝望。瓦尔吉的家是一个孤岛,他只能在那里游进游出。

在外面花园里的木槿花丛中可以看到,指挥官圣地亚哥·穆安加在房间里来回踱步,拍打着苍蝇,并与它们交谈。允许自己被占有的人的脱节和激烈的姿态。但是,如果我们能站在指挥官的立场上,我们就会得知,事实上,他所要做的是召唤努鲁维,然后和他谈谈。现在对他来说,敌人进入或离开已经并不重要,他的士兵的杀戮或死亡都交给命运去决定。他想说的是努鲁维,所以他的手势是

---

① 巴贾斯,此处为 Bagias 的音译,bagias 在葡萄牙语中意为鹰嘴豆饼。

在半空中拍打苍蝇的人。他反复做着同样的动作,在房间的黑暗中来回走动了好几天,甚至连瓦尔吉这个不知疲倦的偷窥者也快要等累了。

未来存在于积水和泥巴之外,在所有人都设法想找到的隐蔽的空间中。在瓦尔吉的情况下由于他已经与神性取得了联系未来存在于这个当下,而且是浑然一体的。他用她从外面收到的信息占据自己,就像她以前对待远处的橙子一样:幻想一些,就像她幻想其他的一样。他走在大街上,薄薄的长袍被水粘在他瘦弱的肋骨上,非常细的线条,带着悬挂的音符,有一种狂热的、病态的责任感。它将努鲁维的直接和原始的信息转化为蜿蜒的要求,难以理解,因此也难以听从。

但今天,在雷声滚滚的暴雨中,他突然冲出了房间(几乎与木槿花内熟睡的瓦尔吉撞在了一起)跑向海滩。要么现在要么就永远没机会了,他孤注一掷。

"从这里滚出去,你这个可怜虫!"他站在黑色的沙丘上对着漆黑的天空大喊,闪电照亮夜空,呈露出干涸的伤口的颜色。

正在阳台上手拉着手的贝特丽丝和佩德罗萨探出头来,惊讶地张大了嘴。

"从这里滚出去,你这个可怜虫!"指挥官重复着刚才的话。

回应他的只有闪电,那是努鲁维在吃天上美味晚餐之前打的嗝。

"滚出去,你这个该死的人!"他又喊了一句。

而瓦尔吉躲在一棵木麻黄的后面,面对这种对蒂托斯的不尊重,吃惊地睁大了眼睛。

终于,努鲁维出现了。刚才一直在咳痰的努鲁维,现在现身问候了指挥官,他对这种胆量感到惊讶。他差点要为自己辩护,但很快就记起了自己的角色。

"你终于来了。"他说,"我终于可以得到更直接的答案了。"

他们说到了很多事情。努鲁维讲述了他从小对火的憎恨,以及圣地亚哥如何带着他的士兵毫不吝啬地将火撒向整片土地。他甚至在林德拉的十字路口看到过这些火;他不知道它们是否已经吞噬了他的父母,那是一个在时光里等待的老人和一个有背痛病的老妇。他们一直都在盼着雨水的降临。

指挥官立即反驳说,那些火不是他放的;是那些反对和平的人强迫他点的火。

然后他们继续争论着一项新的指控,那就是某个满怀抱负的年轻人现在的所作所为和他当初的出发点距离越来越远。

指挥官承认了这一点。他希望像其他人那样结婚。拥有像其他人那样的孩子(他这里特指的是像茱蒂特的孩子一般的孩子)。最后,职位越高,野心越大,因此离自己的初心也越来越远。

努鲁维对这个原因甚至表示了认同,但这不重要。他最想要知道的是为什么圣地亚哥让他的前邻居走上一条没人走过的路,而这个前邻居正是他自己。为了避免对方搪塞过去,他试图唤起圣地亚哥的记忆:他们当时在一棵奇怪的树的树阴下,树像熔岩一般从地下爆发出来,然后就像凝固了一般。他想知道指挥官给他下了什么样的诅咒,毕竟两个男人在一起应该要坦诚。

圣地亚哥很尴尬,无话可说。

不满于他的这种沉默,努鲁维又用一对雷电作为对圣地亚哥的愤怒和辱骂。而圣地亚哥是一个勇敢的人,无法忍气吞声,他用手中的武器进行了反击。

这就解释了为什么那些从远处观看这场争吵的人都感到很惊讶:包括那对恋人、瓦尔吉,甚至是费拉兹的水手们,他们从工作中返航,现在都四散跑开了,只把马昆巴留在了海滩上。他们很惊讶,是因为他们以为最后可以看到风暴平息,但最后他们听到的是一个勇敢的圣地亚哥用他的手枪向空中反复开枪的声音,天空显露出干涸的伤口的颜色。

佩德罗萨急忙叫来菲利蒙,菲利蒙急忙叫来士兵,士兵们急忙进行包围式的演习,以便他们能够解除他们疯狂的指挥官的武装并逮捕他。

今天他们修剪了属于科斯塔先生远房遗孀的杜鹃花。它们已经失去了叛逆的活力,又回到了稀疏齐整的状态。暴风雨已经过去。努鲁维也终于平静了下来。

513.2号街的居民一个接一个地离开,去了未知的地方。那些来自平民区踮起脚尖就能瞥见大海的人正在向我们走过来。菲利蒙来了,他没有带他的扶手椅,蒙泰罗警官再也没有地方可坐了:茅草屋太小,实在没有地方放了。爱丽丝老师也来了,她将在这里继续等待一个人的定期来访,那个人是穿着高跟鞋的玛玛娜,他在我们的小路上跌跌撞撞,仿佛走在凹凸不平的石头上,继续在荆棘树丛中窥视世界。姆贝夫夫妇也离开了,回到了约瑟费的母亲在新汉巴宁地区的老房子,现在这个地区被叫作路易斯卡布里奥街区。他们带走了那两件穿旧的衬衫,把一个旧萨克斯的拆解残骸埋葬在6号房花园里的某个地方,同时也埋葬了一个不被人理解的莫桑比克克特兰对伟大的孟克嘶哑灵魂的吹奏。

这条街上的老房子里又恢复了活力,以前爬满杜鹃花的围墙也被建得更高了,有一些已经超过了5.132米,为的是一个我们不知道的新秘密,可以在围墙里逐渐发酵。这是一个相当不必要的措施,因为没人会知道墙内在发生着什么:没人会说属于墙内的新语言。

只有经过这里的浪潮见证了这一切。在炙热的阳光下,浅浅的沙滩纹路在闪闪发光,潮水在上面蔓延过去,像一条小河流淌下来,在瓦尔吉家3号房的门口形成了一片大湖。骄傲的孤岛。

我们曾经握在手中的世界在哪里，为什么今天从奥罗拉夫人的相思树向下望去也无法看到它？

高墙。